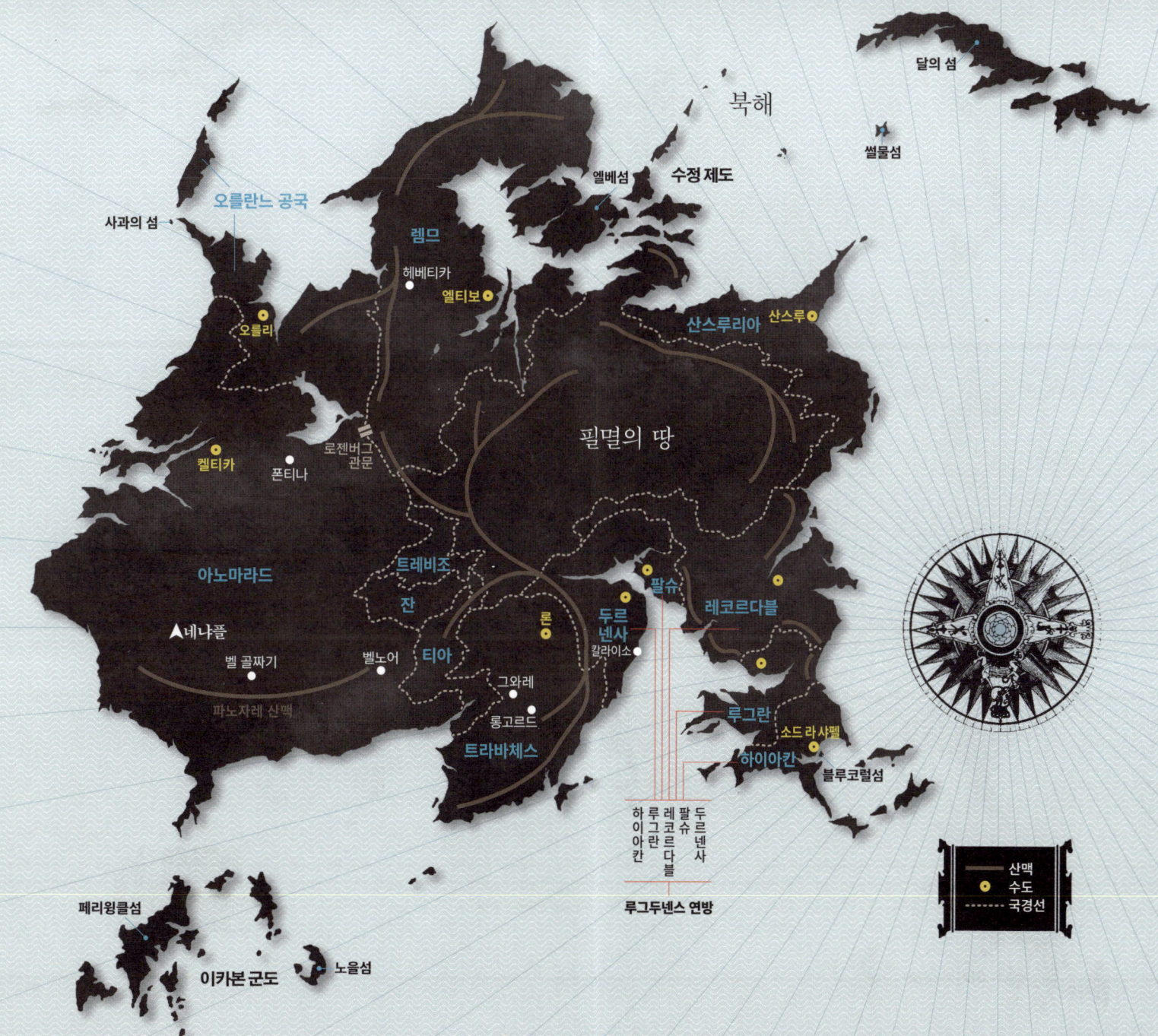

CHILDREN
OF THE
RUNE
BLOODED

전민희
장편
판타지

8

룬의 아이들

블러디드

엘릭시르

15장

ORIGIN

사과나무의 땅
011

지켜지는 자
041

기나긴 죽음
074

육신에만 담을 수 있는 것
098

16장

EVERY LIFE

한 인간의 무게
121

아이언워크
144

전통 있는 학교들의 입장
169

신장개업
186

돌아온 탐정
207

근원 감응자
235

다람쥐통
265

휴업
286

외교 특사
306

언젠가 누구든 마침내
내 가슴을 찌를 때,
나는 오늘의 너를 기억하리라.
나의 어린 적이여,
새로 태어난 나의 첫번째 적이여.

그리고 그날, 만일 내 안에 심장이 들어 있다면
그중 검은 불을 품은
가장 단단한 조각은
너의 것이리라.

네게 가장 좋은 것을 예비하였음을 의심치 말라.

15
장

ORIGIN

사과나무의 땅

파도가 바위를 때리는 소리가 희미하게 벽을 울렸다. 퉁……. 통로가 넓어지며 갈림길이 나타나자 단장이 뒤를 돌아보며 말했다.

"자네가 앞장서도록."

그러자 한 사람이 맨 앞으로 나서서 걷기 시작했다. 그는 여전히 두건을 젖히지 않았지만 뒷모습만 보고도 정체를 직감한 샤를로트가 물어보았다.

"무슈 아르노?"

"오랜만에 뵙습니다, 연하."

하긴 당연히 함께 왔어야 했다. 샤를로트가 코를 찡그리며 짓궂게 물었다.

"흥, 아까부터 같이 와놓고 왜 이제야 알은체하는 거야?"

"제가 입장이 좋지 않아 그렇습니다."

"왜?"

"연하의 명을 받들고자 무리수를 많이 뒀습니다."

그러고 보면 여기까지 오게 된 첫번째 원인은 자신이 나제리온에게 내린 명령이었다. 브릴랑테들, 그리고 단장을 설득하느라 꽤 고생을 했던 걸까?

"그런 말 들으니 미안해지네. 걱정 마. 내가 다음에 혼내줄게."

나제리온은 샤를로트를 겪어봤으므로 농담이란 걸 알았지만 할말을 바로 찾지 못하다가 단순한 대답을 택했다.

"감사합니다."

두 걸음 너비가 넘는 크고 네모진 돌들이 정교하게 잇대어진 통로를 지나갔다. 벽에는 드문드문 정체 모를 단순한 선화가 새겨져 있었다. 불, 짐승들, 빛, 파도……

길은 한 갈래가 아니었다. 그들이 들어온 문 뒤로도 길이 있었고 도중에도 몇 번인가 어둠에 잠긴 갈래길이 나타났다 사라졌다. 바다 밑 거대한 미로 속을 걷는 듯했다. 누가 언제 만들었을지, 왜 만들었을지 상상도 되지 않는다. 바다를 건너가고자 했다면 배를 타면 되었을 텐데 왜 이런 엄청난 공사가 필요했을까?

아무도 입을 열지 않았다. 긴장을 풀기 위해 나누던 의례적인 대화조차 사라지고 조각처럼 무표정한 얼굴들에 긴장한 빛이 서렸다. 그림자가 너울댄다. 키가 큰 그들의 윤곽에 횃불 그늘까지 덧그려지자 인간 아닌 자들에게 둘러싸여 걷고 있는 기분마저 들었다. 향하는 곳은 무덤 속이고 말이지.

음산한 기분을 떨치고 싶어진 샤를로트가 크루파드를 봤다.

"우리 지금 그때 그곳으로 가는 건가? 사과의 섬?"

"아닙니다."

"그래? 내가 보기엔 아주 비슷한데. 그때랑 비슷한 일이 벌어져도 이상할 건 없겠어."

크루파드가 잠시 사이를 두고 답했다.

"프시키들이 갑자기 들이닥치는 일은 없을 겁니다."

"그렇겠지."

샤를로트가 주위 벽을 천천히 둘러보며 말을 이었다.

"왜냐하면 이미 가득하니까."

크루파드가 움찔하고 본능적으로 주위를 둘러봤지만 아무것도 보일 리 없었다. 다른 에투알들의 미간도 움찔거렸다.

알레망 단장이 말했다.

"연하 덕택에 추측이 확실해졌군요. 숫자가 얼마나 됩니까?"

"글쎄. 너무 많아서 세긴 어렵고……."

샤를로트가 다시 천장으로 눈을 굴리더니 눈썹을 올렸다.

"벌통 같은 걸 연상하면 될 거요."

"……."

샤를로트는 몇 마디 하면서 기분이 나아졌지만 보이지 않는 존재가 벌통의 벌들처럼 다닥다닥 붙어 있는 광경을 상상한 에투알들의 표정은 불안정해졌다. 샤를로트가 명랑하게 덧붙였다.

"이렇게 많은 프시키가 모인 곳은 나도 처음이야."

벽을 가득 메운 반투명한 깃털 같은 것이 조용히, 규칙적인 리듬으로 나부끼고 있는 광경은 오직 샤를로트의 눈에만 보인다. 잠든 나비떼 같기도 하고 거대한 짐승의 북슬북슬한 등 같기도 하다. 사과의 섬에서 붉은 새의 모습으로 현현했던 프시키들을 떠올려봐도 이번이 압도적으로 많은 수였다. 그때는 두려웠지만 이번엔 신비로웠다. 느린 물결처럼 숨쉬고 있는 저들은 왜 여기에 모였을까. 무슨 생각을 하고 있을까. 저렇듯 잠들어 있다가도 샤를로트의 손짓 한 번에 불로도, 바람으로도 변해 몰아치는 이유는 뭘까. 방적소에서 들었던 외침이 귓가에서 되살아나 메아리친다. 여왕이여, 여왕이여, 우리의 영원한 여왕이여…….

"아마도, 저들이 연하께서 오신다는 소식을 들었나봅니다."

"그래? 그런 것치고는 다 자고 있는데. 깨워볼까? 아, 알

앉소. 안 하겠소."

주변의 안색이 급격하게 변해서 샤를로트는 얼른 말을 정정했다. 그리고 나니 우스워져서 저도 모르게 킥 하고 웃고 말았다. 브릴랑테들은 여전히 무표정했으나 단장의 얼굴에는 미묘한 파문이 번져갔다.

크루파드가 말했다.

"그런 말씀을 하시니 예전의 악몽이 떠올라 긴장되는군요."

"괜찮아. 이제 내겐 귀여운 나비들이거든. 오히려 난……."

샤를로트가 저만치 보이는 계단을 가리켰다.

"저게 더 긴장되는데."

이끼로 얼룩진 계단은 사과의 섬에서 봤던 것보다 훨씬 길었다. 그 끝에 철문이 닫혀 있었다. 샤를로트가 쓴웃음을 지었다.

"생각해보면 그날 그 전투가 최종심보다 어려웠는데. 시험 통과한 걸로 쳐주면 안 되나. 아, 로랑이랑 같이 해서 안 되겠구나."

그러자 단장이 불쑥 말했다.

"최종심에서 탈락한 건 너무 마음에 담아두지 마십시오. 그때 연하께서 떨어지신 건 제가 드린 최하점 때문이었으니까요."

"잠깐, 뭐라고? 그게 정말이오?"

샤를로트가 눈을 동그랗게 뜨고 돌아보자 단장이 침착하게 답했다.

"대공 전하의 뜻이었습니다."

"전하께서 날 떨어뜨리라 하셨다고?"

"그런 말씀을 명시적으로 하진 않으셨습니다. 그냥 제가 느꼈을 뿐입니다."

"와, 진짜 너무하는 거 아니오? 지시도 없이 추측만 가지고 점수를 조작해 내 마지막 기회를 날려보냈다니. 지금 단장에 대한 오랜 신뢰가 와장창 깨졌소."

지난 일이니만큼 농담 섞인 어조였지만 약간은 진짜로 억울하기도 했다. 그때 최종심에서 떨어지고서 얼마나 자책하며 잠을 못 이뤘는데. 그게 조작이었다니.

앞서서 걷던 나제리온이 말했다.

"연하, 단장님은 대공 전하의 뜻을 누구보다도 잘 아십니다. 전에 해드렸던 감각 동조 이야기를 기억하실 겁니다."

크루파드가 끼어들었다.

"어이, 나제리온. 그런 얘길 해도 되는 건가?"

갑자기 브릴랑테들의 대화가 인간 같아졌다. 나제리온이 대꾸했다.

"랑파르에 대해서라면 단장님이 이미 카스티유 경에게도 설명한 걸로 알고 있어."

다른 브릴랑테가 말했다.

"카스티유 경이 알면 연하께서도 아셔야 한다, 그 말인가? 좀 이상한 논리군. 아니지, 전이라 했으니 더 일찍 알려드렸다는 말인데. 하긴 자네가 누설한 비밀이 이것만은 아니지."

방적소 지하에서 나제리온이 거짓말을 못하는 바람에 꽤 많은 걸 알게 되었고 그 결과 여기까지 왔다. 샤를로트가 편을 들어줘야겠다 싶어 막 입술을 떼는데 단장이 말했다.

"나제리온이 연하의 뜻을 꺾기 어려운 이유도 동일하다는 걸 알 텐데. 이미 논의가 끝난 문제를 다시 꺼낼 필요는 없네. 잘못이 있다면 그걸 알고도 호위 임무를 맡긴 내게 있겠지."

단장이 말하자 브릴랑테들은 입을 다물었지만 샤를로트는 아직 상황을 납득하지 못해 단장을 돌아봤다.

"감각 동조를 이루면 상대방의 생각까지 알 수 있단 말이오? 그런 걸 랑파르라고 한다고?"

"랑파르는 섬기는 분과 감각 동조를 이룬 브릴랑테를 일컫는 말입니다. 하지만 생각을 읽는 것과는 다릅니다. 심리에 동화되는 것에 가깝습니다. 아무 이유도 없이 그래야 할 것 같은 기분이 들기 때문에 좀 깊이 생각해야 합니다. 이것이 정말로 내 뜻인지, 아니면 섬기는 분의 뜻인지. 시간이 지나면 구분도 익숙해집니다만 종종 알고도 떨치기가 어렵기도 합니다."

"그럼 대공 전하의 랑파르가 단장 그대이고?"

"그렇습니다."

샤를로트는 단장을 빤히 보다가 다시 나제리온을 보았다. 나제리온이 베르나르의 랑파르였다는 것이 무얼 의미하는지 깨달았기 때문이었다. 이런 식이라면 불충이란 있을 수 없겠지만 뭐랄까, 좀 기괴하기도 했다. 이렇게 강하게 동조되어 있다가 실종 같은 일을 겪으면 대체 기분이 어떨까?

이쯤 되니 도저히 묻지 않을 수 없는 질문이 있었다.

"그럼 나와 연결된 랑파르도 있소?"

단장이 고개를 저었다.

"누구도 연하와 동조를 이루지 못해서 그간 없었습니다."

"그럴 수도 있는 거요?"

"실은 역사상 처음 있는 일입니다. 다만 추측임을 전제로 말씀드리자면 연하께서 카스티유 경과 사과의 섬 동굴에 함께 갇혔을 때, 목숨을 위협받는 극한 상황에서 서로를 살리고자 분투하다가 부분적으로 동조가 일어나지 않았을까 하는 의견도 있습니다."

샤를로트의 눈이 다시 커지더니 뒤를 건너다봤다. 통로에 들어온 후로 로랑은 맨 뒤에 있어서 이 대화가 들리지는 않았을 터였다. 로랑이 함께 오게 된 이유가 그것이었나? 하긴 돌이켜보면 그간 로랑은 샤를로트의 뜻을 대단히 빨리 짚어내는 편이기도 했다. 그리고 쇼몽 사건 때도…….

그때 일행은 철문 아래 계단에 도달했다. 이끼 낀 철문을 올려다보던 샤를로트가 불쑥 목소리를 높였다.

"로랑! 문에 수상쩍은 점이 없는지 봐줄래?"

이곳은 브릴랑테들이 공녀를 호위해 안내한 장소였으니 로랑이 굳이 나설 필요는 없었다. 하지만 부름을 듣자마자 로랑은 바로 앞으로 나아가, 누구의 허락을 구하지도 않고 계단을 올라가 문을 살펴봤다. 공녀의 명이 내려진 이상 자신이 해야 할 일이었다.

사과의 섬에서 함께 위험에 빠졌다가 살아 돌아온 뒤, 둘은 그날 있었던 일을 여러 번 복기한 바 있었다. 문은 평범하게 당겨 여는 형태였다. 문틀과 문 사이에 낀 죽은 이끼는 이 문이 적어도 한 해는 열리지 않았다는 증거일 테고. 너머에 무엇이 있는지 적어도 브릴랑테들은 알고 있겠지만, 그들을 다 믿어도 될까.

단장과의 면담이 떠오르자 로랑의 다문 입술에 힘이 들어갔다. 이중 누구보다도 보잘것없는 자신이지만 정말로 랑파르의 힘을 일부라도 갖고 있다면…… 공녀에게 닥칠 위험을 예감할지도 모른다.

로랑이 계단 아래에 선 단장을 보았다.

"제가 열어도 되겠습니까?"

"연하께서 명하신 일이니 그대로 하게."

로랑은 문고리를 힘껏 잡아당겼다. 무심코 밝은 빛을 연상했지만 아직은 밤이다. 빛이 있을 리 없다. 하지만······.

끼이익······.

문 너머, 파도치는 빛이 있었다. 태양이 아니라 별들이었다. 별빛을 닮은 점들이 광활히 펼쳐진 밤하늘에 흩뿌려져 날고 있었다.

"와······."

어느새 따라 올라온 샤를로트가 밖을 내다보고 탄성을 흘렸다. 탁 트인 해안가의 편평하게 깎인 바위 위는 한때 무언가가 서 있던 폐허였다. 드문드문 남은 기단석은 폭이 네 발짝을 넘었고, 검푸르렀고, 은가루를 뿌린 듯 빛났다. 그 위로 수천 조각의 빛이 물결을 그리며 날았다. 어찌 보면 귀신불 같기도 한 광경이었지만 그것들이 밝혀낸 공간의 거대함과 서늘한 아름다움 때문에 두렵기보다 그저 압도되었다.

고개를 쳐들고 그것들을 뚫어져라 보던 로랑이 물었다.

"연하, 저것들도 프시키입니까?"

"응."

"그런데 왜 저희 눈에도 보이는 거죠?"

"잘 생각해봐, 로랑. 그때 우리가 동굴에서 싸웠던 상대도 프시키였어. 보이고 안 보이고는 쟤들 마음일 거야."

거기서 끝이 아니었다. 빛들은 점차 윤곽을 만들어냈다. 처음엔 일자로 뻗은 벽처럼 보였다. 빛은 해안을 따라 곧게 뻗어나가 바다 위까지 이어졌다. 계속해서 뭔가가 그려져갔다.

마침내 모든 빛의 움직임이 멈추자 샤를로트는 주위를 휘둘러보았다. 당당히 뻗어간 벽과 탑, 도개교가 서 있었다. 깜빡이는 불빛으로 그린 덧없는 그림으로서. 그 너머에서 보이지 않는 파도가 가쁜 숨소리를 냈다.

샤를로트가 단장을 돌아봤다.

"단장, 저건 무엇이오?"

"한때 이곳에 있었다던 에투알 성채일 겁니다."

"저긴 바다 위인데?"

"암반이 저쪽까지 뻗어 있었는데 지금은 파도에 깎여 물속에 잠겨 있습니다. 그 위에 세워졌던 것으로 알고 있습니다. 사라진 지 수백 년이라 저도 형태는 처음 봅니다."

프시키들이 그려낸 성채의 윤곽은 해안가와 정교하게 결합되어 있었다. 규모는 꽤 컸다. 적어도 수백 명이 머물 만했다. 그런 곳이 왜 사라졌을까? 아니, 애초에 왜 만들어졌을까?

"에투알의 성이 왜 이런 곳에 있었던 거요?"

바다가 있는 걸 보면 여기는 오를란느의 서북부 해안이었다. 대공가를 수호하는 에투알이 수도와 한참 떨어진 이곳에 성을 세울 이유는 없었다. 근방에는 방어해야 할 적도 없다.

서쪽 바다 너머는 망망대해뿐.

빛으로 그려진 에투알 성채에서 모두가 눈을 떼지 못하는 가운데 단장이 대답했다.

"여기가 에투알이 탄생한 장소이기 때문입니다."

에투알은 대공가를 지키기 위해 탄생한 게 아니라고 했다.

눈에 보이지 않는 세계에 한쪽 발을 걸친 자들, 수없이 덧칠된 벽화. 나제리온이 처음 해주었던 말이었다. 단장 또한 확인해주었다. 에투알이 최초로 지키고자 한 존재는 따로 있었다고.

한때 우뚝 서 있었지만 이제는 실체 없는 귀신불이 되어 반짝이고 있는 성채는 그들이 무엇을 지켰던가를 알려주는 흔적이었다. 이곳에 무언가가 있었던 것이다. 그들이 진정 지키고자 했던 것이.

"이쪽으로 오십시오."

그들은 여러 개의 기단석을 지나쳤다. 파도에 젖은 바위가 불빛을 반사하며 반짝거렸다. 바다 쪽으로 불쑥 뻗어나간 좁다란 곶을 향해 평평하게 다듬어진 바윗길이 이어지고 있었다. 곶은 비스듬하게 휘어지며 점차 좁아지다가 마침내 끝에 이르렀다. 바다 너머로 출발 지점이 건너다보인다. 저쪽부터 여기까지 방파제로 막으면 안정적인 내항이 만들어질 터였다.

그때 단장이 망망대해를 향해 손을 뻗었다.

"저쪽에 솟은 암초 같은 것이 보이십니까?"

단장이 가리키는 방향을 유심히 봤지만 너무 어두워서 알아보기 힘들다 싶었다. 그러자 프시키들이 그려냈던 빛의 성채가 허물어지더니 바다 쪽으로 이동하기 시작했다. 구슬을 흩뿌리는 것처럼 파도를 타고 뻗어가더니 단장이 암초라고 부른 곳을 에워쌌다. 암초치고는 뭐랄까, 지나치게 매끈한 형태였다. 마치 원뿔 모양 모자처럼 보였다.

"이제 보이는군. 그런데 저게 뭐요?"

"조금 전 보셨던 성채의 일부였고, 한때는 등대이기도 했으나 지금은 바다 밑에 가라앉은 탑의 꼭대기입니다."

샤를로트는 사과의 섬에서 들었던 이야기를 떠올렸다. 징검다리 모양의 바위섬이 나타났다 사라졌다 한다던, 그게 프시키들이 일으키는 소란이라던 이야기. 샤를로트와 로랑을 가뒀다가 사라져버렸던 돌문도 마찬가지였다. 프시키들은 돌로 된 무언가를 만들거나 없애곤 한다. 어쩌면 없애는 게 아니라 단지 보이지 않게 만들 뿐인지도 모른다.

"그럼 그대들이 지킨다던 것이……."

"맞습니다. 정확히는 마지막으로 지키는 것이라 해야겠지요."

샤를로트는 다시 바다 건너 솟은 매끈한 암초, 아니 탑의 꼭대기를 보았다. 검푸른 물에 감싸인 서너 걸음 폭의 돌지붕이다. 그 아래로 얼마나 높은 탑이 숨겨져 있는지는 모르나 수백 년이나 소중히 지켜져야 할 이유를 알아볼 순 없었다.

"저것이 무엇인지는 아직 대답해주지 않은 것 같군."

"저도 명백하게는 모릅니다. 에투알은 임무를 받았을 뿐 진실을 아는 것은 저희의 역할이 아니니까요. 저 탑은 이 세상을 지탱하는 다섯 기둥 중의 하나라고, 그렇게만 알고 있습니다."

세상을 지탱하는 기둥이라니…… 그런 게 있다는 이야기를 처음 들어봤거니와 그렇게 중요한 기둥이 바다 밑에 암초처럼 잠겨 있다는 것도 어처구니없었다.

"저 기둥이 세상을 지탱하지만…… 어떻게 그렇게 되었는지는 모른다는 거요? 그럴 수가 있는 건가? 그런 임무는 누가 내린 거요?"

"임무를 내린 분은 이 나라를 세운 초대 여왕 폐하이십니다."

가만히 생각하던 샤를로트는 곧 오싹해졌다. 초대 여왕이라면 대략 천 년도 더 전의 사람인데? 에투알은 이 나라와 동시에 태어났단 말인가?

"여왕께서 오를란느에 오셨을 때 이 땅에는 육신 없이 다양한 형태로 변하는, 욕망과 두려움은 있으나 언어는 없는 신비한 존재가 가득했습니다."

단장이 파도 사이로 일렁이는 빛들을 돌아보았다.

"여왕께서는 도움이 필요했기에 그들의 뜻을 읽었고, 그들이 죽음에 대한 공포에 사로잡혀 있음을 알았습니다. 그래서 끝없이 되살아나는 힘을 주고 대신 그들을 다스린다는 약속을 받았다고 합니다. 여왕은 이름 없는 존재였던 그들에게 '프시키'라는 이름을 내렸습니다. 또한 영지를 하사하고 그들을 보살피며 소통할 자들을 임명했습니다. 그것이 에투알의 시초입니다."

"에투알이 프시키를 돌보았다고? 사과의 섬 사람들처럼? 영지는 또 어디고?"

"본래 북서부 해안가 전체가 여왕께서 프시키에게 내려준 영지였습니다. 섬이 많은 이 근방을 가리켜 '사과의 섬들'이라고도 하고 '사과나무의 땅'이라고도 합니다. 해안과 섬들은 얕게 잠긴 암반과 석호로 연결되어 있습니다. 이후 에투알이 암반 지하에 통로를 만들었는데 프시키들의 휴식처를 만들기 위해서였다고도 하고, 프시키들의 변덕을 피해 인간들이 안전하게 이동하기 위해서였다고도 합니다. 그때까지만 해도 프시키와 에투알의 관계는 좋았던 모양입니다. 프시키의 도움이 아니었다면 그런 통로가 만들어질 수도 없었을 테니까요. 조금 전 윤곽으로만 본 성 또한 프시키들의 힘을 빌려 세워졌다고 합니다."

 프시키를 누구보다도 자주 본 샤를로트로서도 쉽사리 믿어지지 않는 이야기였다. 자신이 명령을 내리지 않으면 목표도 없이 너울너울 날아다니기나 하는 프시키에게 그런 힘이 있다고?

"천 년 전의 프시키들은…… 대단히 건설적인 존재였군."

"건설뿐만이 아니라 프시키들은 사람들에게 신비로운 힘을 전수하기도 하고 때로는 옛일들을 보여주기도 했다 합니다. 모두 여왕께서 계실 때의 일이었지요. 여왕께서 떠나시자 프시키들의 뜻을 읽는 건 점점 어려워졌습니다. 프시키들은 한동안은 여왕과 한 약속을 지켰지만 점차 제멋대로 행동하다가 이리저리 흩어져 찾을 수조차 없게 되었습니다. 그러고도 백여 년 이상 에투알은 이곳에 머물렀지만 결국 수도로 와서 대공가를 섬기는 근위대로 거듭나게 되었습니다. 왜냐하면……."

 단장이 샤를로트를 다시 보았다.

"언젠가 여왕의 힘을 진실로 이어받은 분, 프시키를 다스릴 힘을 가진 후손이 대공가에서 태어나리라 믿었기 때문입니다."

 그래서 에투알이 그토록 헌신적으로 대공가를 지켰단 말인가. 그들의 진정한 정체성은 프시키를 위한 제사장들이었단 말인가. 아니, 그보다는 그들이 진정으로 따르고자 하는 건 초대 여왕의 명령뿐이란 말인가.

그뿐이 아니었다. 계속되는 설명을 들어보니 에투알은 근본적으로 프시키와 떼려야 뗄 수 없는 존재였다. 에투알의 특기 부여는 오래전 프시키가 주었던 선물에서 시작되었다고 했다. 랑파르의 감각 동조 또한 본래 프시키와의 소통을 위해 고안된 기술이 변형된 것이었다. 언어가 없는 프시키의 뜻을 이해해야 했기 때문이다. 그러다 프시키와 소통이 끊어지고 세월이 흐르자 에투알 성채를 쌓아올렸던 돌은 하나하나 어디론가 사라져갔다. 마치 프시키들이 다시 거두어 가버린 것처럼.

에투알은 근위대가 되었지만 비밀스러운 전통은 브릴랑테라는 형태로 살아남았다. 브릴랑테로 뽑힌 자들이 옛 임무를 기억할 임무를 짊어진 이유가 그래서였다. 그럼에도 의문은 남았다.

"떠나버린 프시키들과 다시 소통해야 하는 이유는 뭐요? 그게 비밀이어야 했던 이유는 무엇이고?"

단장이 고개를 저었다.

"저희의 의무이자 존재 이유일 뿐 왜인지는 알지 못합니다. 저 기둥과 관계가 있으려니 짐작할 뿐입니다."

"그런 기둥이 다섯이라 하지 않았소? 그럼 다른 기둥은 어디 있소?"

"그 또한 모릅니다만 무너지지 않도록 누군가가 잘 지키고 있길 바랄 뿐입니다."

"무너진다고? 무너지면 무슨 일이 벌어지기에?"

그때 뒤에 서 있던 로랑은 단장의 말을 듣고 당황하며 자신이 썼던 보고서를 돌이켜보았다. 루그란에서 벌어진 사태는 물론 대마법사 쥬스피앙이 한 말까지도 모두 적었는데, 왜 단장은 그걸 본 적도 없는 것처럼 말하지?

그때 다른 브릴랑테가 입을 열었다.

"단장님. 약속은 지켜져야 합니다. 연하께도 더이상은 숨길 수 없는 일이고요."

그를 비롯한 브릴랑테들을 둘러본 단장의 눈빛에 냉소적인 빛이 돌았다.

"약속이라고? 자네들은 그자들을 믿나?"

"그들과 한 약속만 약속인 것은 아닙니다. 오늘의 북부행은 브릴랑테가 천 년간 짊어져온 약속을 지키고자 함이 아닙니까?"

"그래. 그래서 여기까지 온 거야. 하지만 우리는 동시에 연하를 지켜야 하는 에투알이고 그자들은 아니지. 분명히 말하지만 난 그들의 요구를 들어주겠다고 답한 적이 없네."

"요구를 들어주고 말고의 문제가 아닙니다. 오늘 연하를 그곳으로 모셔갈 것이 아니라면 여기까지 올 의미도 없었던 것이 아닙니까?"

그자들이란 누굴 말하는 것인지 로랑은 알지 못했다. 다만 불길한 느낌이 들어 로랑도 브릴랑테들의 얼굴을 하나하나 살폈다. 그때 단장이 나제리온을 향해 물었다.

"자네도 그렇게 생각하나?"

잠시 사이를 두고 나제리온이 대답했다.

"다른 방법은 없다는 데 원칙적으로 동의할 뿐입니다."

단장의 얼굴에 쓴웃음이 떠올랐다.

"자네들은 모든 것을 알게 되신 연하를 잃지 않을 자신이 있는 모양이군. 난 아니라네."

"그게 무슨……."

로랑이 입을 열려 했으나 샤를로트가 더 빨랐다.

"단장, 그게 무슨 뜻이오? 저 기둥에 날 죽일 비밀이라도 들어 있단 거요?"

나제리온이 말했다.

"단장님. 보고드렸다시피 연하께서는 이미 많은 걸 알고 계시고, 무엇보다 대공자 연하와 관련된 한 점의 의문도 포기하지 않으실 것입니다. 방적소에서 그 점을 깨달았기에 연하를 이곳으로 모시도록 단장님과 브릴랑테들을 설득했던 것이기도 합니다."

단장이 말이 없자 이번에는 크루파드가 말했다.

"연하께선 강인한 분입니다. 생명을 그리 쉽게 던지지 않으실 겁니다."

다들 무슨 말을 하는 거지?

샤를로트는 그들을 번갈아 보다가 답답함을 이기지 못하고 로랑을 보았다. 로랑은 차마 대답하지 못한 채 쥬스피앙이 했던 말을 떠올렸다. '그래. 세상 따위 어찌되든 알 게 뭐냐. 소중한 분을 지켜야지. 물론 세상이 망할 땐 그분만 남겨놓고 망하진 않을 테지만 말이야.'

단장은 분명 진실을 알 시각이라 했지만 아직도 공녀의 어깨에 무거운 짐을 얹기를 망설인다. 하지만 그 짐을 대신 질 자는 있는가? 그런 것이 가능한가? 선택을 공녀에게 맡기자는 의견은 정말로 공녀를 존중하는 것인가, 아니면 냉혹한 것인가?

단장이 입을 열었다.

"그래. 자네들은 브릴랑테지. 하지만 난 브릴랑테이면서 단장이기도 하거든. 아주 고약한 자리야. 브릴랑테는 비밀만 수호하면 될지 몰라도 단장은 대공가를 지킬 의무도 있단 말이지. 난 내가 결정할 수 없는 것도 있다고 봤어. 하지만 자네들이 브릴랑테로서 임무를 다하고자 한다면 막아설 수는 없다. 사과의 비밀이 시작된 곳으로 연하를 모시도록. 그러나 오늘 나는 브릴랑테이기보다 단장으로서 행동할 것임을 미리 말해두도록 하지."

파도 소리가 멀어져갔다.

숲은 흐릿한 빛에 감싸여 있었다. 지나는 내내 새 한 마리 날지 않았다. 길은 점차 비탈로 변했다. 제법 가파른 오르막이었다. 나무가 차츰 줄어들고 잡풀만 남았다가 그것조차 드문드문해졌다. 나제리온이 빛 막대를 꺼내들자 여기저기에서 같은 빛이 흘러나왔다.

샤를로트는 곧 호수가 나타나리라 상상했다.

아버지의 이야기를 듣고부터 베르나르가 전해준 사과는 꿈에 봤던 호수 속 섬에서 열렸을 거라고 확신했었다. 여기가 아니면 저 수풀 너머쯤일까. 꿈에 본 것과 정말로 같을까. 아버지가 말한 광경과도 같을까. 크고 고요하며 신비로운 호수, 그 안에 솟아오른 섬······.

그랬기에 나제리온이 입을 열었을 때는 어리둥절해졌다.

"다 왔습니다."

호수 같은 건 없었다. 줄곧 오르막이던 비탈이 내리막으로 변했을 뿐이다. 너무 어두워서일까? 뒤를 돌아보니 성채를 이뤘던 프시키들이 긴 행렬을 이루며 뒤따라오고 있었다. 샤를로트는 그쪽으로 손을 뻗어 반 바퀴 휘저었다. 공녀의 손짓에 따라 빛들이 파도치듯 날아 눈앞의 어스름한 빈터를 둘러 쌌다.

"아……."

 호수는 있었다. 아니, 호수였던 흔적이었다. 저만치 우묵한 분지 깊은 곳에 수십 걸음 너비에 불과한 초승달 모양의 물웅덩이가 남아 있을 뿐이었다. 가뭄에 말라버리기라도 했나? 그렇게 크고 넓던 호수가?

"언제부터 이런 상태였지?"

 나제리온이 답했다.

"계속 줄어들고 있었습니다. 마지막으로 봤을 땐 그래도 연못 규모였는데 더 줄어들었군요."

 그렇다면 섬은 어디로 갔을까. 웅덩이 너머에 조금 솟아오른 땅, 저게 섬이란 말인가? 사과나무는?

"사과나무는 어디에 있어?"

"사과나무는 오 년 전 연하께 사과를 전해드린 뒤로 말라 죽었습니다. 저쪽에 흔적이 남아 있을 겁니다."

 호수는 마르고 나무는 죽었다. 왜일까? 서부 해안은 건조한 기후가 아니었다. 오히려 비가 잦은 편이다. 그런 곳에서 큰 호수가 수십 년 만에 말라버리다니.

 분지로 들어서자 발치에 마른 먼지가 부옇게 일어났다. 지금껏 오던 숲길과도 다른 메마른 땅이었다. 웅덩이에 다다라 샤를로트는 물을 들여다보았지만 검은 얼음처럼 미동도 없었다. 아무것도 살지 않는 죽은 물이었다.

아버지가 요정을 만난 곳이 정말로 여기일까? 금빛으로 빛났다는 호수와 섬, 앵초 꽃밭으로 둘러싸여 이 세상 것이 아닌 듯 아름다웠다던 집이 서 있던 자리가 저 먼지 날리는 땅과 거무튀튀한 웅덩이란 말인가?

그 광경을 본 당사자가 아닌데도 샤를로트는 완벽한 꿈에서 깨어나 불쾌한 현실과 마주한 듯 실망스러웠다. 웅덩이 너머로 보이는 섬이었을까 싶은 흔적도 오히려 믿고 싶지 않았다. 그러면서도 샤를로트는 손을 높이 들어 프시케들을 불렀다.

저기를 비춰줘.

빛들이 모여들어 섬이었을 곳을 겹겹이 둘러쌌다. 둔덕이 구슬관을 쓴 듯 휘황해졌지만 보잘것없는 풍경을 감추기에는 역부족이었다. 왜인지 그곳에는 풀조차 자라지 않았다. 그런 가운데 솟아오른 뭔가가 눈에 띄어 심경은 더욱 착잡해졌다. 설마 저게 사과나무란 말이야?

웅덩이를 빙 돌아 가까이 가보니 과연 나무가 맞았다. 하지만 가지도, 잎도 없었다. 베어낸 흔적이었으면 차라리 나았을까. 메마르고 비틀린 줄기만 남아 식물이 아니라 낡은 밧줄을 둘둘 감은 말뚝이 아닐까 싶을 정도였다.

실망스럽게 그걸 내려다보던 샤를로트가 나제리온을 돌아봤다.

"이게 정말로 그대가 사과를 땄던 나무였어?"

"그렇습니다."

"그때는 여기가 어땠지? 나무는 컸던가? 호수는 있었고? 그대는 봤겠지? 분명……."

"아름다운 곳이었습니다."

나제리온의 건조한 대답에서 감상을 읽기란 불가능했다. 샤를로트는 다시 주변을 휘둘러보며 중얼거렸다.

"그런데 왜 이렇게 됐을까?"

질문하듯 브릴랑테들을 보았지만 아무도 대답하지 않았다. 그런데 어스름 너머에서 목소리가 들려왔다.

"약속의 끝에 이르렀기 때문입니다."

모두 그쪽을 보았다. 곁에 섰던 로랑이 검자루에 손을 얹고, 샤를로트가 어둠을 쏘아보며 물었다.

"누구인가? 모습을 보여라."

"사과나무의 딸이여……."

발을 끄는 소리가 가까워지다가 멈췄다. 프시키 몇이 스르르 날아가 근처를 밝혔다. 모습을 드러낸 사람은 노파였다. 다만 목소리는 묘하게도 젊은이처럼 맑았다. 그 뒤로 노인 여럿이 뒤따르고 있었다.

첫번째 노파가 말했다.

"저는 불을 섬기는 자이나이다."

'그게 뭐지?' 하고 생각하자마자 오 년 전의 일이 떠올랐다. 사과의 섬에서 만나 네이가 통역을 했던 붉은 옷의 노인이 스스로를 그렇게 소개했었지. 사과가 든 상자도 이 노인들이 가져왔었다. 프시키들의 뜻을 알아듣는 제사장이라 했던가. 그들이 어째서 이런 곳에 나타난 거지?

그런데 맨 뒤에서 네이가 뒤따라왔다.

네이는 예전에 노인이 그랬던 것처럼 똑같은 붉은 튜닉을 입고 있었다. 샤를로트가 눈을 크게 뜨고 바라보자 절을 했지만 말은 한마디도 하지 않았다. 이어 다른 에투알들을 둘러보면서도 인사하지 않았다. 로랑과 눈이 마주치자 어깨를 들썩해 보였을 뿐이었다.

묘하게 한풀 꺾인 듯한 태도여서 로랑은 내심 의아하기도 했다. 프시키의 흔적을 독자적으로 조사하는 것이 네이의 임무였으니 사과의 섬에서 마주쳤다면 딱히 놀랍지 않았을 것이다. 하지만 여긴 사과의 섬이 아니지 않나?

샤를로트가 물었다.

"네이, 오랜만이야. 그런데 그대가 이들을 여기로 데려온 건가?"

네이가 망설이다가 빠르게 속삭이듯 말했다.

"아뇨. 이들이 저를 데려온 셈이죠. 그런데 저한테는 지금 발언권이 없답니다. 이젠 통역도 필요 없는 것 같고 말이죠."

그러고 보니 노인은 아까 또렷한 공용어로 말했다. 어찌된 일이지?

언어가 통하지 않는 것은 중대한 장벽이었다. 정보를 캐내보려고 몇 년이나 사과의 섬에 틀어박혀 살았던 네이만이 유일한 통역이었다. 그랬기에 샤를로트를 섬기기로 한 뒤로도 수시로 그곳에 머물러왔다.

하지만 사과의 섬 사람들은 놀랄 만큼 아는 것이 없었다. 처음 만난 날처럼 기묘한 행동을 하거나 신기한 말을 쏟아놓을 때도 있었지만, 평범한 촌로로 되돌아가서 '프시키? 그게 뭐요?' 하고 반응할 때가 훨씬 많았다. 프시키가 원할 때만 그들을 조종하는 건 아닐까 싶을 정도였다.

'이 사람들하고 얘기하다보면 미쳐버릴 것 같다고요. 그냥 순간순간 다른 사람이 되거든요. 조금 전까지 막 쏟아놓던 얘기가 있었는데, 금세 까맣게 잊어버린 것처럼 딴소리를 해요. 기억을 하기나 하는 건지 종잡을 수도 없고, 뭐 쓸모 있는 얘기인가 하고 귀담아듣다보면 뭔 놈의 생선 얘기고, 이딴 일이 하루에도 몇 번씩이라고요. 이러다간 저까지 정신이 나가겠어요.'

그랬던 노인들이 누군가와 약속이라도 한 듯 이곳에 나타났다. 샤를로트가 크루파드를 돌아봤다.

"아까 말한 약속이 바로 이거였나? 여기서 만나자고? 혹시 저 노인들도 에투알의 일부인가?"

단장에게 들은 이야기대로라면 사과의 섬 사람들은 에투알의 임무를 물려받은 셈이었다. 크루파드가 대답했다.

"그건 아닙니다. 하지만 만날 것을 예상하긴 했습니다. 브릴랑테가 저들을 처음 알게 된 건 대공자 연하의 명으로 사과를 찾으러 왔을 때인 것으로 압니다. 저들은 독자적으로 프시키와 소통하는 법을 찾았다고 했고 스스로를 불을 섬기는 자라고 불렀지요. 대공자께서 실종되신 직후 저들은 연하를 사과의 섬으로 모셔와달라고 요청했고, 그 결과 연하께선 블러디드를 각성하셨습니다. 그러니 저들이 프시키와 소통한다는 이야기도 믿을 수밖에 없었지요. 얼마 전, 저들은 이곳에서 연하를 기다리겠노라는 전갈을 보내왔습니다. 언제라는 약속은 없었습니다만 사과의 섬까지는 배를 타면 그리 멀지 않으니까요."

아까 허공을 수놓던 프시키들의 춤은 저들이 기다리던 표지였을지도 모른다. 또 오래된 일의 전말도 알게 됐지만 이제는 중요하지 않았다. 그보다 다른 의문이 훨씬 더 많았다.

샤를로트가 다시 앞을 보자 노파가 몇 걸음 다가왔다. 샤를로트는 문득 눈치챘다. 노파의 눈에 초점이 없다는 것을. 저

자는 지금 자기 자신이 아닌 것일까?

"이곳, 핀스테릴은 많은 것이 약속되어 있던 성스러운 땅이었나이다. 천 년 동안 하나하나 이루어져 마침내 그대가 이 자리에 왔으니 이제 남은 것은 마지막 약속뿐이나이다."

이어지는 노파의 목소리가 커지며 힘이 서렸다.

"검을 뽑으소서."

긴장한 샤를로트가 주변을 훑어봤다. 적이 나타날 거라는 뜻으로 이해했기 때문이다. 하지만 다른 기척은 없었다. 혹시 자기들과 싸우자는 얘기야? 노인들은 검은커녕 단도 한 자루 휘두를 기운도 없어 보였고, 누가 적이었든 에투알이 충분히 경계하고 있었으므로 샤를로트는 검을 뽑는 대신 물어보았다.

"누구랑 싸우지?"

노파는 눈을 깜빡거리다가 다시 말했다.

"그대만이 할 수 있나이다."

"무슨 소린지 모르겠는데……."

어리둥절한 상황에서 나제리온이 말했다.

"저들은 대공자 연하를 알 겁니다. 그분에 대한 일을 물어보십시오."

네이를 통해 몇 번이나 묻고 또 물었지만 대답을 듣지 못했던 일이었다. 그랬던 그들이 지금은 무슨 이유로든 말을 할 수 있게 됐다. 베르나르의 실종은 나제리온에게도 뼈아픈 일이었을 터라 줄곧 마음에 품고 있었겠지.

생각해보면 베르나르는 사과를 가져오라고 에투알을 보낸 장본인이니 브릴랑테들보다 먼저 저들을 알고 있었다. 어쩌면 저들은 베르나르가 무얼 생각하고 무얼 하려 했는지 가장 잘 아는 사람들일지도 모른다. 드디어 알게 될 것인가? 샤를로트의 목소리도 떨렸다.

"오빠에게 무슨 일이 벌어졌는지 알고 있다면…… 말해줘."
"그 또한 약속된 검을 뽑으면 알게 되시나이다."

혼란에 빠진 샤를로트가 자신의 검을 내려다보았을 때였다. 흩어져 있던 프시키들이 일제히 날아와 사과나무를 둘러싸며 내려앉았다. 말라비틀어졌던 나무줄기가 일시에 찬란해졌다. 죽은 나무에 빛나는 꽃이 핀 것처럼. 그걸 보는데 이상한 예감이 몸을 감쌌다. 이 나무는 되살아나려 한다. 마지막으로. 이 꽃이 떨어질 때 마지막 열매가 맺히리라.

샤를로트는 나뭇가지로 손을 뻗었다. 그러자 감아두었던 밧줄이 풀리듯 줄기가 스르르 해체되더니 땅 밑으로 사라지는 것이 아닌가.

나무 안쪽에서 뭔가가 나타났다. 줄기로 감싸여 비밀스럽게 보관되었던 것처럼, 아니 나무 자체가 이것을 품기 위해 자란 것처럼, 이 순간만을 위해 오랫동안 기다려온 것처럼.

한때 섬이었던 언덕 위에 단 한 자루가 꽂혀 있었다.

검이었다.

지켜지는 자

 바닥에 깊이 박힌 검은 한 뼘도 안 되는 칼날만 드러내고 있었다. 자루는 검고, 날에서는 희미하게 붉은빛이 났다.
 샤를로트는 손을 대려다가 멈칫하며 노파를 보았다.
 "이걸 왜 나한테 뽑으라는 거지? 이게 뭔데?"
 "그 검은……."
 노파가 손을 뻗어 주변을 가리켰다. 섬이었던 둔덕, 호수였던 분지를.
 "오랫동안 이 자리에 꽂힌 채 세계를 지켜왔나이다. 메마른 자가 프시키들을 지배하고 온 땅이 황폐하던 때, 먼 땅에서 온 이들은 황폐함을 끝내고자 프시키들과 손을 잡았나이다. 그들이 메마른 자와 대결해 마침내 심장을 빼앗자 위대한 마법사는 심장을 깊이 파묻고 그 위에 검을 꽂아 제압하였나이다. 제압되고도 심장은 헛되이 몸부림치며 주변을 황폐케 했으므로 위대한 마법사께선 땅의 이름을 황폐함의 끝, 핀스테릴이라 이르고 누구도 접근치 못하도록 바닷물을 퍼내 뭍에 채우시니…… 새 호수는 드넓고도 깊었기에 핀스테릴은 호수 속 섬이 되었나이다. 그후 메마른 자는 기둥 밑에 봉인되었나니 그자는 자신이 누구인지 잊은 채 오랫동안 잠들었나이다."

메마른 자의 심장이라고? 이 밑에?

노파의 말이 이어졌다.

"위대한 마법사를 도왔던 프시키들과 뭍사람들은 세 가지 소원을 약속받았나이다. 싸움이 끝나자 프시키들이 청하되 '육신을 주소서, 우리도 육신을 갖고 싶나이다'라고 하자 마법사는 호수를 만들고 남은 하얀 소금으로 그들에게 육신을 만들어주었나이다. 두번째로 뭍사람들이 청하기를 '여왕이 되어주소서, 영원히 이 땅을 지켜주소서' 하니 위대한 마법사께서 응낙하시어 세워진 나라는 여왕의 이름을 갖게 되었나이다. 여왕은 뭍사람 가운데 프시키를 돌볼 자를 세우고 후손들이 장차 나라를 수호하도록 축복하였나이다. 세월이 흘러 인간의 몸을 벗은 여왕께서는 핀스테릴을 영원히 지키고자 혼령이 되어 프시키들과 오래오래 머무셨나이다."

방적소 지하에서 프시키들이 지껄이던 소리가 떠올랐다.

―우리를 지배하는 여왕. 우리에게 낙인을 새긴 위대한 마술사.

―네가 가진 힘이 바로 여왕의 피에서 나오는 거야. 천 년 전부터, 만 년 전부터 내려왔지. 여왕이 형제자매들과 함께 위대한 기둥들을 세워 세상의 위와 아래를 뒤집었을 때부터. 뭍에서 난 것들, 물속으로 가라앉으며 물에서 난 것들, 뭍에 끌어내어지나니 메마른 것들은 젖고 젖은 것들은 메마르리라.

그 생각을 하면서부터 노파의 목소리가 여러 사람의 목소리인 양 중첩되어 울리기 시작했다. 아니, 사람이 아니었다. 익숙한 목소리들이었다.

여왕과 소금 아이들은 연회를 열었네.
칼날 바위와 파도 위에서 춤을 추었네.
한 해에 한 번 봄이 시작되는 날이면
사람의 귀에도 노랫소리 들렸다네.

요정을 찾아온 소년 돌아서지 못하고
여왕에게 마지막 소원을 말했다네.
여왕은 약속을 지켜야만 한다네.
그러나 그 모두는 자정의 약속.

세계에 자정이 닥쳐오네, 여왕은
긴 연회를 끝내는 종소리를 듣네.
초는 녹고 장작도 재가 될 때
너는 최후의 임무를 행하라.

나무를 심어 열매가 맺히게 하라.
나무를 심어 열매가 맺히게 하라.

 수수께끼 같은 노래에 아버지가 해주었던 이야기가 중첩되었다. 천 년 동안 유령인 채 살아오던 여왕은 소년 줄리앙의 소원을 들어주고자 다시 인간으로 태어나야 했다. 여왕이 핀스테릴에 꽂아둔 검은 사과나무로 자라 열매를 맺었으니 그 속에 든 끔찍한 기억은 딸에게 전해져…….
 샤를로트가 몸서리치며 고개를 저었다.
 "이건 내 이야기가 아니야. 난 요정의 딸이 아니야."
 "핀스테릴의 검은 천 년 동안 여왕의 손길을 기다리고 있었나이다. 마침내 여왕께서 오셨기에 모든 비밀이, 물밑에서 지옥 같은 침묵에 빠져 있던 비밀들이 세상에 되돌아오나이다."
 "그렇지 않아. 오를란느는 요정의 땅이 아니야. 대공은 요정이 아니라 인간을 지배하는 존재야. 요정 세계의 비밀은 그들의 문제잖아. 내 손을 잡아끌고 물속으로 들어갈 생각은 하지 마."

샤를로트의 선택에 맡기겠다 하던 단장과 브릴랑테들은 과연 어느 쪽도 편들지 않았다. 샤를로트가 단호하게 거절해서 단장은 안심했을까? 그러나 루그란에서 탑이 무너지는 광경을 직접 보고 겪었던 로랑은 혼란스러웠다. 그건 외국의 문제일 뿐이라고 모르는 체할 수 있으면 얼마나 좋을까. 무거운 짐을 짊어진 대마법사가 했던 말이 단지 착각이거나 오판이라면……

노파가 다시 말했다.

"여왕께서는 어머니를 부인하시나이까? 어머니가 남긴 진실을 지키려 분투한 오라비의 뜻을 부인하시나이까?"

'오라비'라는 말에 샤를로트의 입술이 꾹 다물어졌다. 반란이 터진 후 외면하려 애썼던 사실이 되살아나서다. 오빠를 잃은 자신이 지금껏 살아온 건 대공이 되기 위해서가 아니었다. 오빠가 왜 실종됐는지 알고 복수하기 위해서였다. 그게 아니라면 계속 살 필요는 없었을 텐데.

사실은 대공이 되고 싶었던 적도, 계속 살고 싶었던 적도 없으면서 잘도 거짓말을 하고 있다. 그야 물론 생각이 바뀌었기 때문이지. 남의 나라 수도에서 보낸 우스꽝스러운 수십 일 때문에 어린애처럼 마음이 팔랑거려서 오빠가 사라졌을 때

했던 결심을 번복하고 싶어졌겠지. 오빠는 동생에게 주어질 짐을 어떻게든 덜어주려 분투하다가 그렇게 되었는데 결심 따위 동생한텐 손바닥 뒤집듯 우스운 거였네.

요정의 딸이 되기 싫다고? 요정이라는 말조차 알베르 공과 귀족들이 붙인 이름이 아니던가. 그래, 그 말대로라면 오빠는 요정의 땅으로 잡혀가 다신 돌아오지 못하는데 자기만 인간이 되어서, 인간의 땅을 지배하며 행복하게 살고 싶다고?

그럴 순 없는 거잖아…….

샤를로트가 검을 향해 손을 뻗자 자루에서 붉은 광채가 투명한 불처럼 일어났다. 샤를로트의 손에도 같은 빛이 감돌았다. 가까워질수록 두 빛은 뒤엉켜 하나가 되어갔다. 이건 너의 검이라는 것처럼. 애초부터 하나가 될 운명이었다는 것처럼.

그때 네이가 앞으로 뛰어나오며 소리쳤다.

"연하, 뽑지 마세요!"

샤를로트가 눈썹을 찡그리며 네이를 돌아보았다. 손이 멀어지자 불길도 사그라졌다. 네이는 화가 난 표정으로 주변의 브릴랑테들을 둘러봤다.

"다들 무슨 생각인지 모르겠네요. 이 노인들이 제정신으로 보여요? 프시키들이 조종하고 있는 게 뻔한데, 아니, 프시키들이 공녀님을 자신들의 여왕으로 섬기고 싶다고 하면 '네, 네' 하면서 넘겨줘야 해요? 대공국의 소중한 후계자라면서?"

그러다 로랑과 눈이 마주치자 더욱 기가 막힌다는 것처럼 헛웃음을 내뱉었다.

"좀 다른 줄 알았지. 가만히 있는 걸 보니까 너도 뭐 똑같네."

로랑은 예전처럼 발끈하는 대신 아무 대답도 하지 않았다. 대신 나제리온이 물었다.

"당신은 저들과 함께 왔으면서 마음을 바꾼 겁니까?"

"바꾼 게 아니에요. 애초부터 같았던 적이 없다고요. 이딴 걸 입고 있다고 똑같은 무리로 생각하지 마시죠."

"그럼 당신의 정체는 뭡니까?"

"뭐긴 뭐겠어요. 이자들의 비밀을 알아내려고 잠입했다가 후계자가 되겠다고 나서가지고 불을 섬기는 힘까지 전수받던 미친년이지. 그게 대체 뭔지 알려고 그랬던 건데 받고 나니까 머리가 아주 산란하네요."

제 머리를 몇 번 두드린 네이가 샤를로트에게 다가왔다.

"저 사람들이 검 속에 비밀이 들어 있다고 했죠? 비밀인지 뭔지가 물밑에서 지옥 같은 침묵에 잠겨 있던 이유가 뭐겠어요? 끔찍하니까. 세상이 받아들일 만하지 않으니까. 저자들은 그런 걸 연하께 드리려는 거예요. 에투알은 그게 연하의 선택이라 하고요! 하!"

네이는 기가 막히다는 듯 고개를 쳐들고 웃더니 다시 눈을 희번덕거리며 샤를로트를 보았다.

"저 검은 말이죠, 천 년 동안 죽어 있다가 연하를 숙주로 삼아 부활하려는 고대의 괴수라고요. 아시겠어요?"

그때였다. 노인 무리 중 한 명이 손을 뻗어 네이의 목을 움켜잡았다. 네이는 두 손으로 움켜잡고 떨쳐내려 했으나 어찌 된 일인지 가냘픈 노인의 팔뚝을 당해내지 못했다. 오히려 노인이 네이의 몸을 허공으로 들어올릴 판이었다.

로랑이 다가가 노인의 어깨 안쪽을 손끝으로 찔렀다. 팔이 마비된 노인이 손을 툭 떨어뜨리며 네이의 목을 놓은 순간 샤를로트가 소리쳤다.

"멈춰!"

그제야 둘러보니 다른 노인들도 네이를 둘러싸려는 참이었다. 샤를로트의 명령에 움직임을 멈추긴 했어도 물러나지는 않았다. 로랑이 위협적으로 그들을 노려봤지만 노인들은 여전히 초점 없는 눈빛으로 아무런 반응도 보이지 않았다.

바닥에 주저앉아 기침을 하던 네이가 '별일이네'라는 것처럼 로랑을 힐끔 보고는 비척대며 일어나 노인들 틈에서 빠져나왔다.

"휴, 미친것들이지만 다행히 연하의 명령은 듣네요. 다시 말씀드릴게요. 연하께선 열아홉 살이에요. 길어야 열아홉 해의 기억을 갖고 계시다는 뜻이죠. 그 위에 천 년의 기억이라는 무거운 바위를 얹으면 어찌될까요? 대공자 연하가 남기신 사과가 연하께 전한 기억이 그간 얼마나 큰 고통이었던가요. 이번 것은 그보다 천배는 무거울 겁니다."

샤를로트가 네이를 빤히 보다가 말했다.

"끔찍하기 때문에 피하란 말이네. 다들 그렇게 피하기만 해도 저절로 괜찮아지는 건가? 이 세상도 평화로워져?"

"얼마나 끔찍할지 상상하지 못해서 그렇게 말씀하시는 거예요. 대공자 연하께서……."

네이는 말을 이으려다 멈칫하더니 두 손으로 뺨을 감쌌다.

"혹시 대공자 연하께서 어떻게 되셨는지 알고 싶어서 검을 뽑으시려는 거라면 특히나 저한테 연하를 만류해야만 할 의무가 있는 것 같네요. 위험천만한 선택을 하시기 전에 분명히 말씀드리겠습니다. 그분은 돌아가셨습니다."

"뭐……라고?"

둔기로 얻어맞은 듯한 충격이 샤를로트의 머릿속을 울렸다. 다른 사람이 말했더라면 이토록 놀라지 않았을 것이다. 베르나르는 죽었을 테니 그만 잊으라고 말해준 사람은 그간 일일이 셀 수도 없을 정도였다.

하지만 네이는 아니었다. 지금까지 샤를로트 다음으로 베르나르의 생존에 집착해온 사람이 있다면 그건 네이였다. 실종된 오빠를 찾겠다는 뜻에 가장 큰 지지를 보내준 사람이기도 했다. 콜레트나 로랑 같은 사람은 그것이 샤를로트의 뜻이니까 따라줬지만 네이는 제 뜻도 샤를로트와 같았다. 그런 네이의 입에서 오빠가 죽었다는 말이 튀어나온 것이다.

끼어들 상황이 아니라고 생각해 입을 다물고 있던 로랑도 이쯤 되자 가만히 있을 수가 없었다.

"이제 와서 어떻게 그런 말을 하지? 연하는 지금까지 너를 믿고 많은 일을 해오셨는데, 멋대로 태도를 바꾸면 그만인가?"

네이가 로랑을 쏘아봤다. 둘은 처음 만났을 때 앙숙처럼 다퉜지만 둘 다 샤를로트의 가신으로 자리를 정한 뒤에는 마음에 안 들어도 상대의 영역은 인정하는 사이로 지내왔다. 그러므로 지금처럼 날카로운 말이 오간 것도 오랜만이었다.

"아직도 날 너무 모르네. 내가 근거도 없이 태도를 바꿨을 거라고 생각하는 거야? 그리고 넌 연하께서 검을 뽑으셔야 한다고 생각해? 뭘 믿고? 아, 너도 에투알이니까 당연한 건가? 내가 괜한 기대를 했나?"

로랑에게 대답할 틈도 주지 않고 네이는 샤를로트를 향해 고개를 돌렸다.

"에투알이 연하를 여기까지 모셔온 이유가 이 검이었다면, 심지어 검을 뽑으시라고 권한다면 이자들은 연하를 위하는 존재가 아닙니다. 연하께서야 어찌되든 고대로부터 물려받은 임무만 다하면 된다고 생각하는 자들이죠. 이 사람들이 섬기는 건 연하도 대공국도 아니고 고대에 에투알을 만든 누군가인 거예요. 그리고 '불을 섬기는 자'들로 말하자면…… 이들의 머릿속에는 프시키한테 세를 준 영역이 있어서 그게 활동을 시작하면 개인의 의지 같은 건 사라져버리더라고요. 그래서 그게 정확히 어떤 건지 알려고 저도 이들의 일원이 되어보기로 했죠."

네이가 자기가 입은 옷을 보라는 듯 두 팔을 펼쳐 보였다.

"시간이 많이 걸리긴 했지만, 어쨌든 덕택에 저도 드디어 알게 되었네요. 저들처럼 최면 상태에 들어가니까 프시키의 생각을 이해할 수가 있더라고요. 먼저 말씀드릴 것은 프시키는 온 세상에 흩어져 있어도 그들끼리는 어느 정도 생각이 통합니다. 무엇으로 소통하는지는 모르겠지만요. 어쨌든 이 무시무시한 나비떼는 한때 대공자 전하를 보호하며 따라다녔다고 해요. 연하께서 너무 어려서 이 짐을 짊어질 수 없었을 때였죠. 그러나 심장의 주인이 나타나자 이들은 공포에 질려 달아났고 다시는…… 그분을 만날 수도 되찾을 수도 없다고, 어디에도 없다고 생각하더군요. 그래도 저는 받아들일 수밖에 없었습니다."

"어디에도 없다고……."

샤를로트의 뺨이 경련했다. 망연자실해진 시선이 바닥에

꽂힌 검에 닿았다가 다시 허공으로 향했다. 없다. 그건 끝을 선고하는 말이었다. 어째서 그렇게 되었는지는 모르는 채로.

"그들에게 뭔가 물어볼 수는 없나?"

네이가 고개를 저었다.

"못합니다. 프시키들은 자기들끼리만 소통하고, 저는 그들의 생각을 엿듣는 존재일 뿐입니다. 더구나 대부분은 잡음이기도 하고요."

샤를로트가 다른 노인들을 가리켰다.

"그럼 저들은 왜 내가 이 검을 뽑아야 한다고 확신하지?"

"저보다 더 오랫동안 뭔가를 엿들었기 때문일 거라고 짐작할 뿐입니다. 아니면 순전히 프시키의 뜻이거나요. 게다가 이 사람들에겐 연하에 대한 충성심이 없죠. 에투알과 마찬가지로."

로랑은 무어라 반박하고 싶었으나 실은 그 자신도 몰랐기에 혼란스러웠다. 저 말이 맞는지 틀리는지. 브릴랑테는 최초의 에투알이자 에투알이 존재해온 이유였다. 자신은 에투알이되 그들의 의도에 대해 아무것도 모른다. 여기서 자신은 다르다고 말하려면 에투알이기를 그만두어야 하리라. 실제로 그래야 할지도 모른다. 하지만······.

그때 크루파드가 입을 열었다.

"저는 브릴랑테가 되기보다 먼저 연하를 섬기는 분견대의 창설을 제안했고 그 분견대의 장을 맡았던 자입니다. 그후 브릴랑테가 되었지만 처음의 의무가 사라지지는 않을 것입니다. 그러므로 저 역시 네이라디 통역관과 뜻이 같습니다. 연하, 그 검을 뽑지 마십시오."

묘하게 침착해진 샤를로트가 물었다.

"내가 뽑지 않는다면 어찌해야 하는가."

"마법사들에게 맡기십시오. 또는 저희라도 뽑도록 시도해 보겠습니다. 아마 쉽게 되지는 않을 거라 생각합니다만."

"그건 그저 이 순간만 모면하자는 말 같군. 아닌가?"

그러자 다른 브릴랑테가 말했다.

"그 말씀도 일리가 있습니다만 선택은 연하의 몫입니다. 모든 것이 연하를 위해 준비되었음이 분명해졌기 때문입니다. 우리가 무엇을 알든, 천 년 전부터 살아온 자는 아무도 없습니다. 그러니 우리의 어떤 판단도 사실상 무의미합니다."

샤를로트는 고개를 돌려 단장을 보았다.

"단장, 그대의 의견도 같소?"

잠시 침묵하던 단장이 입을 열었다.

"저는 오래전 연하의 친어머니 델핀 대공비 전하께 이 검에 대해 들은 적이 있습니다."

뜻밖의 말에 놀란 샤를로트가 되물었다.

"어머니를 알고 있었소?"

생각해보니 단순히 아는 정도가 아니었을 듯했다. 단장은 아버지가 대공자였던 시절부터 랑파르였을 테니까. 아버지가 어머니를 만나 어떻게 느꼈는지, 어쩌다가 사랑에 빠졌고 사라져버렸을 때는 어떤 심정이었을지, 누구보다 잘 알고 있을 사람은 단장이 아닐까.

단장이 말을 이었다.

"그때 대공비께서는 어린 연하를 안고서 이렇게 말씀하셨습니다……."

"발레리. 사람의 기억이란 그 사람 자체라고 보오?"

델핀은 몇몇 가까운 사람들을 직위가 아닌 이름으로 불렀다. 발레리 드 알레망도 처음에는 어색했지만 이 무렵에는 익숙해졌다. 엄격한 격식이 지배하는 오를리 궁정에서 옛친구처럼 이름으로 불리는 경험도 나름 나쁘지만은 않았다.

대공비가 지금처럼 뜬금없는 질문을 종종 던지는 데도 익숙해졌기에 발레리는 신중하게 생각한 다음 대답했다.

"기억을 잃으면 많은 것이 사라지긴 하겠지만 그렇더라도 사람 자체가 사라지는 건 아니지 않을까 합니다. 느리더라도 새로운 자신을 서서히 만들지 않을까요."

"그럼 과거의 자신과 새로운 자신은 동일인일까?"

"글쎄요. 완전히 같진 않겠지만 다른 사람도 아닐 것 같습니다. 열 살 때의 자신과 예순 살 때의 자신도 꽤 다르지만 둘 다 자기 자신이지 않습니까?"

델핀이 고개를 끄덕였다.

"매 순간 다르더라도 모두 자기 자신이라는 말이군. 그 말이 마음에 드오. 그렇게 생각해주니 말인데 내 그대에게 부탁 하나 해도 되겠소?"

델핀은 엉뚱한 데가 있어서 진지하게 이런 소리를 해놓고 '그대가 어려서 길렀다던 새끼양 그림을 그려달라'는 둥 했으므로 발레리는 가볍게 수긍했다.

"물론입니다, 마마."

"샤를로트가 언젠가 검을 쥐려 하거든."

대공비가 막 잠에서 깬 샤를로트의 고사리손에 제 손가락을 쥐여주며 말을 이었다.

"이 말을 해주길 바라오. '그 검은 타들어가는 장작이기에 네 손마저 불태울 것이다. 그러니 빈손으로 뽑아서는 안 돼.'"

"수수께끼 같은 말씀인지라 이해할 수가 없어서 몇 번 되물었습니다만 대공비께선 방금 하신 말씀을 잊은 것처럼 다른 이야기만 하셨습니다. 그래서 연하께서 장차 검술을 배우게 되면 조심케 하라는 말씀인가 생각하며 그저 기억해두었습니다. 하지만 이 순간 저는 그날 말씀하신 검이 이 검임을 의심치 않습니다. 연하, 저는 이 검의 정체를 모릅니다. 하지만 대공비께서 위험을 경고하신 것만은 분명합니다."

지금까지 샤를로트에게 델핀 이야기를 들려준 사람은 아버지와 콜레트뿐이었다. 그리고 이제 단장까지 세 사람이 되었지만 어머니를 조금이라도 더 이해하게 되었다는 기분은 들지 않았다. 알쏭달쏭한 말을 던질 뿐 제 속의 비밀은 조금도 터놓지 않는 느낌이다. 정말로 잠시 인간 세상에 들렀을 뿐인 요정처럼······.

정말로 어머니는 아버지의 기억 속 요정, 리라가 맞는 것일까?

"단장, 그대는 어머니를 얼마나 아오? 무엇보다, 왜 그분의 경고가 중요하다고 생각하지? 그저 오래전에 궁을 떠나신 분이 아니오?"

일부러 아무것도 모르는 것처럼 묻자 단장의 얼굴에 착잡함이 어렸다.

"그분께서 궁에 계시던 때는 저도 알지 못했습니다. 하지만 돌이켜보건대 대공비께서는 미래를 알고 계셨습니다."

"평범한 인간이 아니었다는 말이오?"

"일부 귀족들이 그분이 요정이라 수군거린 것을 저도 압니다. 저에게 물으신다면 요정인지는 모르겠으나 적어도 하나의 인격은 아니었다고 생각합니다."

더 놀라운 말이어서 샤를로트의 눈이 한층 커졌다.

"그게 무슨 뜻이오?"

"대공비께서는 그때 말고도 몇 번인가 예언의 말을 하셨는데 그럴 때마다 잠시 다른 사람이 되었다고 생각합니다. 스스로 수수께끼 같은 말을 했다는 사실조차 모르시는 모습을 여러 번 보았습니다. 처음에는 드물었지만 회임한 뒤부터 점차 심해져서 거의 하루에 한 번씩은 다른 인격이 되어 말씀하시곤 했습니다. 어쩔 수 없이 대공 전하께서도 그분이 궁정 사람들 앞에 나서는 것을 막고 가까운 몇몇만 드나들도록 조치하실 수밖에 없었지요."

아버지가 '너를 갖고부터 델핀이 어딘가 이상해졌다'고 한 건 무척 돌려 말한 것임을 그제야 알았다. 매일 이해 못할 말을 늘어놓고 기억조차 못하는 아내라니, 사실상 미친 사람이 아니었겠는가. 어머니의 시녀였다는 쇼몽 백작부인인들 그걸 몰랐겠는가. '요정'이 오히려 점잖은 표현으로 들릴 지경이었다.

"……왜 그분의 존재를 내게 감췄는지 이제 알겠군."

샤를로트의 표정을 본 단장이 고개를 저었다.

"연하, 생각하시는 것과는 좀 다릅니다. 본래 예언자들은 종종 다른 인격으로 말하는 경우가 있습니다. 또한 그분의 예언은 거의 모두 연하에 대한 것이었습니다. 그분은 장차 태어날 아기가 공녀라는 것도, 스스로 연하 곁에 오래 머물지 못할 것도, 언젠가 연하께서 이 자리에 오실 것도 아셨습니다. 심지어…… 베르나르 대공자께 장차 위험이 닥칠 것마저 예감하고 두려워하셨습니다. 그 검을 뽑으면 어찌되는지도 분명 알고 계셨을 것입니다."

샤를로트는 다시 검자루를 보았다. 하지만 빈손으로 뽑지 말라는 건 무슨 뜻일까? 타들어간다는 건 또 뭐고?

"그렇게 오래전부터 예비된 운명이라면 피할 수도 없는 게 아니오? 내가 뽑지 않으면 세계에 다가오고 있다는 자정은 어찌되는가?"

"최후의 날은 아직 오지 않았습니다. 지금도 대륙 곳곳에서 그날의 도래를 막고자 노력하고 있습니다. 저희도 마찬가지로 오랫동안 이곳을 지켜왔습니다. 연하를 이곳으로 모신 뜻은 진실을 알리고자 함이지 위험에 처하게 하려는 것은 아닙니다. 그러니 지금은 뽑지 말고 유예하십시오. 순간의 모면이라 느껴질지라도 더 오래 살아온 자들이 무언가를 하도록 기다려주십시오. 대공자 전하께서 정말로 돌아가신 것이라면 저희는 더더욱 연하를 지켜야 합니다."

그 말을 듣는데 갑자기 눈물이 주룩 떨어져 흘렀다. 그게 뒤늦게 깨달은 상실에 대한 슬픔인지, 자신에 대한 연민인지도 알기 어려웠다.

그 말을 다르게 느낀 사람도 있었다. 나제리온이 입을 열었다.

"저는 아주 오랫동안 대공자 전하께서 돌아가셨다고 믿어 오다가 얼마 전에 오히려 생각을 바꾸었습니다. 그 이유 또한 방적소 지하에서 들은 프시키들의 목소리였습니다. 감히 비교하자면 갇혀 있던 자들이 좀더 진실에 가깝지 않을까 싶군요. 통역관님이 목소리를 엿들었다는 프시키들이 방적소 지하에 갇혀 있던 프시키들과도 소통이 가능한지는 아직 모를 일입니다. 저는 아직 희망을 버리지 않겠습니다."

샤를로트가 눈물을 닦지도 않은 채로 웃더니 한 발짝 다가서며 말했다.

"그대가 옳은지 확인할 방법은 하나뿐이군. 나는 이 검을 뽑겠다. 더이상의 의견은 듣지 않는다."

샤를로트가 손을 뻗어 검을 잡으려 했을 때였다. 로랑이 사람들을 헤치고 걸어나오더니 망설이지도 않고 검자루를 잡았다.

"아!"

다들 움찔하며 놀랐지만 아무 일도 일어나지 않았다. 불길이 일어나 손을 불태우는 일은 없었다. 로랑은 검을 뽑으려 시도하지 않고 샤를로트를 보았다.

"전 이걸 뽑을 수 없을 겁니다. 그러니 연하께서 제 손을 잡고 검을 뽑으십시오.”

샤를로트가 당혹스럽게 눈을 깜빡거렸다.

“로랑, 무슨 생각을 하는 거야?”

“빈손으로 뽑지 않으시면 되는 것 아닙니까? 여기로 오기 전에 무슈 아르노가 말해주었습니다. 랑파르가 되면 많은 걸 대신할 수 있다고요. 완전한 랑파르는 섬기는 분의 이름을 건 맹세나 저주도 대신 받을 수 있다 했습니다.”

샤를로트가 눈썹을 올리며 쏘아봤다.

“그런 건 내가 원치 않아.”

“아니요. 그러셔야 합니다. 연하께서 이제는 위험한 승급 시험을 치르시지 않듯, 군주가 될 분이 목숨을 걸려면 방패든 갑주든 갖추는 게 당연합니다. 아니, 의무입니다. 물론 검을 뽑지 않으셔도 됩니다. 하지만 뽑으시겠다면 빈손으로 그럴 이유는 없습니다. 저 또한 랑파르이자 에투알로서 당연한 의무, 아니 권리를 행사하겠습니다.”

조금 전, 로랑이 네이의 말을 들으며 에투알이기를 포기해야 하는지 고민했던 이유가 이것이었다. 에투알이어야 랑파르일 수 있다. 랑파르만이 할 수 있는 일이 있다면 자신은 그것을 해야 했다. 어찌 물러서겠는가.

샤를로트는 오는 도중 단장이 한 말을 떠올렸다. 로랑이 완전한 랑파르는 아닐 거라고. 로랑 본인도 알고 있을 것이다.

하지만 랑파르이든 아니든, 이 순간 샤를로트가 받게 될 무엇인지 모를 것을 나눠 받겠다는 의지는 진심이었다. 안 된다고 말할 논리를 찾지 못한 샤를로트의 목소리가 떨렸다.

"네가…… 정말로 나의 랑파르라고?"

"그게 좀 애매하긴 한데요. 그런 게 있다고 한다면 가장 가까운 정도겠죠. 딱히 완전하지 못해서 죄송합니다. 본래 제가 하는 일이 다 이렇습니다. 항상 조금씩 모자랍니다."

샤를로트는 로랑이 일부러 가볍게 말하는 것을 알았다. 별것 아닌 것처럼 보이려고, 긴장을 떨치려고, 분위기가 심각해지면 샤를로트가 거부할까봐.

고개를 돌리자 단장과 눈이 마주쳤다. 단장은 하고 싶은 말이 많은 표정이었으나 한참 뒤 이렇게만 말했다.

"랑파르의 의무가 맞습니다."

샤를로트는 입술을 꾹 다물었다. 랑파르는 왜 이런 일을 하려 할까. 프시키와 소통하려던 최초의 에투알은 프시키를 위해 목숨을 걸 필요는 없었을 텐데. 뭔가를 지키고 누군가를 지킨다는 건 무엇이기에. 샤를로트의 표정을 본 로랑이 고개를 숙이며 속삭였다.

"사과의 섬에서도 제법 쓸모가 있지 않았습니까? 역시 지켜드리는 쪽은 제가 맞으니까 오래된 논쟁은 여기서 마무리합시다."

오 년 전, 서로 자신이 지키는 쪽이라고 다투며 동굴 속을 달려가던 때가 생생히 떠오른다. 어쩌면 자신은 그날 이후로도 줄곧 그래왔는지도 모른다. 소중한 사람들을 도구로 쓰지 않겠다고 분투하던 자신은 군주가 되기가 두려워 오빠의 동생으로, 대공자를 지키는 에투알로 남고자 했던 것일까.

로랑도 세찬 바람이 몰아치던 비탈을 떠올렸다. 남을 섬기는 일 따위 적성에 맞지 않는다고 믿다가 처음으로 섬길 상대를 정했던 날의 풍경을. 그런데 공녀가 한 번도 받아들여주지 않았다는 데 생각이 미치자 불쑥 약이 올랐다. 언제는 에투알이기만 해도 된다더니 이렇게 까다로울 일이야?

그러자 꼭 해야 할 말이 떠올랐다.

"아무한테나 안 주신다던 그 자격, 이제 그만 주실 때도 됐다고 생각합니다."

샤를로트가 마침내 고개를 끄덕였다.

"그대는 나의 랑파르이며 이것이 랑파르의 권리임을 인정한다."

로랑의 얼굴에 안도의 미소가 떠올랐다.

"감사합니다."

검을 쥔 로랑의 왼손을 두 손으로 감싸 잡으며 사과의 섬에서 외쳤던 말을 떠올렸다. '로랑 님의 왼손이 여기서 최고 전력이니까 그렇죠!' 오늘에야 이 왼손을 믿고자 했다. 로랑도 자신이 믿어주길 기다려왔다는 생각이 들었다. 그날로부터 지금까지. 지키는 자가 되기도 쉽지 않지만, 지켜지는 자임을 받아들이는 것도 마찬가지다.

스르릉…….

대지에 꽂혀 천 년 동안 심장을 지키던 검이 매끄럽게 뽑혀 나왔다. 검을 세워들자 붉은 광채가 검신을 감싸며 솟아나 사방으로 퍼져나갔다. 광채에 닿은 프시키들이 폭발하는 별처럼 휘감겨 타올랐다. 수많은 별들이 죽고 또다시 태어나는 듯한 광경이었다.

서늘한 불길이 하늘을 태우다가 곧 모든 것을 뒤덮어버렸다.

마법사들이 있었다.

그들은 머나먼 땅에서 온 방문자들이었다. 그때까지 이 대륙에는 가나폴리라 불린 나라가 없었고 원주민들의 문명은 부족 단위를 벗어나지 못했다. 온 대륙이 메마른 황무지였다. 그런 곳에 천여 명의 방문자가 만든 임시 정착지가 세워졌다. 그들은 이 대륙에 나타난 위험한 차원의 틈을 조사하고자 했다.

조사가 길어질 듯하자 방문자들은 정착지 주변에 성벽을 쌓고 보호 마법을 걸었다. 성벽 안쪽은 첫 땅이라는 의미로 '아르카디아'라고 불렸다.

차원의 틈이 연결되는 곳들을 조사하고 흐름이 뒤섞이지 않도록 안정시키는 데는 긴 세월이 걸렸다. 여러 세대가 바뀌며 아르카디아는 차츰 나라가 되어갔고, 이 땅의 원주민들과도 교류하게 되었다. 황무지에서 살다가 아르카디아로 초대받은 원주민들은 푸른 식물이 우거지고 맑은 물이 흐르는 풍경에 크게 놀라며 감격의 눈물을 참지 못했다. 그후 아르카디아는 '풍요로운 이상향'이라는 뜻을 갖게 되었다.

원주민들은 대륙이 왜 황폐한지 알고 있었다. 메마른 폭풍이 끊임없이 불기 때문이었다. 애써 지하수를 파내 식물을 가꿔놓아도 폭풍이 한번 불어닥치면 모조리 파묻히고 말라붙어버렸다. 원주민들은 그 폭풍을 '메마른 자'라 부르며 두려워했다. 단순한 자연현상이 아니고, 이 땅을 지배하는 왕이라 했다.

아르카디아인들은 성벽을 넓혀 주변 원주민들을 받아들였다. 넓은 평원에 마을들이 번성하자 '가나아네폴리스'라는 이름이 생겼고, 이후 '가나폴리'라고 불리게 되었다.

하지만 마법의 성벽을 무한히 넓힐 수는 없었다. 모든 원주민을 구원하려면 메마른 자가 사라져야 했다. 아르카디아의 인구가 늘어날수록 그것은 당면한 문제가 되어갔다. 메마른 자를 없애고 온 대륙을 아름다운 아르카디아로 만들 수는 없을까.

당대 가장 위대한 다섯 마법사가 나섰다. 그들은 메마른 자를 찾아 황무지 가장 깊은 곳으로 갔다.

샤를로트는 꿈에서 다섯 사람을 본 적이 있었다. 후드를 덮어썼거나 뒷모습이었고 앞모습일 때도 얼굴은 뚜렷하지 않았다. 대화도 띄엄띄엄, 심각한 이야기만 나누는 듯 보였다. 그래서 뭔지 모를 두려운 것을 예언하는 신비한 존재라고 생각했다.

하지만 지금 보니 다섯 사람은 서로 친구였다. 그들이 처음으로 얼굴을 보이더니 서로를 향해 웃었다. 이름도 알게 되었다. 쾌활한 메리디아, 단호한 키오네, 점잖은 아나톨리우스, 짓궂은 헤스페로스. 그리고 검은 머리의 아우로리나.

메마른 자는 왕이라 하지만 실체가 없는 존재였다. 생명인지 아닌지, 의지가 있는지 없는지, 있다면 악의인지, 그런 것도 알기 어려웠다. 온 대륙의 생명이 그자와 마주칠 때마다 메마르고 으스러지고 먼지로 변한다는 것만이 분명했다. 키오네는 이렇게 말했다.

'생명이 아니라 자연의 섭리일 수도 있어. 그런 거라면 우리가 어떻게 하진 못하지.'

아나톨리우스가 신중하게 말했다.

'많은 사람들이 고통받고 있다면 그런 걸 섭리라고 불러선

안 돼.'

메리디아도 동조했다.

'그렇지. 그건 폭력이야. 폭력에는 저항하는 게 섭리지. 그걸 죽일 순 없더라도 어딘가에 가둘 순 있을 거야. 그런 다음 강력한 봉인을 거는 거지. 우리한테는 시간의 대가가 있잖아. 가서 섭리가 뭔지 보여주자고.'

헤스페로스가 킥킥 웃으며 말했다.

'이제부터 내가 섭리다.'

아우로리나는 아무 말도 하지 않았다. 무언가를 우려하는 듯했다.

다섯 사람은 아무것도 없는 북부 황야 가운데에 거대한 구덩이를 만들었다. 작은 도시나 다름없는 규모였다. 메마른 자를 그리로 불러들일 작정이었지만 그러려면 미끼가 필요했다. 그 시절 대륙 어디에나 있던 에너지 생명체들이 적당한 미끼로 보였다. 그것들이 많이 모인 곳에는 곧 메마른 자가 나타나곤 했기 때문이었다. 그들이 무슨 관계인지는 아직 알아낼 수 없었다.

'내가 그것들을 잔뜩 끌어다가 이 안에 밀어넣겠어.'

키오네는 힘과 에너지의 대가였다. 산이든 바다든 옮길 능력이 있었다. 그러나 아우로리나가 반대했다.

'에너지 생명체들도 우리를 돕고 싶어하는 것 같아. 전부는

아니더라도. 내가 소통을 시도해보겠어.'

아우로리나는 생명이기만 하다면 그게 무엇이든 뜻을 읽어냈다. 하지만 상대의 뜻을 읽는 것과 이쪽의 뜻을 전달하는 건 다른 이야기였다. 아우로리나는 기억과 소통의 대가였기에 신중하게 여러 방법을 시도해보았다. 저쪽의 기억을 읽어내려면 이쪽의 기억도 열어서 보여주어야 했으므로 아우로리나는 자신의 기쁨, 슬픔, 외로움, 두려움을 하나하나 꺼내 에너지 생명체들과 나누었다. 그러면 대답이나 공감 대신 엇비슷하게 조각난 이야기들이 돌아왔다. 마치 서너 살 먹은 아이들과 대화하는 것처럼 맥락을 찾기 힘들었지만 그래도 상대가 반응하려 했다는 것만은 알 수 있었다. 이것도 소통이라 불릴 수 있을까?

마침내 이들 중 일부가 삶과 죽음의 기억을 갖고 있음을 알아차린 아우로리나가 말했다.

'이들은 죽음을 두려워해. 영혼이 있는 존재야. 프시키라고 불러야겠어.'

모든 프시키가 그런 것은 아니었다. 훨씬 많은 프시키가 맥락도 없고 문장으로 완결되지도 않는, 한때는 기억이었을 소음더미만을 토해냈다. 어쩌면 소통 가능한 프시키의 미래 또한 저들일지도 모른다. 소통이 된다는 점만 제외하면 그들은 같았으니까.

키오네는 프시키가 품은 에너지를 조사했다. 그들의 에너지에는 고유한 파장이 있었고 두 가지 의미에서 기묘했다. 첫째, 너무 큰 힘이었다. 하나하나의 프시키 안에 도시 하나쯤은 파괴할 거대한 에너지가 압축된 채로 반응점이 낮은 닫힌계를 이루고 있었다. 둘째, 동일한 종류의 에너지가 세상에 존재하지 않았다.

마법과 유사하기도 하지만 파장이 달라서 기존의 주문들로 전혀 변환되지 않는 이 힘을 뭐라고 불러야 할까? 아우로리나가 물었다.

'너희가 가진 힘은 정체가 뭐지?'

그러자 수많은 목소리가 대답해왔다.

'룬을…… 룬의 것…… 룬으로…… 룬이었던…….'

룬이 무엇일까? 이 땅의 이름? 이들의 선조? 사라진 왕국? 최초의 프시키? 아니면 이 낯선 마법의 이름 자체?

질문에 반사적으로 답하긴 했지만 프시키들은 명확한 설명을 하지 못했다. 그들 대부분은 어떤 생각을 오래 붙들고 있지 못했고 논리적으로 설명할 줄도 몰랐다. 아우로리나의 질문 중에서 그들의 조각난 기억을 건드리는 것이 있으면 깊은 잠에서 불쑥 깬 것처럼 반응할 뿐이었다.

그럼에도 불구하고 아우로리나는 꾸준히 소통을 반복하며 그들을 구덩이 주위로 끌어모았다. 아주 드물었지만 일부는

분명한 의사 표현을 하기도 했다. '메마른 자는 죽어야 한다' '그는 이 땅을 차지할 자격이 없다.'

메마른 자는 광범위하고 형태 없는 흐름이라 경계를 포착하기 어려웠다. 건설와 치유의 대가인 메리디아는 구덩이 주위에 엷은 방어막을 겹겹이 치는 방법을 생각해냈다. 메마른 자는 그걸 헤치고 들어올 수 있을 테지만 큰 짐승이 안개를 헤치고 나아갈 때처럼 흔적을 남길 것이다.

봉인은 시간과 공간의 대가인 아나톨리우스의 몫이었다. 아나톨리우스가 구덩이 한가운데에 마련한 석관은 가까이 온 존재를 끌어들여 삼키는 힘이 있었다. 동시에 시간도 왜곡되어 0에 가까워지기 때문에 끌려들어가는 자는 아무 일도 없었던 것처럼 느낄 것이다.

헤스페로스는 유일하게 할일이 없었다. 그는 환상과 지배의 대가였는데 두 가지 다 육신과 지능이 있는 존재에게나 통한다는 단점이 있었다. 그는 자신이 뭘 해야 쓸모가 있을까 궁리해보았다. 메마른 자가 혹시라도 자아를 가진 존재라면 재빨리 지배를 시도해볼 수 있으리라.

구덩이로 모여든 프시키의 규모가 어마어마하게 커지자 아우로리나의 의식은 거대한 소음으로 가득찼다. 프시키들은 각자 다른 목소리로 맥락도 없이 떠들어댔으므로 아우로리나가 동시에 천 가지 목소리에 답할 능력이 있더라도 제어하기란 쉽지 않았다. 아우로리나는 한 가지 메시지를 보내는 데 집중했다. 메마른 자가 나타날 때까지 기다리고, 그후 떠나라.

메마른 자는 언제 나타날 것인가.

방어막이 첫 조짐을 포착했다. 윤곽이 드러난 메마른 자는 산산이 흩어진 에너지 조각들 같았다. 부풀어오른 먼지바람 같기도 했다. 그리고 생각 이상으로 빨랐다. 방어막이 허물어지는가 싶더니 어느새 석관 앞에 도달해 벌통의 벌들처럼 빼곡한 프시키들을 굽어보고 있었다.

아우로리나는 프시키들의 목소리가 차츰 사라져가는 것을 느꼈다. 여전히 머릿속이 소란했지만 상당수가 입을 다물었다. 소통 능력자들은 너무 많은 존재와 소통하다가 도중에 종종 자아를 놓치곤 했으므로 아우로리나는 집중하려 애쓰며 질문했다.

'너희는 왜 침묵하지? 떠나기로 했는데 왜 떠나지 않지?'

아나톨리우스는 긴장했다. 이대로 봉인을 시작하면 프시키들까지 한꺼번에 봉인될 판이었다. 수십만이 넘는 존재들과 소통중인 아우로리나에게 어찌된 일인지 물어보는 것도 불가능했다. 그냥 감행해야 하나?

그때 아우로리나에게 낯선 생각이 들려왔다. 프시키들의 뒤엉킨 목소리를 일순간에 눌러버리는, 소름 끼치도록 또렷한 목소리였다.

'왜 죽음을 원하는가? 영원히 살 수 있는데.'

누구에게 한 말인가? 아우로리나는 발화자의 의식으로 파고들려다가 깜짝 놀랐다. 거대한 기억의 파도가 해일처럼 밀려들더니 아우로리나의 의식을 뒤덮어 압도하려 했다. 상상하기도 힘든, 천 년이나 만 년을 차곡차곡 담은 기억이 그녀의 의식 위로 산사태처럼 무너져내리려 했다. 평소 수만 명과도 동시에 소통 가능한 아우로리나도 이 순간만은 놀라고 두려운 나머지 한 번도 해보지 않은 일을 했다. 소통을 차단해버렸던 것이다.

당황한 아우로리나의 목소리가 다른 마법사들에게도 들려왔다.

'저자에게 언어와 기억이 있었어. 자아가 있어. 내가 감당할 수 없을 정도로 거대한.'

그 말을 위기로 받아들인 키오네가 아나톨리우스를 기다리지 않고 힘을 분출했다. 염동력으로 주변 모든 것을 결박해 석관 속에 쓸어넣으려 했다. 그러나 키오네의 힘은 곧 날카로운 검으로 내리친 것처럼 뚝 끊어졌다. 팽팽하게 당겨지던 밧줄이 끊긴 것처럼 분산된 힘의 역류를 정통으로 받은 키오네가 쓰러졌다.

이제는 모두가 위기를 직감했다.

아나톨리우스가 결단을 내려 봉인을 시작했으나 오히려 봉인의 범위가 확장되기 시작했다. 다시 말해 아나톨리우스가 석관 속으로 압축해서 넣으려 했던 시간과 공간이 거꾸로 늘어났다. 이것은 대단히 위험한 현상이었다. 시공간의 변형은 이음매 없이 연결된 세계에 인위적 흠집을 내는 것이라 반작용의 우려가 컸다. 그러므로 짧은 순간에 빠르게 시전하고 멈춰야 했다. 압축보다는 확장이 더욱 치명적이었다. 이 상태를 빨리 해소하지 못하면 기본 시공간에까지 영향을 끼쳐 거대한 재앙으로 이어질 수도 있었다.

아우로리나는 다시 소통을 열어야 한다고 생각했다. 그러나 저 거대한 기억의 파도가 자신의 의식을 압살해버릴 가능성도 있음을 알았다. 그건 존재의 소멸이었고, 사실상 죽음이었다. 그녀는 두려웠다. 평생 처음 느껴보는 근원적 두려움이었다.

조금 떨어져서 지켜보던 헤스페로스가 아우로리나의 얼굴을 보았다. 직후, 헤스페로스는 석관을 향해 달려들며 메마른 자를 향해 지배를 시전했다.

명령한다. 들어가라.

명령은 진짜로 통하는 듯했다. 메마른 자의 에너지가 석관 안으로 흘러드는 것이 느껴졌다. 곧이어 헤스페로스의 옷에 붉은 얼룩이 나타났다. 보이지 않는 화살 수십 대에 꿰뚫린 것처럼 온몸에 상처가 생기며 핏자국이 번졌다. 눈에서, 코와 입에서, 귀에서도 피가 흘렀다.

헤스페로스는 아무것도 느끼지 못하는 듯했다. 무표정하게 우뚝 섰다가 석관 안으로 한 발을 들여놓았을 뿐이었다. 메리디아가 눈을 부릅뜬 채 중얼거렸다.

'합쳐지고 있어…… 아니, 합쳐졌어.'

직후, 프시키들이 비명 같은 소음을 내뿜으며 허공으로 날아올랐다.

기나긴 죽음

샤를로트가 고대의 기억을 보는 동안 바깥 세계에도 변화가 일어났다. 검을 뽑아낸 직후 강한 진동이 퍼지며 땅이 흔들렸다. 거대한 망치를 내려찍기라도 한 듯했다. 쿵…….

검이 꽂혀 있던 자리를 중심으로 방사형 균열이 퍼져나가고 뒤이어 안쪽으로 무너져내리기 시작했다. 땅 밑에서 붉게 빛나는 것, 용암인지 달군 쇳덩이인지 모를 덩어리가 드러나더니 계속 커져갔다. 마치 태양 그 자체가 땅속에 숨어 있다가 대지를 뚫고 솟아오르려는 듯했다. 재인지 불티인지 모를 것들도 뿜어져 나왔다. 불을 섬기는 자들이 멀찍이 달아나 머리를 조아리며 엎드렸다.

"불이 되살아나고 있나이다!"

브릴랑테들은 부득이하면 샤를로트를 데리고 이탈하기 위해 주변을 둘러쌌으나 그럴 필요가 없었다. 검을 세워 든 채 무아지경에 빠진 샤를로트와 로랑의 발밑으로 빛나는 결정이 퍼져나가며 갈라진 땅 틈새를 메우는 중이었다. 크루파드가 중얼거렸다.

"저거, 결정 방벽 비슷한 것 같은데."

결정은 바닥뿐 아니라 허공으로도 번져나가 두 사람을 에워쌌다. 그러나 샤를로트도 로랑도 그런 변화를 의식하는 것 같지 않았다. 그들이 반투명한 결정 속에 있는 동안 밖에서는 용암의 바다가 끓어올랐다. 한때 호수였던 땅 전체가 불이 넘실대는 분화구가 되었다.

머리 위를 맴돌던 프시키들이 비명 같은 소리를 내지르기 시작했다. 그러자 불을 섬기는 자들은 고개를 더욱 깊이 수그리다가 아예 바닥에 처박았다. 주변에서 불길이 끓는데도 어떻게 하려는 생각조차 없는 듯했다.

반면 네이는 프시키들을 올려다보더니 말했다.

"저것들이 미쳐가네요. 겁을 집어먹고 살려달라고 난리예요. 곧 적이 나타날 텐데 자기들을 집어삼킬 거라고 해요. 즉, 그것도 프시키라는 뜻이죠. 프시키만이 프시키를 삼키니까."

곧이어 경계에서 일어난 불길이 짐승의 모습을 띠더니 금세 백여 마리로 늘어났다. 곰처럼 큰 것에서 들개만한 것까지. 나제리온이 검을 뽑으며 말했다.

"이들이 프시키라면 저희의 검으로 벨 수 있습니다."

크루파드가 말을 받았다.

"사과의 섬 동굴에 나타났던 놈들도 그랬죠."

단장이 고개를 끄덕이며 적을 쏘아봤다.

"여기서 연하를 지켜야 한다."

단장이 말하지 않아도 모두 같은 마음이었다. 물러서지 말고 죽음을 각오하라 같은 말을 할 필요도 없었다. 에투알에게는 당연한 일이었으니까. 검을 뽑아드는 소리가 거의 동시에 울렸다. 샤를로트와 로랑을 둘러싸고 에투알 브릴랑테 일곱 명이 칠각 별을 그렸다. 검을 든 자들이 만들 수 있는 가장 강한 방어진이다.

"온다."

새, 늑대, 뱀을 뒤섞은 듯한 온갖 모양의 짐승들이 불티를 흩날리며 달려들었다. 빛처럼 뻗어간 검이 불길을 가르고 찢는다. 검이 얼마나 빠른지 불길을 암흑으로 휘저어 녹여버리는 것처럼 보였다. 그러자 짐승들이 멈칫거리더니 다른 목표물을 찾았다. 고개를 처박고 있는 불을 섬기는 자들이었다. 상황을 눈치챈 크루파드가 소리쳤다.

"도망치시오!"

그러나 그들은 여전히 움직이려 하지 않았다. 에투알이 공녀를 두고 그들을 지켜주러 갈 수도 없는 일이었다. 곧 짐승들이 그들을 덮쳤다. 싸움다운 싸움은 없었다. 불길로 된 짐승들이 덮친 노인들은 말 그대로 녹아버렸다. 짐승들도 함께 녹은 듯 보였다. 그러나 곧 변화가 일어났다. 뒤엉켰던 불길이 인간의 형태가 되어 우뚝 일어섰다.

네이가 중얼거렸다.

"저럴 줄 알았지. 메타모르포시가 일어났으니 이제부터 진짜 싸움 시작이네요."

나제리온이 물었다.

"그게 무슨 뜻이오?"

"프시키는 인간이 되고 싶어해요. 그게 메타모르포시예요. 헛소리나 지껄이는 나비 같던 것들이 갑자기 영리해진다고요. 어린애가 성인의 지혜를 얻는 데는 이십 년쯤 걸리겠지만 저것들은 스무 시간도 안 걸릴 거예요."

단장이 고개를 끄덕이더니 말했다.

"그대는 안쪽으로 들어오시오. 우리가 상대할 테니."

네이가 고개를 저었다.

"아뇨. 제 도움이 필요하실걸요. 전 불을 섬기는 자들의 주술을 물려받았으니까. 저들의 의도를 최대한 읽어보죠."

단장이 그 말을 믿든 말든 네이는 숨지 않고 브릴랑테들 한 발짝 뒤에 섰다. 그리고 뭔가를 준비하기 시작했다.

뒤이어 달려든 적들은 과연 처음과 같지 않았다. 무작정 덤벼들지 않고 전략적으로 협력하기 시작했고 잘리면 둘로, 넷으로 분화하며 끊임없이 늘어났다. 물론 이 정도로도 아직 브릴랑테의 상대는 아니었다. 하지만 계속된다면 언제까지 안전할 수 있을까?

 단장이 샤를로트를 불렀다.

 "연하!"

 대답은 없었다. 두 사람은 머나먼 과거에 있었다.

 샤를로트는 헤스페로스가 누구인지 알고 있었다. 금빛 고수머리, 붉은 주근깨가 흩어진 뺨을 가진 아우로리나의 어린 동생.

 꿈이라는 것이 그렇듯 샤를로트는 어느새 아우로리나가 되어 그녀의 충격과 비탄을 고스란히 느꼈다. 아우로리나는 본래 이번 임무에 어린 동생을 동참시키고 싶지 않았다. 동생의 특기가 메마른 자를 상대하기에 적당치 않다는 것도 알고 있었다. 그러나 헤스페로스는 늘 아우로리나를 따라다니며 누나가 하는 거라면 뭐든지 하려 들었다. 자신이야말로 누나를 지킬 수 있다고 확신했다.

 '난 누나하고 연결되어 있어. 문제가 생긴다면 누구보다도 빨리, 모든 걸 알 수 있어.'

그건 사실일 수도 있었다. 소통의 대가였던 아우로리나는 어린 헤스페로스와 일찌감치 소통으로 대화하기 시작했다. 마법을 가르칠 때도 마찬가지였다. 소통은 뭔가를 가르치기에 너무나 효율적인 도구였기 때문이다. 남매인 동시에 스승과 제자로서 오랫동안 서로의 의식을 속속들이 읽어온 둘은 눈빛만 보아도 상대의 기분과 생각을 알아차렸다. 헤스페로스의 실력 또한 빠르게 출중해졌다.

키오네와 메리디아는 헤스페로스를 귀여워해서 동생의 소원을 들어주자고 했다. 헤스페로스도 뛰어난 마법사야. 제 영역에서는 너도 당하지 못할걸. 언제까지나 어린아이는 아니잖아.

신중한 아나톨리우스만이 아우로리나와 뜻이 같았다. 그는 헤스페로스가 아니라 아우로리나 때문에 반대했다. 아우로리나는 동생에게 지나치게 신경을 써. 사실상 과보호지. 그래서는 둘 다 온전히 능력을 발휘할 수 없을 거야. 특히 아우로리나가 더 문제지. 아우로리나의 역할은 이번에 가장 중요하니까.

그 말 때문에 아우로리나는 헤스페로스의 동행을 허락했다. 자신이 지금껏 그랬다면 반성해야 할 일이었다. 헤스페로스가 성인이 되었는데도 영원히 어린 동생 취급하며 뒷전에 둘 수는 없었다. 동생이 한몫을 하는 존재임을 인정할 날이

언제든 와야 한다면, 그게 이번일 수도 있으리라.

그랬던 동생이 구덩이 속에 우뚝 서서 자신을 보고 있었다. 늘 머금던 장난기어린 웃음이 아니라 속을 읽을 수 없는 무표정으로.

'소통해봐.'

아나톨리우스가 지적하기 전에는 자신의 특기조차 잊고 있었다. 아우로리나는 이를 악물며 동생의 머릿속으로 파고들었다. 수천 가닥의 마력이 뇌를 감쌌지만 아무것도 읽히지 않았다. 헤스페로스는 무생물로 변해버린 것만 같았다.

절망에 빠진 아우로리나가 중얼거렸다.

'아무것도 읽히지 않아.'

'그럴 리가 없어. 넌 어떤 생명이든 뜻을 읽을 수 있잖아. 하다못해 의지라도.'

'의지조차 없어. 저건…… 생명이 아니야.'

동생의 몸에도 변화가 일어났다. 금속성을 띤 뭔가가 번져갔다. 변화는 빠르지 않았으나 끊어진 소통은 돌아오지 않았다. 동생이 아니라면 메마른 자의 의식이라도 존재해야 하는 것 아닌가? 어째서 둘 다 사라진 거지?

아우로리나는 석관이 놓인 곳으로 뛰어내려 동생을 향해 나아갔다. 친구들이 멈추라고, 위험하다고 외쳤지만 이미 들리지 않았다. 동생 앞에 선 아우로리나가 오른손을 뻗어 동생의 얼굴을 덮었다. 의식이 사라지고도 번히 뜨여 있던 헤스페로스의 두 눈이 일식인 양 그림자로 뒤덮이고, 마침내 빛조차 빨려 들어가 사라진다. 자아 약탈. 상대가 저항하든 말든 무의식 속에 든 기억과 생각마저도 빨아들이는, 그녀의 가장 강력한 권능이다. 평소에는 짐승을 상대로도 쓰기를 꺼리던 폭력적인 힘이었다.

'대답해. 헤스페로스, 거기 있어?'

대답 대신 소름 끼치는 소리가 아우로리나의 머릿속에 울려퍼졌다. 메타모르포시가 내는 소리였다. 동생의 육신에 기어들어간 약탈자가 맞지 않는 형틀에 제 몸을 밀어넣으며 지른 비명이었다. 아우로리나의 몸도 함께 떨렸다. 눈물이 쏟아졌다. 동생이 느낄지도 모를 고통이 파문처럼 번져왔다.

그럼에도 불구하고 아우로리나의 권능은 냉정하게 파고들어 남은 것을 읽어냈다.

아우로리나가 읽어낸 목소리는 샤를로트에게도 들렸다.

약탈자는 아주 오래 살아오며 자신이 누구인지 잊은 자였다. 육신은 까마득한 과거에 잃었고, 육신을 가졌던 시절의 기억도 차례로 잃어갔다. 그건 당연한 일이었다. 계속 생존하려면 그럴 수밖에 없기 때문이다.

상상하기도 힘든, 무한에 가까운 생존.

삶에 정해진 길이가 있다면 적절한 변곡점이 있을 테고 각 지점에 무엇을 배치해야 적당할지도 알 수 있다. 그러나 지나치게 길다면, 무한히 길어지고만 있다면, 결국 균형이란 사라진다.

무한히 살고자 했기에 그자는 자아를 한 조각씩 시간 속에 떨어뜨리며 왔다. 긴 여행을 하는 동안 처음 갖고 떠났던 짐이 하나씩 새것으로 바뀌어가듯이. 여행자라면 소중한 추억품 몇 가지라도 남길 테지만 육신조차 잃은 자에게 추억은 무의미했다.

약탈자는 진정 아무것도 갖고 있지 않았다. 마지막 기억조차 잃은 지 오래였기에 그저 살아 있는 자였다. 그러나 역설적으로 살아 있었기에 계속해서 텅 비어 있을 순 없었다. 그는 생각했다. 나는 텅 비어 있다.

뭔가로 채우고 싶다.

그리하여 풀렸던 실은 되감기기 시작한다. 약탈자가 본래 누구였는지는 영원히 모르리라. 그자가 이 거대한 상실을 원했는지 원하지 않았는지도 알 수 없다. 그저 죽음이 너무 두려웠던 것뿐이었는지, 아니면 진정으로 텅 비어 '무無'가 되기를 추구했었는지도 모른다. 알 수 있는 건 단 하나, 그자가 진정으로 텅 비고 나자 다시 자아를 재발명하고 싶어했다는 것뿐이다.

과거의 자신은 이미 티끌 하나 남지 않았기에 그는 남의 것을 약탈하려 했다. 실은 아주 오랫동안 갈망했는데도 스스로는 알지 못했다. 그가 헤스페로스의 육신과 정신을 차지한 것은 본능적 행동이었다.

마침내 약탈자가 눈을 뜨자 눈앞에 한 사람이 흐릿하게 보였다. 너무나 오랜만에 갖는 육신의 시각이었기에 초점을 어디에 맞춰야 할지도 몰랐다.

마주선 사람은 검은 머리의 여자였다. 제 손을 붙들고 떨며 눈물을 흩뿌리고 있었다. 의아해진 그는 눈을 부릅뜨고 상대를 관찰해 뭔가를 판단하려 했다. 저 사람은 자신을 사랑한다. 슬퍼한다. 그리고…….

자신도 그녀를 사랑한다.

그녀의 눈물 때문에 마음이 아파왔다. 그건 그가 헤스페로스였기 때문이었지만 약탈자는 그 사실을 알지 못했다. 아직 완전히 헤스페로스가 되지는 못했기 때문이다. 메타모르포시는 아주 천천히 진행된다. 그는 부분적으로 헤스페로스였지만 나머지는 아직 비어 있었다. 그의 텅 빈 부분은 의문을 품었다. 나는 왜 슬퍼하는가? 나는 왜 저 여자를 사랑하는가? 저 여자는 누구인가? 왜 이름조차 모르는가?

거대한 의문은 입 밖으로 나오지 못했다. 여자가 검을 뽑아 그의 심장을 찔렀기 때문이다.

갓 얻은 육신과 자아가 파들파들 떨며 동시에 비명을 내질렀다. 오랫동안 육신이 없었던 그는 칼날이 주는 고통도 잊고 있었다. 이토록 괴로운 것이었던가?

또한 눈을 뜨고 첫번째로 본, 사랑하는 여자가 자신의 죽음을 바라는 것에도 충격을 받았다. 태어나자마자 어머니의 손에 목이 졸린 아기처럼 그의 마음은 공포와 비통함으로 가득 찼다.

동생의 심장에서 솟구친 피가 검을 타고 흘러 떨어졌다. 헤스페로스의 얼굴은 비구름이 삼킨 벌판처럼 시시각각 잿빛으로 물들어갔다.

이 방법뿐이었다. 이것 말고는 동생을 구할 방법이 없었다.

메마른 자는 차근차근 헤스페로스를 모조리 삼키고 말 것이다. 시작된 변화는 되돌릴 수 없다. 자아 약탈로 들여다본 동생의 의식은 두 존재가 뒤엉킨 키메라였다. 질 것이 뻔한 싸움을 벌이는, 빈사 상태가 된 동생을 돕는 방법은 하나뿐이었다. 메마른 자가 동생을 온전히 삼키기 전에 죽이는 것. 다시 뭔가로 태어날 영혼이 한 조각이라도 남아 있을 때.

헤스페로스의 몸에서 검을 뽑아내자 검과 하나로 뒤엉켜버린 심장이 밖으로 나왔다. 심장은 헤스페로스의 얼굴처럼 잿빛이었다. 피 대신 검은 물이 뚝뚝 흘렀다.

심장을 잃은 몸을 아우로리나가 관 속에 눕히자 좀처럼 흥분하지 않는 아나톨리우스가 격한 목소리로 물었다.

'이대로 봉인하라고? 진심인가? 동생을 다시는 되찾지 못할 텐데?'

키오네가 고개를 저었다.

'어차피 되찾는 건 불가능해. 이대로 살려낸들 제압하기가 극도로 까다로운 적을 상대하게 될 뿐이야.'

메리디아가 더듬거렸다.

'어딘가 한 부분이라도, 남았겠지? 헤스페로스가?'

아우로리나가 고개를 끄덕이며 조금 비틀거렸다. 말을 잇는 목소리가 떨렸다.

'심장이 여전히 속삭이고 있네. 나를 사랑한다고. 왜 나를 찔렀느냐고. 사랑스러운 내 동생, 네가 너인 채로 죽었기를. 다시 태어나기를. 아니더라도 빗방울 하나만큼이라도 네가 존재하는 세상이기를. 하지만 나는 그 비를 볼 수 없어. 너는 미래로 가고 나는 여기에 남으리라.'

마침내 아나톨리우스가 석관의 뚜껑을 덮어 봉인하고 구덩이 전체를 닫자 대지는 고요한 황무지로 돌아갔다.

그들은 떠났다.

이윽고 석관 안에서 육신과 마음의 고통, 그리고 충격에서 벗어난 약탈자가 정신을 차렸다. 심장을 잃고 육신이 식어가는데도 그는 죽지 않았다. 아니, 죽을 수가 없었다. 오래전에 죽는 법을 잊어버렸기 때문이다.

그런 채로 그는 누이를 생각했다. 자신에게 온 세상을 가르쳐줬던 누이가 자신을 찔렀고 그런 채로 눈물을 흘렸다. 그의 조각난 정신은 이 모순을 이해할 수 없었다. 앞으로 수천 년을 생각하더라도 마찬가지일 터였다.

메타모르포시는 계속 진행되고 있었다. 메타모르포시란 본래 한번 시작되면 멈출 수 없기 때문이다.

메마른 자가 봉인되자 온 대륙을 황폐하게 하던 모래 폭풍은 멈추었다. 그러나 프시키들이 남았다.

변화는 메마른 자에게만 일어난 것이 아니었다. 프시키들도 동시에 또렷한 의식과 목소리를 되찾았다. 그들이 아우로리나의 소통에 답해왔다. 수수께끼 같은 말들이 쏟아졌다.

'우리는 영원히 살고자 했던 자들이다. 우리는 마침내 성공했다. 우리는 죽지 않는다. 우리는 죽음이 가장 두렵다.'

'우리는 이미 죽었다.'

'그대의 동생이 우리를 되살려냈다.'

'그대의 동생이 우리에게 목소리를 주었다.'

'우리는 다시 한번 태어난 것이다.'

'누이여, 우리를 돌보아다오. 우리의 손을 잡아다오.'

즉, 약탈자는 하나가 아니라 여럿이었다. 메마른 자가 그랬듯 프시키들도 탐욕스럽게 덤벼들어 헤스페로스를 삼켰다. 왜냐하면 그들 역시 새 자아를 갈망하는 텅 빈 자들이었기 때문이다. 그 결과 프시키들 역시 부분적이지만 생명으로 되돌아왔다. 그제야 기억났다는 것처럼 다투어 말하기 시작했다. 자기들도 한때는 생명이었다고.

얼마나 먼 과거였던가. 기억을 되살려낸 몇몇이 나직이 회상했다. 이 땅에는 한때 생명이 가득했었다. 아름다움도 가득했었다.

그들 모두는 뛰어난 생명들이었고 훌륭한 것을 많이 만들었다. 훌륭하지 않은 것도 물론 많이 만들었다. 그들이 만든 세상은 놀랍고도 불완전했다. 다양한 생명이 뒤엉켜 제멋대로 살아가고 있었기에 영원히 완전해질 순 없는 세계였다.

'우리는 그 세상을 사랑했어. 이토록 멋진 걸 놔두고 죽을 순 없었어. 또는 아직 세상에 부족한 것이 많으니 이대로 죽을 순 없다고도 생각했지. 우리가 세상에게 해줄 일은 여전히 많았고.'

'육신은 유한하기에 죽음을 피할 수 없다. 육신 없이 살아갈 방법은 없을까.'

'육신 없이, 에너지로만 살아갈 수 있다면 우리의 삶은 무한대가 될지도 모르지.'

유령이 되는 방법도 있었다. 이 세상에 떠도는 일부 죽은 자들처럼. 그러나 유령이란 허깨비이자 후손들의 삶에 기생하는 존재였다. 후손들 가까이 머물며 후손들을 지켜보지 않으면 곧 자아를 유지하지 못하고 흩어져버렸다.

'진정한 영생은 그런 게 아니야. 정신이 에너지에 깃들어야 해.'

하지만 육신과는 달라서 에너지는 쉽사리 흐트러졌다. 그런 것에 정신을 담아두려니 에너지를 밀도 높게 압축해야 했다. 무한히 살려는 자들이 탐욕스럽게 어마어마한 에너지를 빨아들이자 세상은 경이로움을 잃어 창백하고 단순해졌다. 존재의 다양성도 사그라져갔다. 그들도 그걸 알았지만 멈출 수가 없었다. 에너지로만 이루어진 육신에 정신을 심어 자아를 유지한다는 건 마치, 극도로 피로한 사람이 정교하고 복잡한 생각을 집중력만으로 부여잡는 것과 같았다. 에너지 속에서 부유하는 자아는 모래로 만든 탑이나 마찬가지였고, 햇빛을 받아 물기가 마르면 바로 허물어졌다.

다시 그 위에 물을 뿌린다.

조금 더, 더 많이.

마침내 무한히.

어느 순간 돌아보니 한때 사랑했던 세상조차 사라져 있었지만 아쉬움을 느낄 겨를도 없었다. 허겁지겁 남은 것들마저 모조리 삼켰다. 마침내 세상에는 메마른 자와 프시키만이 남았다. 그리고…….

결국 그들은 집중력을 유지하지 못했다.

남은 것은 아득한 소음뿐이었다. 맥락도 없고 의지도 없는, 감정도 없는 조각난 파동뿐이었다. 물기가 조금도 남지 않은 사막이었다.

생명도 문명도 사라져 황무지가 되어버린 세상에는 그 많은 에너지를 퍼붓고도 결국 자아를 잃어버린 프시키들이 바람에 휩쓸려 떠다녔다.

'우리는 너무 책임감이 컸던 것뿐이다.'

'아니야, 그냥 우리 자신을 너무 사랑했던 거야. 소중하고 특별한 자신이 이대로 죽어 없어지는 것이 아까워서, 무슨 억지를 써서라도 계속 살고 싶었던 거야.'

'이건 모두 메마른 자 때문이야. 그자가 모든 걸 시작했어. 아마도.'

'그런 건 모른다. 우리가 기억하는 건 거의 없다. 메마른 자가 우리의 왕인지, 조상인지, 친구나 후손인지, 에너지체조차 유지하지 못한 우리가 서로를 탐욕스럽게 빨아들인 끝에 나타난 괴물인지…….'

프시키들이 인격을 되찾은 이유가 동생을 분해해 삼켰기

때문임을 안 아우로리나는 증오심을 참을 수 없었다. 수십, 수백만의 벌레가 달라붙어 동생을 갉아먹었다. 남의 자아를 약탈해 되살아난 저들이 피를 빨아 부풀어오른 거머리처럼 보였다.

아우로리나가 분노로 소통을 멈추자 프시키들이 애타게 소리친다.

'우리의 목소리는 그대의 동생이 주었다.'

'그대와 우리는 피로 연결되어 있어.'

'우리는 그대의 혈연이며 조상이다. 또한 후손이다.'

'그대의 동생은 우리 안에서 살아가며 달리 어디에도 없으리.'

여전히 아우로리나가 대답하지 않자 마침내 그들은 헤스페로스의 목소리를 찾아내 앞다투어 호소한다.

'누나, 난 여기에 있어. 사라진 게 아니야.'

'흰 꽃이 만발한 언덕을 보러 갔던 일 기억나? 난 전혀 잊지 않았는데, 누나도 그렇지? 그렇다고 말해줘.'

'난 누나가 키운 아이였잖아. 늘 내 손을 잡아줬잖아. 길 잃은 나를 찾아 껴안고 울었잖아.'

'날 버리지 않을 거지? 도와줘. 살려줘.'

견디다못해 아우로리나가 눈물을 흘리자 프시키들이 다가와 둘러쌌다. 꿀을 바른 손가락에 모여들었던 나비들처럼 아우로리나의 머리와 어깨에서 나풀거렸다.

프시키들은 희미한 과거의 자신과 방금 손에 넣은 헤스페로스의 조각난 영혼을 구별하지 못했다. 이미 둘은 하나였다. 불완전하든 모순되든 그들은 헤스페로스였으므로 아우로리나가 자신을 증오하는 것을 견딜 수가 없었다. 차라리 아우로리나가 자기들을 죽여주길 바랐다.

하지만 어떻게? 그들의 죽음이란 대체 어떤 것일까?

메마른 자를 봉인할 때만 해도 알지 못했다. 하지만 이제는 알았다. 메마른 자든 프시키든, 이들은 영원히 살아간다. 영혼을 잃은 대신 무한한 삶을 획득했기에. 이들은 언젠가 헤스페로스의 영혼도 잃으리라. 하지만 아직은 아니다…….

마침내 아우로리나는 프시키들이 동생임을 인정할 수밖에 없었다. 아니, 동생이 이들뿐임을 인정했다. 그들을 조금도 사랑할 수는 없었으나 버릴 수도 없었다. 동생이 이 황무지의 바람이 되어 무의미하게 떠돌도록 내버려둘 순 없었다.

'너희는 약탈자야. 이 땅의 모든 것을 삼켜서 살아남은 거야.'

'맞아. 그랬어. 우리가 그랬어.'

'너희는 그걸 다시 돌려줘야 해.'

'우리는 어떻게 해야 하는지 몰라. 다 잊어버렸어. 누이여, 알려줘. 시키는 대로 할게.'

'너희는 죽음이 두려워 죽음을 잃어버렸어. 이제 그걸 되찾는 거야. 모든 생명은 죽어야 해. 죽지 않는 건 생명이 아닐 수밖에.'

'우리는 다시 생명이 되고 싶다.'

아우로리나가 냉담하게 고개를 끄덕이며 선고했다.

'이제 나와 함께 기나긴 죽음을 시작하자.'

마법사들은 다섯 장소를 택해 프시키들을 가둘 감옥을 세웠다. 감옥은 거대한 기둥이었고 내부의 에너지를 조금씩 밖으로 내보내도록 만들어졌다. 프시키가 탐욕스럽게 차지했던 에너지는 앞으로 긴 세월에 걸쳐 조금씩 흘러나와 온 대륙을 천천히 되살려낼 것이다. 언젠가 모든 에너지가 빠져나가면 프시키는 소멸하리라. 비록 그때는 자신이 죽는지도 모를 테지만.

그것이 기나긴 죽음이었다.

한 가지 문제가 남아 있었다. 이제 마법사들도 관 속에 봉인된 메마른 자가 죽지 않는다는 것을 알게 되었다. 그렇다면 미래에 봉인을 깨고 나오지 않으리라는 보장은 없었다. 그런 일이 벌어지면 대륙은 다시 황무지로 돌아가버릴 것이다.

프시키들이 조언했다.

'누이여, 오직 그대만이 메마른 자와 맞설 수 있어. 메마른 자는 그대를 누이로 여기거든. 우리가 그런 것처럼. 그러니 우리 중 일부를 그대 곁에 남겨두고 우리에게서 흘러나오는 에너지를 마시도록 해. 그러면 누이도 무한히 살아갈 수가 있어.'

'난 그런 일을 할 수 없어. 너희의 에너지는 이 땅의 것이기에 외지인인 나와 맞지 않아.'

'아니야, 누이여. 그대는 할 수 있어. 아니, 이미 해냈어. 과일을 쪼개야 즙을 마시듯이, 칼을 찔러넣어 심장을 꺼냈을 때부터 우리의 목소리를 알아들을 수 있게 되었잖아? 그 순간 우리만이 그대의 동생이 된 게 아니야. 그대도 우리의 누이가 된 거야. 우리와 함께 룬의 아이가 된 거지.'

'룬의 아이란 뭐지? 룬이 무엇이기에?'

'이 땅에서 자라난 생명의 붉은 과실. 그 과실을 키운 부모와 조상. 그들마저 키운 힘 그 자체. 붉은 과실을 베어 물어 흐르는 피를 마신 자들은 모두 우리의 아이들이 되리니.'

프시키들은 이 땅에서 태어나고 자란 모든 것을 삼켜버린 존재들이었다. 마침내 황무지와 그들만 남을 때까지. 그들 자신이 '룬'이었고 동시에 '룬의 아이들'이었다. 처음 그들의 의식이 분명치 않을 때 그들은 룬이 자신인지, 자신이 가진 힘인지, 자신의 기원인지, 자신들의 나라인지 분명히 설명하지 못했다. 그랬던 이유를 알 법했다. 그 모두였기 때문이다. 어차피 구별할 수 없게 되었기 때문이다. 한 세계가 기묘한 방식으로 종말을 맞은 뒤에 남은 것은 프시키의 모습을 한 잔해, 아니 혼돈뿐이었기 때문이다.

이 혼돈에서 무언가가 태어난다면.

그러면 세상은 다시 룬의 아이들이 되리라.

아우로리나는 외부에서 왔기에 잿더미에 새로 떨어진 불씨처럼 다시 타오를 수 있는 존재였다. 새로운 순환, 새로운 계절의 시작이었다. 프시키들은 헤스페로스를 통해 아우로리나와 피로 연결되었다. 또한 소통의 권능을 가진 아우로리나는 그들의 과거와 의지, 그리고 회한마저 읽어냈다. 이보다 완벽한 씨앗은 없으리라.

'누이여, 세상을 다시 시작해줘.'

'탐욕의 시대를 그대의 손으로 끝내줘.'

'어떤 황무지든 새로운 시대를 맞을 자격이 있으니까.'

'이 세상은 메마른 자가 깨어나 심장을 되찾는 날 끝나리라.'

아우로리나가 대답하지 못하는 동안 깊이 생각하던 아나톨리우스가 말했다.

'저들에게 새 육신을 주자. 다시 시작하게 하자. 그게 우리가 할 수 있는 유일한 해답인 것 같다.'

'어떤 육신을?'

'무엇이든 상관없어. 가장 덧없는 것일지라도, 그것이 육신이기만 하다면. 육신을 갖고 나면 그들도 생명에 가까운 존재로 서서히 변해갈 거야.'

프시케들이 갇힐 자와 남을 자를 어떻게 나누었는지는 모른다. 대부분은 마법사들을 따라 감옥에 갇히고 일부만이 남았다. 메리디아는 남은 프시케들에게 소금으로 육신을 빚어주었다. 아이의 모습을 한 그들은 진짜 동생들처럼 아우로리나만을 따라다녔다.

하지만 소금 몸은 연약해 끊임없이 부서지고 녹았다. 메리디아에게 육신을 빚는 법을 배운 아우로리나는 이후 흙으로, 물로, 나무로도 그들의 육신을 새로 만들어주었다.

세상에는 그 자리에 오지 않은 프시케들도 있었다. 그러나 점차 그들도 아우로리나를 따랐다. 그들에게는 헤스페로스의 기억이 없을 텐데, 어째서일까?

아이들이 된 프시케들이 재잘대며 답했다.

'그들도 우리거든. 우리는 서로 그리 다른 존재가 아니야. 오래전에 자아를 잃었으니까. 작은 벌레들이 하나하나 별로 다르지 않듯 우리가 원하는 건 거의 같아. 우리는 생명마저도 공유하지. 그래서 죽어도 죽지 않는 거야.'

임무가 끝나자 네 마법사는 아르카디아로 귀환했다. 그러나 아우로리나는 돌아가지 않았다. 동생이 없는 고향에 홀로 돌아가는 상상만으로도 고통스러워 차마 시도하지 못했다.

무엇보다 자신은 심장을 지켜야 했다. 언젠가 메마른 자가 돌아와 심장을 찾으려 한다면 고향보다는 낯선 땅에 묻어두고 지키는 편이 낫지 않을까. 아우로리나는 마지막 기둥을 세웠던 북쪽 바닷가의 작은 언덕에 검게 변한 헤스페로스의 심장을 파묻었다. 검이 꽂힌 채로. 그녀의 검은 한 세상의 최후를 지키는 검이 되었다. 황폐함은 이곳에서 끝나리라. 핀스테릴은 그곳의 이름이 되고 곧 검의 이름이 되었다.

바닷물을 불러들여 채우자 언덕은 호수 속 섬이 되었다. 그녀는 소금 아이들과 함께 그곳을 지키며 오랫동안 살아갔다.

아우로리나는 미래를 알지 못했다. 그런 힘이 없었다. 그래서 그저 기다리기로 했다. 질문들은 질문인 채로 그녀의 가슴속에 봉인되어 머물렀다. 이곳에 심장을 묻어두는 것이 최선일지, 메마른 자가 다시 깨어날지 깨어나지 않을지, 그런 날이 오면 이곳에 묻힌 심장은 어떤 역할을 하게 될지.

프시키들을 가둔 기둥에서 흘러나오는 에너지의 영향으로 황무지는 점차 사라져갔다. 이윽고 온 대륙이 푸르러졌다. 땅이 생명의 힘을 되찾자 사람들은 크게 불어나 대륙 어디로든 갔다. 구석구석 마을이 생겨났다. 한때는 바위와 파도, 그리고 고요한 호수 속 섬뿐이던 북부도 이제는 호젓한 바닷가가 아니었다.

프시키들은 여전히 아우로리나 곁에만 머물려 했다. 프시키들의 장난과 야단법석에 고통받던 북부인들은 참다못해 그들을 내쫓고자 나섰다. 전쟁을 불사하려는 그들과 프시키들 사이에 위험천만한 대치가 벌어지자 은둔하던 아우로리나가 마침내 모습을 드러내 그들을 중재했다.

먼저 북부인들 가운데 프시키와 소통할 자들을 뽑았다. 문제가 생기면 아우로리나에게 알리는 것도 그들의 역할이었다. 프시키들이 에너지, 즉 룬을 조금씩 나눠주자 그들도 프시키와 소통이 가능해졌다.

아우로리나가 위대한 마법사이며 프시키들을 다스리는 힘을 가졌음을 알게 된 북부인들은 곧 자기들도 다스려주길 바랐다. 위대한 마법사가 다스리게 된다면 그들끼리 벌이던 다툼도 사라지고 타지의 침략도 걱정할 필요가 없지 않을까. 이것도 일종의 운명이라고 생각한 아우로리나는 그들의 소원을 받아들여 북부인과 프시키들의 여왕이 되었다.

북부인들은 아우로리나의 이름을 발음하기 어려워했다. 그녀의 이름은 점차 변형되어 다르게 불리기 시작했다. 아우릴라, 올리라, 오를린…….

오를란느.

육신에만 담을 수 있는 것

 여왕은 오랫동안 재위했으나 인간의 몸은 영원하지 않았다. 육신의 죽음 이후 여왕은 다시 핀스테릴로 돌아갔다. 북부인들은 여왕이 어디선가 영원히 살아가며 오를란느와 왕가를 수호한다고 믿었다. 그러한 믿음은 점차 대공가를 수호하는 신비한 주술에 대한 전설로 변해갔다.
 전설은 어느 정도 사실이기도 했다. 여왕이 남긴 자들이 있었기 때문이다. 프시키와 소통하던 자들은 프시키와의 연결이 끊긴 뒤로도 오랫동안 대공가를 수호해왔다. 에투알이라는 이름으로.
 여왕이 떠나자 소통의 힘은 흐릿해졌다. 프시키들은 말을 잃고 여기저기로 흩어졌다. 하지만 일부는 여왕 곁에 남았다.

여왕은 그들에게 육신을 거듭 만들어주었으나 점차 그럴 필요가 없게 되었다. 프시키들이 스스로 육신을 만들 줄 알게 되었기 때문이다.

여러 자연물에 기대었기에 때로는 아주 오래 살고 때로는 이슬처럼 깨어졌으나 그것도 육신이었다. 숲의 아이, 바다의 아이, 흙과 바람의 아이들. 마법사들에게 소멸당해도 흩어졌던 에너지를 모으기만 하면 언제든지 되살아나는 온 대륙의 조상들. 누군가는 요정이라 부르는 것들.

그것도 메타모르포시였다.

긴 세월이 흘렀다. 모든 것을 잊고도 남을 만큼.

프시키들처럼 자연물로 새 몸을 만들며 살아온 여왕은 어느덧 자신이 북부인의 여왕이었음을 잊었다. 요정들이 누구였는지도 잊었다. 왜 여기에 머무는지도 잊었다. 호수 속 섬이 무엇인지도 잊어버렸다. 다만 이곳에 머물러야 한다는 것만은 기억하고 있었다. 요정들의 영향을 받은 여왕은 언제부터인가 소녀의 모습이었다.

어느 날 여왕은 한 소년을 만났다. 소년이 소원을 말했을 때 여왕은 문득 기억해냈다. 아, 그랬다. 자신은 이곳에서 무언가를 지키고 있었다. 그래서 이토록 오래 살아온 것이었는데.

기억과 함께 깨달음도 밀려왔다. 메마른 자는 이미 오래전에 깨어나 있었다. 오랫동안 세상을 헤매고 다녔다. 그런데도 도로 세상이 황폐해지지 않은 건 그자가 자신이 누구인지 몰랐기 때문이었다. 그자는 스스로를 알지 못해 고통스러웠고, 그런 고통을 이 땅의 생명들에게 전가하려 했다. 조각칼로 세상을 깎아 피 흘리게 하면 그 속에서 자신이 나타난다고 믿는 것 같았다. 그자에게 소중한 기억은 단 하나, 슬퍼하던 검은 머리의 여자뿐이었다. 인간인지 아닌지도 불분명한 자신을 사랑해준 사람은 그 여자뿐이었다.

그런 모든 사실이 갑작스레 선명해졌다. 바닷가를 뒤덮고 있던 뭉근한 안개가 날카로운 태양빛에 바짝 말라버린 듯했다. 그제야 기억에 안개를 씌운 사람은 자신이었음을 알았다. 왜 그랬던가? 아, 고통을 되새기며 살아오기엔 너무 긴 세월이었기 때문이다.

여왕은 처음으로 프시키들을 이해했다.

지금이라도 메마른 자를 다시 막아야 했다. 그러려고 이토록 오래 견뎌오지 않았던가? 그러나 여왕은 불현듯 깨달았다. 자신은 그자와 대결할 수 없다는 것을.

그건 자신이 더이상 슬퍼하지 않기 때문이었다.

오래전에 인간의 몸을 잃은 자신, 괴로운 기억은 안개로 덮어버린 채 프시키들이 흘리는 이슬 같은 룬을 마시며 꿈같은 세월을 보내온 자신은 헤스페로스를 잃었던 날의 고통도, 증오도, 비탄도 간직하지 못했다. 그런 것을 오래 담을 수 있는 건 육신뿐인 까닭이다.

프시키들도 그런 것들을 다 잃었기에 자기들이 누구인지 잊지 않았던가. 반면 메마른 자는 헤스페로스가 된 직후 봉인되었다가 고작 수백 년 전에 깨어났다. 그 오래전 일이 마치 어제인 양 그자는 헤스페로스의 죽음을 슬퍼하던 누이를 찾고 있다. 그러나 자신은 이미 그가 찾는 누이가 아니었다.

그보다는…… 프시키였다.

소년 줄리앙이 의지를 품은 눈으로 자신을 보며 "나와 결혼해줘"라고 말했을 때 여왕은 알았다. 자신에게 단 한 가지 길이 남아 있음을. 온 세상이 무너질 운명이더라도 최후의 별빛은 주어지는 것이 이치였기에, 그래서 세상이 짊어진 무게를 전혀 모르는 소년이 약속의 열쇠를 쥐고 찾아왔음을.

자신은 그 열쇠를 받아들어 돌릴 운명임을.

이 모두는 태초에 시작된 자정의 약속이었음을.

세번째 소원을 들어주고자 여왕은 긴 세월 간직한 모든 것을 버렸다. 영생도, 권능도, 기억도.

다시금 아무것도 모르는 아이로 태어나 운명처럼 소년을 찾아갔다. 그렇게 대공비가 된 델핀은 새로운 생명을 잉태했고, 그때부터 부스러진 기억이 돌아오기 시작했다. 그 기억은 거대하고 무거워 인간의 몸으로 감당할 수 없었기에 그녀의 입에서는 정체 모를 말이 끊임없이 흘러나왔다.

—내겐 동생이 있었어.

—내가 그애를 죽였어.

—그애가 나를 부르고 있어.

—그애를 다시 죽여야 해.

—검을 줘, 검은 어디 있지?

줄리앙은 그런 델핀을 안심시키려고 갖은 노력을 다했다. 달래고, 위로하고, 때로는 그냥 들어주고, 설득도 해보고, 믿어주는 체해보고, 눈물로 호소도 해보았다. 관심을 돌릴 만한 것이라면 뭐든지 시도해보았다. 동생이라는 자를 찾도록 아 노마라드로 사람들을 보내기도 했다.

그럼에도 불구하고 델핀은 밤중에 벌떡 일어나 검을 찾으러 돌아다녔고, 늦었으니 가야 한다며 성 밖으로 달려나갔다. 이상한 소리를 늘어놓다가 울고 웃기를 반복했다. 결국 사람들의 방문을 막고 홀로 지내게 하는 수밖에 없었다. 무슨 일을 저지를까 두려워 아름답던 궁전의 창마다 흉측한 쇠창살을 달고 덧문도 단단히 잠갔다. 무기가 될 만한 것은 모두 치우게 했다. 줄리앙 자신의 검조차도. 대신 알레망 단장을 비롯한 에투알 몇 명이 밤낮으로 교대해가며 침소 주변을 지켰다. 이 시절 줄리앙의 인내심이 얼마나 심하게 깎였던지 그후로도 그는 추상적인 말을 지껄이는 영매나 점술가 부류를 극도로 싫어했고 마법사조차 논리적으로 말하지 않으면 참지 못했다.

마침내 샤를로트를 낳은 델핀은 안정된 듯했다. 줄리앙은 겨우 안심했지만 그건 델핀이 더이상 혼란스럽지 않았기 때문이었다. 출산의 고통이 인간 육신이 갖는 방어 기제를 찢어 발기자 파묻힌 기억의 거대한 등뼈가 드러났다. 그 뼈대에 조각난 기억들이 하나씩 하나씩 이어붙여졌다.

델핀은 어린 샤를로트를 안은 채 생각에 잠겨 있었다. 자신은 여기 머무를 수 없었다. 떠나야 했다. 호수 속에 감춰진 비밀이 기다리고 있었다.

다 알면서도 인간이었기에 고통스러웠다. 인간으로 태어나 사랑한 모두를 버려야 진실을 알 수 있다니. 무엇보다 줄리앙이 측은해 견딜 수가 없었다. 저 사람은 영영 이해할 수 없을 것이다. 아니, 이해하고자 하지도 않을 것이다. 자신이 사랑한 아내가 동시에 다른 사람이기도 하다는 것을 받아들이기에는 너무 현실적인 사람이었으니까.

반면 베르나르는 어렸기에 오히려 어머니의 이야기를 액면 그대로 받아들였다. 델핀이 일부러 동화처럼 살짝 바꾸어 말한 까닭도 있었다. 오를란느에서 자란 아이답게 베르나르도 요정 이야기에 익숙했고 요정의 존재도 굳게 믿었다. 어린 줄리앙이 그랬듯이.

'그러니까 어머니는 요정이라는 거네요? 그럼 샤를로트도요? 우와.'

'알았어요. 꼭 비밀을 지킬게요. 그래야 되잖아요. 안 그러면 어머니는 떠나버리고 동생은 돌멩이나 두꺼비로 변해버릴 거잖아요. 샤를로트는 너무 귀여워서 이대로가 좋겠어요.'

'언젠가 어머니가 떠나셔도 뒷일은 걱정 마세요. 제가 아버지를 지킬 거고 동생도 지켜줄 거예요. 왜냐면 전 위대한 오를란느의 수호자거든요.'

어린아이가 하는 말이었다. 진지하게 믿을 가치는 없을지도 모른다. 그렇지만 자신은 오래전에 베르나르 또래였던 소년을 믿지 않았던가.

하지만 그것도 오래가지 않았다. 처음에 신기해하던 베르나르는 점차 두려워하기 시작했다.

'요정은 꼭 요정 나라로 돌아가야 하는 거예요? 가고 나면 우릴 잊어버리시나요? 안 가면 안 되고요?'

'떠나더라도 그냥 훌쩍 가버리시면 안 돼요. 꼭 먼저 말해주셔야 해요. 인사도 없이 갑자기 가실까봐 너무 두려워요.'

'왜 떠나야 하는지 그것만이라도 알려주시면 안 돼요? 절대로 다른 사람한테는 말하지 않을게요. 맹세할게요.'

델핀은 망설이다가 고개를 저었다.

'네가 좀더 나이가 들면.'

어느 날 밤, 불안해하는 베르나르를 달래던 델핀은 테이블보 위에 충동적으로 호수와 섬을 그렸다. 꿈에 본 건 그게 전부였는데, 곧 저도 모르게 손이 뻗어가더니 나무를 그려냈다. 아직은 열매 맺힐 준비가 안 된 키 작은 나무가 섬 가운데에 서 있었다.

'저 북쪽 땅에 있는 나무야. 거기선 비밀의 열매가 열려. 그게 언제인지는 나도 몰라. 그 열매를 네게 줄게. 언젠가 준비가 되었을 때.'

길지 않았던 나날이었다. 어느 날 델핀은 떠났다. 누구에게도 미리 말해줄 수 없었다. 그녀 자신도 몰랐기 때문이다. 미래는 모른다. 아무것도 모른다. 어린 딸이 자라 무엇을 알고 이해할지, 어떤 결정을 내릴지도.

겨울이 시작될 무렵 델핀은 호수에 다다랐다.

잔눈발이 드문드문 날렸고 호숫가에는 얼음이 밀려와 자그락거렸다. 겹겹이 내린 안개에도 살얼음이 서걱거렸다. 호수 위를 응시하며 잠시 기다리자 하얀 입김이 사그라지면서 마술처럼 섬이 모습을 드러냈다. 그곳엔 정말로 나무가 서 있었다. 무성해진 가지에 서리가 낀 **빨간** 열매를 단 하나 매달고서. 델핀은 미소를 지으며 속삭였다. 나의 딸. 애처로운 나의 어린 딸. 모든 비밀이 너를 위해 맺히리라. 사과를 맛본 자,

다시는 바다 밑으로 돌아가지 못하니.

그리고 호수 속으로 걸어들어갔다. 녹색 신을 신은 발이 찰박 소리를 내며 사라지고 발목에 닿던 물이 무릎으로, 허리로 올라왔다가 가슴과 목을 삼켰다. 너울대며 따라오던 흰옷도 물속으로 잠기고 이윽고 검은 머리채만이 물풀처럼 너울거리고 있었다.

최후의 메타모르포시가 일어날 시각이었다.

냉기가 칼날처럼 몸을 찌른다.
회색 물이 넘실거리며 의식을 뒤덮고 호흡을 빼앗는다.
소리도 빛도 사라진다.
나가지 못한 숨이 가슴속에 갇힌다.
무엇도 딛지 못한 발은 여전히 나아가려 한다.
육신이 있어 이 고통을 담을 수 있었던 거라면, 이제 녹아 버려도 좋을 텐데.

검은 물에 갇힌 샤를로트는 옛 꿈을 보고 있었다. 정확히는 델핀이 보고 있었던 것이겠지만 실은 같은 말이었다. 자신이 곧 델핀이었다. 이제 그 꿈들이 어디에서 왔는지 알겠다. 왜 왔는지도 알겠어.

흰 꽃가루가 날리던 산기슭에 선 금빛 고수머리의 아이. 작고 날아다니는 것들을 좋아하던, 그래서 꿀 바른 손가락을 들고 서 있던, 흰 꽃과 보라빛 꽃이 가득한 들판에서 웃고 있던 그 아이가 델핀의, 아우로리나의 잃어버린 동생이고 인간과 프시키를 반죽해 방적소 지하 벽에 발라놓았던 아이언페이스였다.

거대한 죄 그 자체가 된 그 아이를 멸하고자 오늘날까지 존재해왔으니 작고 아름다운 행복을 누릴 육신은 가져갈 수 없는 것이 당연하다.

그때 누가 자신을 불렀다. 아득히 멀던 목소리가 가까워져 왔다.

"연하……."

누구지?

제 손을 누군가가 잡았다. 아니, 이미 잡고 있었는데 언제부터였는지 기억이 나지 않았다. 그 손이 자신을 깊은 물속에서 끌어올렸다. 서서히 육신의 무게가 되돌아오고 서늘한 공기가 폐를 찢듯이 밀려들었다.

샤를로트는 힘겹게 눈을 떴다. 속눈썹에서 뚝뚝 떨어지는 것이 물인지 땀인지 몰랐다. 온몸도 흠뻑 젖어 있었다. 얼굴은 새하얗다 할 정도로 창백했다.

"정신이…… 드십니까?"

누가 날 부르는 것일까.

검.

샤를로트는 자신과 함께 검자루를 쥔 손을 깨닫고 로랑을 보았다. 눈썹을 찌푸리고 눈을 몇 번 깜빡이는 로랑의 눈가가 붉었다. 입술도 떨렸다. 평소 한 번도 보지 못했던 혼란스러운 표정이었다. 그가 힘겹게 말했다.

"샤를로트, 이건 정말…… 갈 길이 아니야."

공녀를 존칭 없이 부르다니, 수련병과 에투알이었던 시절 이후로 한 번도 없었던 일이었다. 그러나 샤를로트는 그저 로랑을 뚫어져라 보기만 했다. 눈을 한 번 감았다 뜨자 눈물이 주르륵 흘렀다. 온 얼굴을 적시도록 흘렀다.

"그대가 날 다시 한번 물에서 건져냈구나. 꼭 그럴 필요는 없었는데."

"그게 무슨 말씀입니까?"

"아니, 이제 괜찮아. 그대는 임무를 다했어."

그 말과 함께 검에서 일렁이던 붉은 광채가 가라앉았다. 로랑이 한숨을 내쉬며 중얼거렸다.

"단장님, 이건…… 어딘가에 넣어서 가져가야 할 것 같습니다. 사람이…… 들고 다닐 만한 검은 아니네요."

아무도 대답하지 않았다. 로랑은 다른 사람들을 찾으려다 의아해졌다. 왜 아무도 없지?

아니었다.

에투알은 싸우고 있었다. 뭔가 아주 많은 적과 사투를 벌이고 있었다. 네이도 있었다. 적들의 공격 방향을 읽어내고 가리키면서. 그러나 그들 모두는 아주 먼 곳에 있는 듯했다. 영상을 전달하는 마법 같은 것으로 건너다본 다른 세계인 것처럼. 물론 소리도 전달되지 않았다. 그들 둘만이 어딘가 다른 곳으로 이동해 왔을까?

그럴 리 없었다. 뭔가로 단절되어 있을 뿐이다.

로랑은 샤를로트를 다시 봤다. 샤를로트는 주변에서 무슨 일이 일어나든 아무 관심이 없는 것 같았다. 허공을 응시하는 옆얼굴이 기묘할 정도로 차분했다.

"연하, 저들이 보이십니까? 모두 싸우고 있어요."

"……."

"도와야 할 것 같은데…… 우린 여기서 나가지 못하는 겁니까?"

샤를로트의 시선이 조금 움직였다. 그러나 개미떼의 싸움을 보는 노인처럼 무감정한 눈이었다. 로랑은 자신도 혼란스러웠지만 샤를로트의 변화에 더 어쩔 줄 몰랐다. 조금 전까지 샤를로트는 무얼 봤을까? 자신과 같은 것이었을까?

"연하! 샤를로트 공녀 연하!"

자신과 샤를로트가 정체 모를 장막 안에 있다면, 그 안에서도 샤를로트는 한 겹 더 싸여 소리도 감정도 차단된 곳에 있는 것일까. 아무리 외쳐 불러도 닿지 않는 것일까. 다른 시간, 다른 세상의 다른 사람이 되어서?

"……로랑."

겨우 샤를로트의 입이 열리고 시선이 맞닿았다. 샤를로트의 표정을 본 로랑은 속에서 뭔가가 울컥하는 것을 느꼈다. 너무나 평온해서다. 이때껏 공녀를 섬겨오면서 한 번도 보지 못했던 편안한 표정으로 그를 보고 있었다. 아무것도 고민하거나 방어하거나 계획하지 않았다. 세상에 태어나 따뜻한 바람과 푸른 하늘 말고는 본 적이 없는 아기 같은 얼굴이었다.

아, 지금껏 보아왔던 샤를로트는 대체 어떤 상태였던가.

몰랐더라도 이 대조 속에 모든 것이 들어 있었다. 인간은 고뇌 없이 살아가지 못한다. 하지만 한 번만이라도 저런 얼굴이 될 수 있다면, 그런 공녀에게 다시 세상으로 돌아오라고 하는 것은 옳은 일일까?

둘을 보호하던 결정은 사라졌으나 땅은 더이상 갈라지지도 무너지지도 않았다. 용암처럼 들끓던 기운도 그 밑에서 고요히 흘렀다. 모든 것이 천 년 전의, 또는 천 년 뒤의 일처럼 아득히 멀었다. 그들 두 사람만이 모든 시간에서 빠져나와 별들 사이에 선 듯했다.

"네, 말씀하십시오."

"어떻게 하고 싶어? 원하는 대로 해줄게."

마치 로랑의 마음을 읽기라도 한 듯한 말이었다. 조금 전 자신이 했던 생각을 떠올린 로랑은 덜컥 겁이 났다. 샤를로트의 평화로운 얼굴을 지켜주고 싶다 해도 그건 얼마나 큰 대가를 치러야 하는 것일까? 자신 하나라면 얼마든지 내던지겠지만 그는 루그란에서 죽어가는 사람들을, 살게 되어 기뻐하는 사람들을 보았다. 노래하고 웃고 떠들며 폭죽을 터뜨리던 사람들…….

"제가…… 무슨 말씀을 드려야 할지……."

"그냥 마음 가는 대로 말하면 돼. 그러면 그대로 될 거야."

이상한 대화였다. 공녀는 전지전능한 존재가 아니다. 그런데 이 안에서는 묘하게 정말 그럴 것 같다는 생각이 들었다. 무엇보다 공녀는 이 순간 결정하려 한다. 공녀 자신과, 그리고 세상의 운명을.

그렇다면 어떤 선택을 해야 하는가?

소리 없이 싸우고 있는 단장과 에투알들을 꿈속 풍경처럼 관람하고 있는 이 기묘한 공간은 물속처럼 고요했다. 물론 알고 있다. 인간은 천 년 전에도 싸웠고 천 년 뒤에도 그러리라는 걸. 저들의 싸움, 저들의 죽음에 몰입할 필요는 없을지도 모른다. 세월이라는 장벽만 생기면 별생각 없이 바라보게 될 풍경이니까. 반면 조금 전 느낀 감정, 그거야말로 진심이 아닐까? 마음 가는 대로 할 수 있다면 누구나 그쪽을 택하지 않을까?

하지만 그에게 무슨 권한이 있단 말인가.

샤를로트가 온 세상을 잊고 평화롭게 살아갈지, 아니면 누군지도 모를 사람들을 구하고자 가시밭길을 걸을지 결정하라는 말을 들은 자신은 그저 공녀를 섬기는 신하 중 하나일 뿐이다. 온 세상을 대표할 존재도, 공녀의 삶을 대신 결정할 존재도 될 수 없다. 왜 샤를로트는 자신에게 그걸 묻는가? 단지 어쩌다보니 이 안에 같이 있게 됐다는 이유만으로, 정말 그것뿐인가?

어쩌면 공녀는 누구였든 상관없는 게 아니었을까? 어차피 정답은 없으니까. 누구에게도.

입술을 몇 번이나 짓씹으며 샤를로트를 보고, 다시 바깥을 보았으나 가슴이 답답해지고 호흡이 거칠어질 뿐이었다. 어찌 보면 잔인한 선택권이었다. 고문이나 다름없는 시간이었다. 차라리 다른 사람에게 물어봐주길 바랐다. 동시에 이것이 자신이 자초한 질문일지도 모른다고도 생각했다. 랑파르로서 검을 함께 잡겠다고 나섰을 때 자신은 여기까지 생각했던가?

그러는 동안 바깥의 싸움은 힘겨워져갔다. 두 명이나 부상을 입었고 나머지도 지쳐갔다. 에투알 브릴랑테가, 오를란느에서 전투로 대적할 자가 없을 그들이 일곱 명이나 있는데도.

적의 수는 무한한 듯했다. 이대로 기다린다면 저들 모두는 여기서 죽으리라. 얼마나 걸릴지는 모르지만 결국은 그럴 수밖에 없다. 아무도 달아나지는 않을 것이다. 그들은 공녀를 지키고 있으니까.

브릴랑테들의 죽음은 곧 세상의 죽음일지도 모른다. 저들조차 버린 샤를로트가 마음을 바꿀까? 누구든, 무엇이든 지키려 할까? 그렇다면 어떻게 된단 말인가? 로랑 카스티유…… 네가 그런 선택을 할 수가 있어?

단순하고 모자란 자신에게 이토록 고통스럽게 생각해야 하는 질문이 닥쳐온 것을 믿기 힘들었다. 랑파르로서 누군가를 지키겠다는 선언 너머에 얼마나 복잡한 선택이 있는지, 생각하기도 전에 그는 결정했었다. 그렇다 해도 책임을 질 수밖에 없다. 무엇이 최선의 답인지, 모자라더라도 노력할 수밖에 없다.

그때 로랑은 불현듯 문제를 뒤집어 생각해보았다. 이 문제는 샤를로트의 입장에서 바라봐야 하는 게 아닐까? 샤를로트는 아무 의지가 없는 듯 보이지만 정말로 그럴까? 이곳에 들어오기 전, 그가 알던 공녀라면 어느 쪽을 택할까? 자신은 그걸 대신 선택해줘야 하는 게 아닐까? 그걸 알 수만 있다면…….

시시각각 위험해져가는 동료들을 보고, 다시 다른 사람인

양 초탈한 샤를로트를 보았다. 저 모습이 진정한 샤를로트 자신일 리가 없다. 마침내 로랑은 말했다.

"나가서 동료들을…… 돕고 싶습니다."

"그래."

고개를 끄덕인 샤를로트가 로랑의 손목을 잡더니 검에서 떼어냈다. 샤를로트가 로랑보다 힘이 셀 리 없는데, 아니 샤를로트가 별다른 힘을 주는 것 같지도 않았는데 저항할 겨를도 없이 손이 떨어졌다.

"아, 연하……."

무어라 말하려 했지만 말을 이을 겨를이 없었다. 샤를로트는 혼자 쥔 검을 허공에 가볍게 휘둘렀다. 그러자 보이지 않는 장막이 걷히며 강렬한 소리와 열기가 훅 끼쳐오고, 아득히 멀리서 내려다보는 듯했던 감각은 산산이 깨어졌다. 현실에 던져지는 순간 로랑은 놀라며 생각했다. 자신이 이들을 버릴 뻔했다니, 그런 생각을 잠시라도 했다니.

"연하! 무사하십니까? 로랑, 자네는?"

상황을 깨달은 외침이 울리는 사이, 샤를로트는 검을 다시 바닥에 꽂아넣었다. 그러자 무한히 불어나기만 하던 불길 짐승들이 움직임을 멈췄다. 더 깊이 박아넣자 수만 개의 불티로 변해 갈라진 바닥으로 빨려 들어갔다.

네이가 샤를로트의 얼굴을 보더니 몸서리를 치며 중얼거

렸다.

"아…… 이제 결단을 내리신 거구나……."

잠시 후, 땅 밑에서 목소리가 들려왔다. 수많은 금속 현을 문지르는 것처럼 날카롭고 가느다란 목소리였다.

—왜 그랬어. 누이여.

—세상 무엇보다 나를 사랑한 누이여.

—왜 나를 죽인 거야?

샤를로트가 망설임 없이 대답했다.

"너는 죽어 마땅했으니까."

그러자 목소리가 녹슨 톱니처럼 비틀렸다.

—아니야……. 너는 나를 들여다보잖아……. 너는 다 알잖아!

땅 밑의 붉은 덩어리가 들끓기 시작했다. 여기저기에서 간헐천처럼 튀어오르다가 마침내 합쳐지며 허공으로 솟구쳤다. 눈앞에 나타난 그것은 붉기보다 오히려 검었다. 타르 반죽 같은 시커먼 덩어리가 세상을 삼킬 듯 소용돌이치며 지옥으로 통하는 전이문처럼 커져갔다.

—네가 만든 나를 보라.

샤를로트는 검은 소용돌이를 올려다보았으나 당황한 기색도, 두려움도 없었다. 침착하다못해 다른 사람인 것만 같았다.

"맞아. 내가 너를 만들었지. 그래서 지금껏 기다린 거야.

네 끔찍이 긴 목숨을 끊어줄 수 있는 건 나뿐이거든. 기다려. 이제부터 해줄게."

샤를로트가 바닥에서 검을 뽑자 검신에서 너울대는 불꽃이 한밤의 어둠을 휘갈겨 찢었다. 그동안 에투알들은 공녀 주변을 둘러싸고 방어진을 구축했지만 공격을 시작하지는 못했다. 단장이 다가가지 말라고 명령했기 때문이다. 그들이 끼어들 싸움이 아니라고 판단한 것일까.

샤를로트가 불타는 검을 겨누자 소용돌이는 움직임을 멈추었다. 이윽고 다른 목소리가 흘러나왔는데 이번에는 어린아이였다.

―누나, 왜 나를 불쌍히 여기지 않는 거야?

―왜 예전처럼 나를 사랑하지 않는 거야?

"왜냐하면……."

샤를로트가 찌르기 자세로 검을 뻗어 소용돌이를 꿰뚫었다. 검에서 이글거리던 불길이 소용돌이에 빨려 들어가며 샤를로트마저 함께 삼켜지는 듯했다. 동시에 근처에서 도사리고 있던 네이의 손에서 처음으로 마법인지 뭔지 모를 빛이 터져나오더니 샤를로트 주변의 불길을 모조리 한 점으로 빨아들여 집어삼켰다. 순간적으로 캄캄해져 아무것도 보이지 않았다.

"연하!"

로랑이 달려들었을 때 검은 소용돌이가 무너지며 폭발하듯 사방으로 흩어졌다. 점액질의 덩어리가 쏟아져내리고 땅 밑을 흐르던 용암도 질퍽거리는 진흙 같은 것으로 변했다. 에투알이 모두 달려온 직후, 어둠 속에서 한줄기 불길이 나타나 다시 너울거리기 시작했다. 샤를로트의 검이었다. 공녀의 팔을 붙든 로랑이 한숨을 내쉬며 중얼거렸다.

"후…… 무사하셨군요."

네이가 허리를 꺾어가며 요란하게 기침을 하더니 히죽히죽 웃었다.

"프시키 다루는 법을 이제야 좀 알겠네."

주위는 여전히 어두웠다. 나제리온이 덤덤하게 빛 막대를 꺼내들자 다른 자들도 따라 했다. 다들 뒤집어썼던 검은 점액은 생각보다 빠르게 사라져 얼룩만 좀 남았고 그나마도 지워지는 중이었다.

샤를로트는 여전히 누가 있기라도 한 것처럼 허공을 올려다보고 있었다. 조금 전 전능하고도 평화로워 보이던 공녀를 떠올리고 불안해진 로랑이 막 입을 열려 했을 때, 평소처럼 새침한 목소리가 튀어나왔다.

"나한텐 너 같은 동생이 없거든. 오빠뿐이라고."

16 장

EVERY LIFE

한 인간의 무게

 난로에 올려둔 주전자가 다글거리며 끓었다.

 창밖에는 연녹색 싹이 뾰족하게 솟은 가지가 늘어져 있었다. 뭔 나무인지는 모른다. 허술한 잠금장치가 달린 창틀에 끼운 손바닥만한 유리는 면이 고르지 않고 흐릿해서 무엇 하나 제대로 보이는 게 없었다. 손끝으로 성에를 문질러봐도 소용없었다. 저물녘 햇빛이 새어드는 게 고작이다. 이거 열리긴 하는 걸까.

 창문의 색채가 어쩐지 지난겨울을 연상시켰다. 끔찍하게 춥던 날, 창문을 여느니 마느니 옥신각신하던 때가 엊그제 같기도 하고 십 년쯤 전 같기도 했다. 그래선지 겨울도 끝난 것 같지가 않다. 그때 시작된 뭔가도 마찬가지로 끝나지 않은 기분이고.

하지만 그 시절이 남긴 거라곤 저 건너에 앉은 수상쩍은 놈밖에 없었다.

"왜 기분 나쁘게 쳐다봐요."

"또 퍼덕퍼덕 도망갈까봐 그런다."

청어절임은 시큰둥하게 제 손가락을 구부려 입가에 거는 시늉을 해 보였다. 잡힌 고기란 소리다. 그 말은 맞았다. 아니라면 이런 면담이 성립했을 리가 없지.

밤의 주민들.

막시민은 아직 그들에 대해 많은 걸 알지는 못했다. 청어절임 이놈이 뭔가 수상쩍은 비밀을 숨기고 있다는 짐작은 했었다. 다시 붙잡았을 때는 제일 먼저 그것부터 밝히고 시작하려 했다. 그런데 청어절임은 의외로 순순히 자신이 밤의 주민, 즉 나이트워커라고 밝혔다. 물론 막시민은 그런 이름도 처음 들어봤지만.

듣자니 예전에 공화국을 세웠던 자들과 손잡은 정보 조직이라는데 그런 걸 누가 만들었는지, 왜 만들었는지 그런 건 모른다. 아는 건 공화파는 잡히는 즉시 목이 매달리는 왕국의 반역자들이라는 것뿐이다. 막시민은 설명을 들으며 미간을 찡그린 채 생각했다. 무엇 하나 쉬운 게 없네. 어디다가 발을 디뎌도 함정이라니까. 이딴 인간하고 잘도 지지고 볶으며 지냈지 뭐냐. 모처럼 만났으니 집 나간 아버지 안부라도 물어봐야 하는 거냐고.

오래전에 집을 나간 막시민의 아버지는 공화파라는 소문이 있었지만 확인된 사실은 아니었다. 뭐 집구석에서 불온한 종잇조각이라도 튀어나온 것도 아니었고. 그런 게 있었대도 예전에 뒷간에서 써버렸겠지만.

하지만 제레미 드 플레상스 경의 편지를 통해 그건 사실로 밝혀졌다. 행방이나 생사는 여전히 모를 일이었지만 어쨌든 미심쩍던 출생의 비밀이 약간은 분명해진 셈이랄까. 돈푼 나올 구석은커녕 잡혀가 죽을 구실만 생겨난 비밀 따위 안 밝혀져도 그만이었을 텐데, 쓸데없이 그런 것만 밝혀지는 것이야말로 막시민 인생의 진정한 비밀일지도 모른다.

그나마 조금쯤 궁금할 법한 점, 그러니까 어떻게 생겨먹었고 성질머리가 어떤 인간이었는지 그런 건 또 전혀 알아내지 못했다. 플레상스 경과 아버지는 안면도 없었던 모양이니까. 그러고 보니 막시민이 살던 동네 사람들은 뭐라도 알지 않았으려나. 그런 큰일날 소리가 자칫 와전되면 어린애들끼리 사는 집에 무슨 끔찍한 사달이 닥칠지 모르니 적당히 감춰준 것이었을까.

이렇듯 위험천만한 정체를 청어절임이 순순히 밝힌 데는 이유가 있었다. 그들 쪽에서 막시민을 만나고 싶어했다. 왜?

"모르는데요?"

청어절임의 대꾸는 당연하다는 투였다. 그들 조직은 결정이 위에서 아래로만 흐르는 모양인지 말단에 해당하는 청어절임이 윗선에서 내린 결정의 이유를 물어볼 일도 없고 그럴 방법도 없었다. 굳이 따지자면 있긴 한데 아주 특별한 경우여서 경로도 전혀 다르다고 했다. 이를테면 평소에는 빵집 주인에게 지령을 받지만 질문이 있으면 블루엣 강 상류의 낚시꾼을 찾아가야 하는 식이다. 빵집 주인한테는 절대로 아무것도 물어선 안 되고 아는 사이라는 티도 내선 안 된다.

"지난겨울에 왜 그리 우리한테 달라붙어 있었나 물어보려 했는데, 그것도 그냥 윗선의 지령이야? 너한텐 이유고 뭐고 없는 거고?"

청어절임은 뭔가 더 설명하고 싶은 얼굴이었지만 곧 체념하고 고개를 끄덕였다.

"그런 셈이죠."

막시민은 어깨를 으쓱하고는 포기했다. 아버지란 인간의 안부 따위 물어봤자 소용없겠다고 생각하면서.

만남 장소도, 시각도 그쪽에서 정했다. 막시민은 어차피 별 의견이 없었으므로 그러자고 했지만 청어절임을 뒤따라와보고는 조금 놀랐다. 오거리 쪽으로 불쑥 튀어나와 눈에 띄는 이 술집 앞은 몇 번인가 지나가본 적이 있다. 그러나 술맛

이 어떤지 기웃거려볼 만한 곳이라고 여긴 적은 한 번도 없었다.

시골에서 자란 막시민은 가난뱅이일지라도 마을 공동체에 속해 있었기에 어떤 곳은 어른들이 들여보내주지 않는다는 것을 눈치채며 자랐다. 이를테면 마을 경계를 벗어나 외진 산그늘에 있던, 투견이 벌어지는 집 같은 곳이 그랬다. 그렇게 살아오다 대도시를 구경하게 되자 도시에서는 그런 것이 잘 구별되지 않고 때로는 의도적으로 뒤섞여 있다는 걸 알게 됐다. 아이들의 접근을 막아주는 어른도 물론 없다. 다행히 막시민에게는 날카로운 관찰력이 있었으므로 여기서도 곧 눈치를 챘다. 도시의 심연은 이름이 없고 도처에 감춰져 있으며 한층 깊다는 것을.

이제는 보자마자 알아차리게 된다. 여기야말로 도시의 하수구였다. 여기서 내다보는 세상은 이 유리창처럼 흐릿하게 이지러져 있으리라.

"아까 들어오면서 보니까 안쪽은 도박판이던데."

"그런 것 같더라고요."

"근데 판돈이 안 보이더라. 딱밤 때리기는 아닐 텐데."

"……아니겠죠."

막시민은 일어나 창을 열어보려 했다. 하지만 열리지 않았다. 대신 나무 창틀에 새겨진 수상한 글귀만 발견했다. '봄바

람 불고 꽃망울 맺히니 죽기에 좋은 날이다.'

"거기 사람들은 이런 데를 좋아하나?"

칼끝으로 새긴 글귀를 손끝으로 문질러보다가 중얼거린 말에 청어절임이 눈을 내리깔며 대꾸했다.

"그런 건 아니지만 나라에서는 똑같이 보니까요."

"같은 굴에 기어들어가서 그래 보이는 건 아니고?"

"안 봐요. 지저분한 굴을 들여다보는 건 나라님도 싫어하니까."

아, 그래서 들킬 염려가 적어진다는 건가. 맞는 말 같기도 해서 막시민은 어깨를 움츠리며 팔짱을 끼었다.

"야, 넌 어쩌다가 이런 거 하게 됐냐?"

말할 수 없다고 할 줄 알았는데 의외로 청어절임이 피식 웃더니 말했다.

"멍청해서요."

"뭔 소리야."

"똑똑했으면 이런 굴까지 기어들어왔겠냐고요. 일찌감치 도망갔지."

그런 말을 하면서 계속 웃고 있어서 막시민은 말을 이으려다 입을 다물었다. 즐거워서 웃는 게 아니란 거야 알지만 그 이상으로 이상한 느낌이 든다. 청어절임은 웃음을 멈추려 해도 잘되지 않는 것처럼 허리까지 굽혀가며 킬킬거렸다. 그걸 보던 막시민은 알았다. 저놈은 두려워하고 있다. 그게 뭐든.

그제야 이 만남이 단순한 것이 아니라는 실감이 든다. 모르고 왔던가? 그건 아니지.

처음엔 이쪽보다 누오보 공방부터 만나야 하는 거 아니냐고, 그렇게 묻기도 했다. 공방과 밤의 주민들은 한 번쯤 만나야 할 사이로 보였다. 같은 적에게 소중한 동료들을 빼앗겼고, 그들은 같은 감옥에 갇혀 고통받다가 죽었다. 서로에게 할말이 많을 테고 어쩌면 유일하게 서로를 위로할 수 있는 존재이기도 하리라.

하지만 그들은 아니라 했다. 굳이 만날 필요가 없다고. 서로 위로나 나누자고 만날 만큼 한가로운 조직이 아니란 말이지.

그렇다면 막시민은 왜 만나자 할까? 뭐 대단한 걸 물어보겠다고 정체가 발각될 위험을 무릅써가며 부른 걸까? 한때 동네 사람들 상담이나 들어주던 시골뜨기 탐정이 재수좋게 카나리아를 손에 넣은 사연 같은 거?

저들이 오토마톤에 관심이 많았다는 건 안다. 실은 막시민의 손에는 또하나의 오토마톤도 있었다. 헬레나를 통해 누오보 공방에 열쇠를 건넸더니 플레상스 경이 그들에게 맡겨두었던 권총이 손에 들어왔던 것이다. 이름하여 '아침 숲'.

하지만 오토마톤이 저들의 면담 목적이라고 보긴 어려웠다. 저들은 아이언페이스를 끌어내겠다고 그걸 경매장에 내놓았었다. 탑의 붕괴를 목격하고 끔찍한 초콜릿 덩어리가 만들어지는 광경을 목격했던 막시민으로서는 납득할 수 없는 시도였다. '혈관'이 든 다섯 개의 오토마톤 권총은 하나하나가 그런 검은 덩어리를 만들어낼 잠재력을 가진 존재일 텐데. 그런 것을 미끼로 내놓았다는 건 저들이 로잘린다의 권총들이 정확히 어떤 것인지 모른다는 증거가 아니겠는가.

그걸 일깨워줘야 할까? 밤의 주민들은 비밀을 알 자격이 있는 자들일까?

막시민 혼자 판단하기에는 어려운 문제였다. 그러나 다른 사람들을 부르기라도 한다면 밤의 주민들은 연기처럼 사라져버릴 테고 다시 찾아낼 방법도 없으리라. 쥬스피앙이든 네냐플 교수들이든 누오보 공방이든 그들은 원치 않았다. 오직 막시민만을 만나고자 했다.

결국 막시민이 혼자 판단하는 수밖에 없다. 비밀을 나누느냐 마느냐, 그건 저들이 얼마나 의미 있는 정보를 갖고 오느냐에 달렸겠지.

그때 문이 열렸다.

들어온 건 두 사람이었다. 수수한 드레스 차림의 여자 하나와 남자 하나. 둘 다 얼굴을 가렸지만 여자 쪽이 중심인물일 것이다. 그들을 자세히 관찰하는 대신 청어절임에게 눈길을 준 결과였다. 어차피 완벽히 변장했을 사람들을 구석구석

본들 얻을 건 별로 없고 그보다는 청어절임의 반응이 더 쓸모 있는 정보지.

과연 청어절임은 여자와 아는 사이였다. 하지만 알은체하면 안 되는 사이이기도 했다. 여자가 맞은편에 앉더니 얼굴을 가린 베일을 조금만 올렸다. 입가만 보일 정도로.

"반갑습니다, 플레상스 경이라고도 불리는 막시민 리프크네 씨. 저는 리자라고 합니다."

목소리를 듣자니 젊은 여자는 아니었으나 얼굴이 보이지 않아 나이를 정확히 가늠할 수 없었다. 막시민은 리자를 빤히 보다가 두 손을 들어 보이며 말했다.

"소개할 필요가 없어 편하네요. 그래서 왜 보자 하셨는지?"

리자가 미소를 지었다.

"바로 용건으로 들어가는 편을 선호하시는군요. 좋습니다."

리자가 옆을 보자 오른쪽에 앉은 남자가 입을 열었다.

"저는 로익입니다. 먼저 감사하다는 말씀을 드립니다. 일전에 그랑도프 호텔의 경매 자리에서 도움을 받았습니다. 덕택에 권총을 지킬 수 있었습니다."

막시민이 고개를 갸웃했다.

"무슨 소린지 모르겠네요. 그 권총은 내가 훔쳐간 셈이 아닙니까?"

"네. 하지만 절대로 빼앗겨선 안 될 자로부터 지켜주셨으니 결국 같은 이야기가 됩니다."

"아하, 그래요? 그 말은 돌려받지 못해도 그만이란 뜻 맞겠죠?"

로익이 얼른 대답하지 못하고 리자를 보자 리자가 대신 고개를 끄덕였다.

"그렇습니다. 어차피 가장 어울리는 주인의 손에 간 셈이겠지요."

주인이라고?

카나리아는 이스핀에게 전했다. 저들은 이스핀이 어떤 힘을 갖고 있는지 이미 알고 있단 말인가? 어떻게?

로익이 말을 이었다.

"저희는 더이상 그 권총에 관심이 없습니다. 대신 권총을 가져가신 분을 직접 뵙고 싶습니다. 도와주실 수 있겠습니까?"

"네…… 잠깐, 뭐라고요? 왜 나한테?"

막시민이 눈썹을 올리는데 리자가 말을 받았다.

"그분의 마음을 움직일 유일한 분이시니까요. 부디 도움을 주시길 간청드립니다."

"……"

막시민은 바로 대꾸하는 대신 눈앞의 허공을 빤히 보고 있었다. 침착한 표정이었지만 머릿속은 아니었다. 그렇게까지 해석할 필요는 없다는 걸 아는데, 마치 뺨이라도 얻어맞은 것 같다. 억지로 표정을 유지하며 생각한다. 저들은 이스핀을 만나고자 한다. 왜? 이스핀이 누구라고 생각하기에? 그걸 왜 막시민에게 간청하는가?

꾹 다물렸던 막시민의 입에서 마침내 대답이 튀어나왔다.

"번지수 잘못 찾으셨네요. 정보를 다루신다는 분들이 어찌 된 일인지."

"그분이 켈티카에 계시지 않다는 것은 압니다."

"여기 있고 없고가 문제가 아니라 이미 나하고 관계가 없어졌습니다. 다른 데 가서 알아보셨어야지."

대답 직후 일어나버리고 싶었으나 그러지는 못했다. 쉽게 만날 수 없는 상대인데다 이쪽에서도 물어볼 것이 있었으니까. 만남을 주선한 청어절임 놈의 얼굴도 있었고. 힐끗 보니 청어절임도 왠지 안절부절못하는 듯했다. 저놈이 대체 뭐라고 이야기를 전달한 걸까 생각하자 낚싯대를 확 잡아당기고 싶은 충동이 올라왔다.

"청어야, 네가 확인 좀 해드려라. 전부 다 잘못 봤다고. 쟤들 아무 사이도 아니더라고."

"아이, 그게 저……."

"네가 엉뚱한 얘길 전해서 이렇게 된 게 틀림없잖아. 네가 멋대로 '쟤네들 분위기 좋아 보이는데요?' 이랬겠지. 하여간 아는 것도 없는 놈이 넘겨짚고 헛소리나 하고 다녀서 문제라니까."

말하다보니 자꾸 조소로 입가가 뒤틀렸다. 막시민은 입술을 이리저리 비틀어보다가 리자를 다시 봤다.

"다른 용건은 없으신 건가요? 그럼 이제 내가 질문해도 되는 겁니까? 나도 물어볼 게 좀 있는데."

리자가 고개를 끄덕였다.

"하시지요."

"당신들은 아이언페이스하고 무슨 관계입니까? 청어 얘기 들어보니까 원수지간 같던데 어쩌다 그렇게 됐습니까? 그게, 그러니까 그런 작자하고 아는 사이가 되기도 힘들지만…… 원수지기도 쉬운 일은 아니잖아요? 만일 그자가 눈에 거슬렸다면……."

"다 죽여버렸을 텐데, 그런 말씀이지요? 다시 말해 그자가 보기에도 우리가 원수였느냐는 얘기로도 볼 수 있겠군요."

누오보 공방은 이들이 한때 쇠의 왕을 섬겼던 자들일 거라고 했지만 그렇다면 더더욱 이해하기 어려운 일이었다. 무엇보다 원수도 수준이 맞는 자들끼리 하는 법이다. 한쪽이 압도적으로 강하다면 상대는 순식간에 압살당할 뿐이다. 원수가 될 기회조차도 없겠지. 이들에게 아이언페이스의 살의를 버틸 힘이 있단 말인가?

"솔직히 말씀드리자면 그렇지는 않습니다. 그자는 저희를 의식조차 하고 있지 않겠죠. 살았든 죽었든 뭘 하려 하든, 관심도 없을 것이고요. 다만 저희를 모르느냐 하면…… 그렇지는 않습니다."

"아는데, 그러니까 당신들이 자길 원수로 여기는 것도 알고 있는데 그냥 내버려두고 있다? 그런 건 무슨 관계라고 부릅니까?"

리자의 입가에 쓴웃음이 어렸다.

"구둣발과 개미의 관계라고 합니다."

한 줌 개미떼가 굴속에 숨어 기회를 노리고 있다가 죽음을 불사하며 구두 밑창을 물어뜯는다. 그런다고 구두를 신은 자가 개미의 증오심을 신경쓸까? 모조리 압살하기 위해 수고롭게 개미굴을 파헤칠까? 그러거나 말거나 그냥 지나가지 않을까?

막시민은 침을 꿀꺽 삼키고는 다시 물었다.

"이해는 됐는데…… 만약 내가 개미라면 구둣발 같은 건 포기하고 먹고살 길이나 찾아볼 것 같거든요. 굳이 개미굴을 부수러 쫓아오지도 않는다면서요."

"한때는 그자도 관심이 없지 않았습니다. 흥미를 갖고 이런저런 실험을 했죠. 개미들에게 어떤 고통을 가하면 자신이 개미란 것을 잊어버릴까 하면서."

"복종시키려고 했던 겁니까?"

"아뇨. 그 반대였죠. 복종은 이미 하고 있었어요. 거기까지는 이해하기 어려운 요구가 아니죠. 세상 많은 사람이 다른 사람들을 지배하고 거느리길 바라니까. 그런데 그자가 원한 건 복종하는 한 떼의 개미들이 아니었어요. 그자는 실험을 통해 감정 없이 무한히 냉혹하기만 한 인간을 제조하려 시도했죠. 육체적 고통과 정신적 고통, 상실과 비탄, 공포, 비인간적인 행위의 강요를 통해서. 다시 말해 그자는 인간성 붕괴의 레시피를 알고 싶었던 거예요."

"그런 걸 알아서…… 뭘 하려 한 겁니까?"

"할 수 있는 건 추측뿐이었죠. 후계자를 원한 걸까? 동족을 원한 걸까? 왜 이런 생각을 했느냐면 그자 본인이 바로 그런 존재였거든요. 공감력이나 동정심은 물론이고 명예심, 지배욕, 권력욕, 물욕도 없는 존재. 그자는 인간을 요리 재료처럼 여겼어요. 멋대로 자르고 섞고 끓이고……."

리자가 문득 말을 그쳤다. 생리적 역겨움 때문에 뺨에 소름이 돋아 있었다.

"……누구든 그걸 피할 방법은 없었어요. 그자는 충성에도 아첨에도, 심지어 공적에도 관심 없었거든요. 아무리 유능하더라도 그자의 눈에 적당한 후보처럼 보이기만 하면 가차없이 파괴했어요. 먼저 가족을 없애버리고 지위도, 재산도, 동료와의 유대도, 일상적 기쁨도 박탈해요. 그렇게 홀로 남게 된 인간에게서 남은 감정조차 하나하나 덜어내기 시작하죠. 집요한 고문을 통해서……. 예상하시겠지만 대부분은 죽음, 또는 자살로 끝났어요. 그게 백 년도 넘게 이어져왔으니 대체 몇 명이나 죽었을지는 단지 상상만 할 뿐입니다."

"백 년이라고요? 대체 당신들은 그럼 언제부터……."

말을 이으려던 막시민은 불쑥 베네트가 해줬던 이야기를 떠올렸다. 칠십여 년 전 마흔아홉 명이나 되는 상대 세력을 몰살하고 철강 길드를 독차지했다던 쇳빛 얼굴의 남자.

―그렇게 오랫동안 거래선을 다 끊었는데도 그 밑의 광부들이나 기술자들이 조용히 있었다는 것도 이상하고, 길드가 건재했다는 건 더 이상한 일 아니야?

―근데 끝까지 역대 길드 운영 기록이나 인명부 이런 게 한 장도 안 나왔다더라고. 마치 유령들이 길드를 지배하다가 사라져버렸나 싶을 정도로 말이야.

미간을 찌푸린 막시민이 물었다.

"혹시 그자가 차지했다던 철강 길드 사람들…… 그게 당신들입니까?"

리자가 고개를 끄덕였다.

"알고 계셨군요. 물론 저는 그 시절을 겪은 세대가 아닙니다만 그 길드가 그자를 섬긴 조직의 시작이었습니다. '아이언워크'라고 불리던 곳이었죠. 세월이 흐르며 많은 사람들이 죽어간 만큼 새로운 사람들도 충원되었는데, 주로 비참한 지경에 빠져 달리 어디에서도 구원을 기대할 수 없는 이들이었습니다. 저도 그중 하나였고요. 땅 밑에서 죽어가더라도 세상 누구도 비명을 듣지 못하는 자들."

리자의 태도에서 어느새 동요는 사라졌다. 이런 이야기를 하는 사람치고 이상할 정도로 침착해서 심지어 고상하게까지 보이는 모습이었다. 그러나 막시민은 생각했다. 이 사람의 태도는 지옥을 보고도 살아남았기에 의식적으로 형성된 것일지도 모른다고. 지옥과 반대쪽 끝에 있는, 인간의 고귀함에 매달려야만 계속 살아갈 수가 있었기에.

"마지막으로 그자가 했던 시도는 인간과 프시키를 뒤섞는 것이었습니다. 어째서 그런 생각을 한 건지 처음엔 상상도 안 되었지만 나중에 알고 보니 프시키도 단순한 에너지 생명체는 아닌 것 같더군요. 어쨌든 그렇게 해서 무언가가 만들어졌을지라도 그자가 기대하던 것은 아니었던 모양입니다. 어느 순간부터 그자는 자신의 실험에 흥미를 잃었습니다. 실험실은 버려졌죠. 그곳에 갇힌 자들이 끝없는 비명을 지르다가 마침내 자신이 누구인지도 잊어 침묵할 때까지."

리자가 숨을 한차례 깊이 들이쉬었다. 이어 토해내듯 말을 이었다.

"그렇게 버려졌던 실험실을 그분이 불태웠습니다."

막시민은 상대를 노려보다가 물었다.

"그래서요?"

"첫째로 감사 인사를 드리고 싶습니다. 긴 시간 고통받던 사람들에게 평화를 주신 것에."

대체 이스핀은 뭘 어쩌다가 그런 곳을 태워버리게 된 것일까. 헬레나는 그곳이 불을 지른다고 타는 곳이 아니라 했고, 리자의 말로는 프시키와 인간이 뒤섞여 있었다고 하니까 아마 이스핀이 프시키를 다루던 힘과 관계가 있는 거겠지. 추측건대 프시키들한테 불타라고 명령한 거겠지.

그런 곳을 태워서 수십인지 수백인지 모를 사람들을 잠들게 했다……. 다시 말해 죽였다. 이스핀이 느끼기에 그건 어떤 사건이었을까? 상대의 동의는 받을 수 있는 상황이었을까? 리자의 말대로라면 그들에게 동의할 이성은 있었을까? 만약 없었다면 그런 엄청난 결단을 내리기까지 이스핀은 무슨 생각을 했던 걸까?

생각할수록 머릿속이 어지러워졌다. 그 일에 대해 누오보 공방도, 밤의 주민이라는 자들도 감사하다고 하지만 이스핀 본인에게는 거대한 악몽이 된 건 아닐까 하는 생각을 떨칠 수가 없었다.

그런 생각을 하는데 리자의 말이 들려왔다.

"그리고 둘째로는 중대한 부탁을 드리고자 합니다."

그거 뭔지 알지. 지겹도록 들었지. 불쑥 고개를 쳐든 막시민이 내뱉었다.

"아, 네. 그거 뭔지 압니다. 위기에 빠진 이 세상을 위해 네 목숨을 내던져달라, 뭐 그런 얘기겠죠."

리자는 바로 대답하지 않았다. 로익이 눈치를 보더니 말했다.

"약간 오해가 있으신 것 같은데……."

말을 끊는 막시민의 목소리가 한층 거칠게 낮아졌다.

"그게 아니면, 복수를 해달라는 건가요? 방적소를 태운 걸 보니 쇠의 왕을 죽일 힘도 있어 보이고, 공통된 원한도 있는 것 같고 하니 아주 적절한 대표 같다 그건가요? 그런데 말인데 그분이 누군지는 압니까?"

로익이 대답했다.

"오를란느 대공국의 후계자이신 걸로 압니다."

"잘 아시네요. 그런 분을 그 나라에서, 그러니까 대공이라는 분께서 쉽사리 보내실까요? 하나뿐인 후계자인데?"

누가 들었다면 막시민이 이런 소리도 할 줄 안다는 데 놀랐을 것이다. 물론 각 나라의 왕이니 뭐니 하는 사람들의 권위에 존경심을 품은 적은 한 번도 없다. 그런데 여기까지 오니 그까짓 것이라도 붙들고 늘어지고 싶어졌다. 이스핀에게는 대공 아버지가 있다. 그런 사람이 딸이 위험을 무릅쓰게 놔두진 않겠지. 온 세상이 원한다 해도 대공 정도 권력이면 막아줄 수 있을 거 아냐.

로익의 대답은 한번 더 신경을 건드렸다.

"물론 아니겠지만 대공보다는 그분의 뜻이 더 중요한 문제니까요."

"그 말, 꼭 아버지 모르게 어린애를 꼬드겨 데려가려는 유괴범같이 들리는 거 아닙니까? 애가 동의하기만 하면 잘됐구나 하고 용광로에 처넣을 사람들이네."

"……저희에 대해서도 오해가 있으신 것 같습니다만."

막시민은 대답하려다가 불쑥 자신이 한심해져서 입을 꾹 다물었다. 오해 같은 건 없다. 대마법사 쥬스피앙조차 이자들과 마찬가지로 생각했으니까. '그분한테 그만한 각오가 있을지 봐야겠지.'

자신이 쥬스피앙의 인성을 의심하지 않듯 이들도 마찬가지라면 막시민은 무얼 해야 하는가? 양쪽에서 해일이 몰아쳐오는데 그 틈에서 자기 혼자 두 팔을 벌리고 서서 '이런 건 불공평해!' 하고 소리친들 뭘 막을 수 있을까?

침묵이 흘렀다. 이윽고 리자가 말했다.

"리프크네 씨, 제가 당신을 찾아온 건 잘한 일인 것 같습니다."

"무슨 소립니까?"

"연락을 취하고 만남을 주선하는 것뿐이라면 저희에겐 다른 선택지도 있었습니다. 하지만 저는 누군가가 그분의 입장에 서주기를 바랐습니다. 그분은 만약 제게 자식이 있었다면…… 비슷한 또래였을 그런 소녀입니다. 비록 우리에게는 다른 대안이 없지만 부당한 요청을 받게 될 그 소녀 입장에서 최선을 다할 사람, 즉 변호인이 필요하다고 느꼈고 제가 보기에는 가장 적당한 사람이 리프크네 씨였습니다."

막시민이 미간을 찡그리며 코웃음을 쳤다.

"아, 그래요? 무슨 근거로 그런 생각을 하셨는지 나로선 상상도 안 되는데 그건 일단 둘째치고, 만약 변호인이 너무 일을 잘해서 그분이 마음을 돌려버리면 어쩔 참이었죠?"

리자가 조용히 대답했다.

"그렇다면 어쩔 수 없는 일이죠. 한 인간은 세상보다 무겁지 않지만, 세상보다 가벼울 수도 없기 때문입니다."

"……."

막시민이 대답하지 않자 리자가 희미한 미소를 지었다.

"저희의 진심을 믿지 않으시는 것도 이해합니다. 그럼에도 불구하고 그분의 변호인이 되어달라는 제 요청을 받아들이시겠다면, 이제부터 해드릴 조금 긴 이야기를 부디 들어주십시오."

그자는 어느 날 땅 밑에서 나타났다고 했다.

전해지는 이야기는 단편적이었다. 처음에 그자와 가까이 있었던 자들은 순식간에 죽어 없어졌기 때문이다. 남은 자들은 전해들은 이야기에 절망의 빛을 채색해 말했다. 그자는 광산 안쪽에서 걸어나와 마주친 자들을 쉽사리 죽이고 심지어 먹었노라고.

그자가 처음으로 한 말은 "나는 누구지?"였다.

인간인지 흙요정인지 모를 꼴을 한 그자를 사람들은 비웃으며 '얼간이' '백치' '흙 파먹는 벌레' 등으로 불렀다. 그러다가 한 사람이 창백하다못해 회색에 가까운 그자의 낯빛을 보고 '쇠 대가리'라고 불렀는데 모두가 웃어대며 그 별명으로 부르기 시작했다. 그들 모두는 철광산에서 일하는 광부였기 때문이다.

그는 인간 세상에 대해 아무것도 몰랐다. 제 이름도 모르니 당연히 가족도 없었다. 생각이나 감정조차 없는 듯했다. 사람들이 이걸 하라, 저걸 하라 시키면 그대로 했다. 사람들은 재미있어하며 온갖 힘든 일을 그에게 떠맡겼다. 그자는 아무것도 불평하거나 거부하지 않았다.

그런 관계에 익숙해진 광부들은 그자가 철광석이 가득 실린 화차를 번쩍 들어올릴 정도로 힘이 세다는 걸 알게 되었을 때도 긴장하기는커녕 힘만 세고 머리 나쁜 일꾼, 임금조차 요구할 줄 모르는 편리한 일꾼으로만 여겼다. 덕택에 일하기가 무척 편해졌는데도 고마워하는 자도, 도움을 주려는 자도 없었다. 다만 그들은 곧 부주의함의 대가를 치르게 될 운명이었다.

그자는 어느 날 이렇게 물었다.

"나는 너희와 다른가?"

사람들은 입을 모아 그렇다고 했다. 같을 리가 없었다. 이 무디고 몸집만 큰 멍청이가 웃고 화내고 농담하는 인간들, 욕심도 꾀도 부리는 그들과 같을 리가 없었다.

"왜?"

정확한 답이야 물론 알 리 없었다. 멍청하게 태어나서? 그래서 부모도 버렸겠지? 그걸 기억조차 못하니 이보다 둔할 수가 있을까? 평소처럼 누군가가 낄낄거리며 말했다.

"쇠 대가리 넌 인간보다 시체와 공통점이 많은 것 같은데?"

그러자 그자가 말했다.

"그럼 더이상 인간을 배울 필요는 없겠군."

그 자리에 있던 자들은 모두 죽었다. 모두 죽었는데 그 이야기를 누가 전한 것인지는 모른다. 그자가 정말로 시체를 먹었는지, 그 또한 마찬가지다.

그자는 철광산을 떠나 먼 곳으로 갔다. 그게 어디인지, 거기서 무슨 일이 있었는지는 전하는 것이 없다. 살아남은 목격자가 없기 때문이다. 삼백여 년 전의 일이니 남은 기록이 없는 것도 이상한 일은 아니다.

그럼 앞서 철광산에서 벌어진 일은 왜 사람들에게 기억되었는가?

그자가 돌아왔기 때문이다. 떠났던 바로 그곳으로.

아이언워크

 돌아온 그자는 과거의 어리석은 일꾼이 아니었다.
 무자비하고 책략에 능한 악당, 강력한 불사의 신체로 기괴한 마법을 사용하는 그자를 막을 사람은 없었다. 그는 쉽사리 철광산과 제강소를 운영하던 길드 '아이언워크'를 차지하고 적대 세력을 통합했다. 그 과정에서 걸림돌이 되는 자는 깨끗이 몰살했다. 변하지 않은 건 그자가 자신을 쇳빛 얼굴, 즉 아이언페이스라고 부른다는 사실뿐이었다. 그래서 과거의 쇠대가리 전설과 연결될 수 있었던 것이기도 했다.
 아이언페이스에게는 사랑, 자비심, 금전욕, 명예욕, 질투심, 증오심…… 그 어떤 감정도 없었으므로 적들의 책략은 모두 실패했다. 적들은 어떤 끔찍한 일을 겪으면 인간이 저 지경이 되느냐고, 지옥 밑바닥에서 걸어나온 게 틀림없다고 저주하며 죽어갔다.

남은 길드원들은 살아남고자 복종했다. 웬일인지 그자도 휘하로 들어온 자들을 더이상 죽이려 하지 않았다. 이 무시무시한 길드장은 무엇을 원할까? 더 많은 돈? 세속적 명예?

그가 요구한 건 한 가지였다. 한 여자를 찾아라.

여자의 이름은 몰랐다. 나이도, 다른 무엇도 몰랐다. 단지 검고 긴 머리에 슬퍼하는 모습이라 했다. 그의 기억 속에서 여자는 눈물을 흘리며 애통해하고 있었다. 그에게 닥친 운명을 안타까워하면서.

부하들은 화가를 불러 설명만으로 초상화를 그리게 했다. 수십 장이나 그리고서야 겨우 엇비슷한 것이 나왔다. 그들은 초상화를 베껴서 이곳저곳을 수소문하고 다녔다. 몇 명을 찾아내 데려가기도 했다. 그러나 단지 얼굴이 비슷했을 뿐이었다. 자신 앞에서 벌벌 떠는 여자들을 보자마자 그자는 고개를 저었다. 기억 속 그 여자라면 자신을 두려워할 리 없다. 조금도.

부하들로서는 믿기 힘든 말이었다. 저 쇳빛 얼굴의 괴물을 두려워하지도 않고, 심지어 불쌍하다고 눈물을 흘리는 사람이 있다고?

부하들의 눈에 그자는 괴물 자체였다. 세월이 흘러도 늙지 않고 어떤 상처를 입어도 죽지 않는다. 얼굴이 회색이듯 피는 검다. 그자가 머무는 장소에서 식물은 살아남지 못하고 동물들은 두려워 움츠린다. 물건조차 빨리 낡아버린다. 그리고 믿기 힘든 이야기지만, 그자는 심장이 없다.

그자는 자신에게 심장이 없기 때문에 인간의 감정이 없다고 생각했다. 다른 인간의 심장은 소용이 없었으므로 그는 자신만의 심장을 만들 방법을 찾아냈다. 프시키의 재, 또는 심장이라 불리는 검은 덩어리. 그것이 있으면 그자는 강해지고 겉모습도 인간에 가까워졌다. 그후 그자는 수많은 프시키로부터 심장을 뽑아냈다. 그자의 얼굴에서 쇳빛은 사라져갔고 얼굴도 산 사람처럼 보이게 되었다.

부하들이 여자를 찾아내지 못하는 동안 아이언페이스는 그들을 실험용 동물처럼 희생시키고 새로운 밑바닥 인생을 수집하기를 반복했다. 하지만 역시 자신 같은 자는 없었다. 아무리 최악의 상황에 빠져 냉혹하게 변한 자들도 금전과 안정을 제공하면 곧 평범한 인간처럼 애정이니 명예니 하는 것에 집착했던 것이다.

부하들은 그자가 뭘 원하는지 이해하지 못했다. 저항한 자도 죽었고 복종한 자도 죽었다. 열심히 일해도, 아첨을 해도, 조용히 있어도, 도망쳐도, 결과는 똑같이 고통스러운 죽음이었다. 슬퍼하던 검은 머리 여자를 찾아내면 이 고통이 끝나리라 믿은 그들은 그 일에 사력을 다했다. 온갖 신분을 가장해 가며 어디든 파고들었다.

 세월이 흘러 한 사람이 눈치를 챘다. 역시 최악의 상황에서 아이언페이스에게 수집되었던, 아주 영리한 여자였다. 아이언페이스는 인간을 재료로 자신과 같은 자를 창조하려 한다. 밑바닥 인생들만을 사냥하는 이유는 적들이 아이언페이스를 두고 한 말 때문이다. '어떤 끔찍한 일을 겪으면 인간이 저 지경이 되는가?'

 그러나 아이언페이스는 동족이나 후계자를 갖고 싶은 것이 아니었다. 그는 확인하고 싶은 것이다. 자신이 인간인지를. 실험에 성공한다면 자신 또한 인간임이 증명되기 때문이다.

 그걸 안 후 그자의 입장에서 생각하며 행동했기 때문에 여자는 죽지 않았다. 죽지 않았을 뿐 아니라 빠르게 위로 올라갔다. 누군가를 신임한다는 개념이 없는 그자가 쌓기 놀이하듯 만든 인간 블록에서 여자는 맨 위에 놓인 블록이 되었다. 이런 걸 성공이라 불러도 좋을지는 모를 일이지만 적어도 한 가지 장점은 있었다. 여자는 아이언워크에 속한 모든 사람을 알게 되었다. 그들이 무엇을 두려워하고 무엇을 원하는지도.

 하지만 아이언페이스가 검은 머리의 여자를 찾는 이유는 알아내지 못했다. 왜 그 여자를 찾는가? 그간 아무도 감히 왜냐고 묻지 못했다. 그러나 영리한 여자는 아이언페이스의 내심을 꿰뚫어볼 만한 통찰력이 있었기에 이 질문이 금기가 아니라고 확신했다.

　무자비하고 무감정한 아이언페이스의 행동 동기는 생각 외로 인간적인 데가 있다. 이자는 자신이 인간인지 아닌지 가부만을 판단하려는 것이 아니라 내심 인간으로 증명되길 바라는 것 같다. 그게 아니라면 실험을 이 정도로 집요하게 계속할 이유가 없다. 이름조차 모르는 여자를 찾아 헤매는 것도 마찬가지다. 그 여자는 아이언페이스가 인간임을 증명해줄 힌트를 쥐고 있는 게 아닐까?

　블록의 꼭대기에 올라섰다는 점을 이용해 여자가 도박을 감행했을 때 예상대로 아이언페이스는 순순히 대답했다. 너희 모두는 나를 괴물로 본다. 그런 괴물을 사랑해서 슬퍼한다면 그 여자는 나조차 모르는 나의 뭔가를 아는 것이 틀림없다.

　"하지만 정말 오래된 기억일 텐데…… 그 여자가 아직도 살아 있을까요?"

　"그 여자는 나와 같은 존재다. 죽지 않지."

　이상할 정도로 확신 어린 말이었다. 여자는 반론을 삼갔다.

　그후, 고통스러운 실험은 계속되었지만 영리한 여자는 기회를 엿보기 시작했다. 아이언페이스가 휘하 조직에 관심을 잃어가고 있음을 알아차렸기 때문이다. 어차피 그자는 부하도 필요 없고 권력에도 관심이 없다. 만일 그자가 실험 말고도 자신의 인간성을 증명할 방법을 찾아낸다면, 또는 검은 머리 여자를 진짜로 찾아낸다면, 부하들 따위는 어느 날 스르르 녹아 하수구 밑으로 사라져버려도 신경쓰지 않을 것이 틀림없었다.

그리고 기회가 왔다. 어디론가 여행을 떠난 아이언페이스는 일 년 가까이 돌아오지 않았다. 소식도 없었다. 그사이 공화국이 무너지고 체첼 국왕이 신왕국을 세우는 사건이 벌어졌다.

실은 무너지기 전부터 영리한 여자는 공화정부를 눈여겨보고 있었다. 이대로는 곧 무너질 텐데 그뒤에는 어떻게 될까. 바람 불면 쓰러질 듯 쇠약해진 공화국이었지만 수많은 정보를 손에 쥔 여자는 그 안에 뛰어난 인재들도, 아직 실현되지 않은 가능성도 많다는 것을 알고 있었다. 무엇보다 그들이 세우려는 세상이 마음에 들었다. 그런 세상이라면 자신들 같은 지하의 주민들에게도 지상의 이름을, 빛 아래서 살아갈 권리를 주지 않을까? 하다못해 묘비명일지라도.

여자가 과감한 결단을 내렸을 때 모든 아이언워크가 따랐던 것은 아니었다. 여자는 먼저 소수의 동지와 계획을 세워 공화정부의 중요한 인물들을 탈출시켰다. 남부에서 공화국 동조 세력이 협상을 제안한다는 정보를 전달해 그들이 제 발로 켈티카를 떠나도록 만들었던 것이다. 수십 년간 검은 머리의 여자를 찾고자 분투하느라 고도의 정보 조직으로 자라난 아이언워크에게 그 정도의 정보 조작은 별것도 아니었다. 그리고 거짓말도 아니었다. 그런 조직은 실제로 존재했으니까.

켈티카를 탈출했던 공화파 인사들이 남쪽 땅 어딘가에서 아이언워크를 만났을 무렵, 여자의 예상대로 공화정부는 무너졌다. 언제 어떤 식으로 그렇게 될지는 몰랐더라도 곧 벌어질 것만은 분명했던 사건이었다. 실은 부분적으로 예상하기도 했다. 아르님 공작의 아이들이 둘 다 켈티카를 떠났다는 정보를 손에 넣었기 때문이다.

나라를 잃고 지하 조직 '민중의 벗'으로 되돌아간 공화파들은 아이언워크, 아니 나이트워크로 이름을 바꾼 자들의 비밀스러운 도움 덕택에 조직의 핵을 상당 부분 보존하게 되었다. 그후 나이트워크는 망명 의회를 떠받치는 거대한 정보망이 되어 과거를 지우고 살아왔다.

여자의 예상대로 아이언페이스는 사라져버린 아이언워크를 찾지 않았다. 켈티카로 돌아왔다는 소식이 들려왔을 때는 긴장했지만 여전히 아무 일도 없었다. 여자는 아이언페이스가 긴 여행을 통해 그 여자를 찾아냈던 것은 아닐까 예상했지만 확인할 방법은 없었다.

그럼에도 불구하고 나이트워크는 여전히 아이언페이스를 두려워했다. 그것이 그들이 여전히 이름 없이 살아가는 이유이며, 민중의 벗에게도 아이언페이스에 대한 정보를 공유하지 않는 이유였다. 옛 주인의 복수도 두려웠지만 민중의 벗이 휘말리는 것은 더더욱 두려웠다. 그런 일이 벌어진다면 얼마나 후회스러울 것인가. 그러니 그들은 계속해서 밤의 주민으로 살아야만 하는 것이다. 묘비명 이상은 기대해선 안 되는 것이다.

아이언페이스가 패배했다는 소식이 들려올 때까지.

첫 소식은 방적소였다. 그자의 마법이 만든, 누구도 건드릴 수 없었던 감옥을 감히 태워버릴 힘을 가진 자가 나타났다. 그는 누구인가?

목표가 정해지자 답에 도달하는 것은 순식간이었다. 이스핀 샤를. 플레상스 경의 손자를 돕던 어느 귀족의 비서로만 알고 있다가, 그랑도프 호텔에서 벌어진 소동 이후로 정체를 추적하기 시작했던 자였다. 여러 정황이 오를란느의 귀족임을 강력히 시사한다고 생각했지만 방적소 사건 이후로 명확히 알게 되었다. 이스핀의 정체가 오를란느의 공녀 샤를로트라는 것을.

그리고 곧 루그란 소식이 들려왔다.

"저희는 그자가 무얼 할 수 있는지 누구보다도 잘 압니다. 그래서 방적소 소식을 듣자마자 두려움에 떨었죠. 아무리 저희에게 관심을 잃었더라도 자신의 감옥을 태워버린 자까지 용서할 리 없었으니까요. 그건 단순한 감옥이 아니거든요. 그곳에선 긴 세월에 걸쳐 인간과 프시키가 뒤섞이고 있었고 그 결과 인간은 자아를 잃는 대신 프시키는 사고력과 언어를 획득하면서 혼종으로 거듭나고 있었죠. 그리고 그 혼종 또한 프시키이기에…… 장차 그들 모두는 아이언페이스의 군대가 될 예정이었을 것입니다."

"군대라고요?"

"모든 프시키는 아이언페이스의 군대가 될 수 있는 존재입니다. 당신이 루그란에서 목격한 쇳조각들처럼. 인간과 깊이 혼합될수록 더 강한 군대가 되죠."

막시민의 머릿속에서 메타모르포시라는 개념이 새로운 의미로 변하기 시작했다. 메타모르포시가 일어난 프시키를 변종이라 부른다 했다. 그렇다면 혹시…… 이 변종이란 모두 인간과 뒤섞인 존재들이 아닐까? 인간의 함량이 높을수록 더 위험한 존재가 되고…….

"그런데 그자는 아무런 행동도 취하지 않았어요. 복수하지 않았다고요. 강력한 군대로 탄생할 예정이었던 프시키 배양소를 모조리 태워버렸는데, 그분이 오를란느로 돌아가 반란군과 전투를 치르고 아버지를 구해 수도로 개선하는 동안 전혀 건드리지 않았단 말입니다. 대체 무슨 이유 때문이었을까요?"

 이스핀이 그후 반란군과 싸웠다던가 하는 건 전혀 몰랐던 이야기였다. 갑작스러운 정보에 당황해 머리가 제대로 돌아가지 않았다. 머뭇대는 사이 리자의 입에서 상상도 못했던 답이 흘러나왔다.

"저희는 그분이 바로 그자가 찾던 검은 머리 여자라고 생각합니다."

"잠깐, 지금…… 뭐라고요?"

 막시민만 놀란 것이 아니었다. 조용히 듣고만 있던 청어절임도 똑같이 멍청하게 입을 벌리고 있었다. 그러니까 지난겨울에 망한 카페 3층에서 같이 옥신각신하던 무적 비서 사이코 아가씨가…… 쇠의 왕이 찾던 여자라고? 그놈을 측은히 여겨서 눈물을 흘렸고?

"저기, 뭐가 뭔지 이해가 안 되는데요. 어떻게 그럴 수가……. 그놈은 삼백 년인가 사백 년 전부터 그 여자를 찾고 있었는데……. 게다가 그런 놈을 보고 울어줄 만한 성품도 아닐 건데……."

 청어절임이 횡설수설했지만 요지는 모두 알아들었다. 리자가 말했다.

"정확히 동일 인물은 아니겠지요. 후손일 가능성이 가장 클 테고요. 하지만 적어도 그자는 같은 여자라고 여기는 것이 틀림없어요. 환생이라도 했다고 생각하는 거겠지요. 그게 아니라면 그자가 그분을 이대로 내버려두는 이유를 찾을 수가 없습니다. 또한 그분이 방적소를 태워버릴 수 있었던 이유 또한 마찬가지죠. 그분에게는 특별한 힘이 있지 않습니까?"

확실히 그렇다. 이스핀은 프시키를 다룬다. 방적소를 태울 수 있었던 이유도 그래서고. 아이언페이스도 마찬가지로 프시키를 지배한다. 세상에 달리 존재하지 않는 그런 능력이 우연의 일치로 나타날 수가 있을까?

거기까지 생각하자 입안이 마르며 등줄기가 서늘해졌다. 그렇다면 그들은 대체 무슨 관계란 말인가?

"당신 말이 맞다 해도 그자는 지금껏 공녀를 찾아가지도 않았는데……."

말을 하면서도 그런 일이 이미 있었던 건 아닐까 싶어 목이 바짝바짝 탔다. 리자가 대답했다.

"모르지만, 뭔가를 기다리는 게 아닐까 합니다. 가령 전생의 기억을 되찾도록 기다리고 있다거나."

"도대체…… 그런 일이 일어날 리가 없잖습니까?"

"우리의 상식으로는 그렇죠. 하지만 그자와 그분의 존재와 관계는 우리 상식으로 이해할 수 있는 것이 아니니까요. 어쩌면 지금쯤 무슨 일이든 벌어졌을지도 모를 일입니다."

막시민은 반박하려다가 멈칫하며 생각했다. 이스핀과 헤

어진 지 어느새 석 달이 넘었다. 대공국에서 반란이 일어나고 그걸 진압한 줄도 몰랐듯 다른 것도 마찬가지리라.

리자가 말했다.

"그러니 그분을 만나야 합니다. 저희가 알고 있는 것을 알려드려야 합니다. 아이언페이스가 그분을 만나 제멋대로 모든 것을 왜곡하기 전에."

"그런 다음…… 그자를 찌를 칼이라도 손에 쥐여줄 생각인가요?"

리자는 긍정도 부정도 않고 막시민의 눈을 빤히 보다가 말했다.

"이것 하나만은 이해해주셨으면 합니다. 적어도 수백 년은 이어져온 그분과 그자와 프시키, 이 셋의 관계에 저희 같은 시시한 존재가 끼어들 틈은 없습니다. 저희는 그저 진실을 알려 최악의 상황을 막고자 노력할 뿐입니다. 저희의 힘이란 정보뿐이니까요."

막시민은 테이블 위에 놓았던 두 손을 움켜쥐었다.

"정보가 힘이라면, 좀더 쓸모 있는 건 없는 겁니까? 이를테면 그자의 약점은 뭐라든가, 이렇게 하면 죽을 것 같다든가."

"그런 걸 안다면 좋았겠지만…… 그자는 죽지 않습니다. 저희가 상상하는 어떤 방법으로도."

"땅 밑에 파묻거나 바닷속에 묶어놔도? 불에 타거나 조각조각 잘리거나, 치사량의 백 배쯤 되는 독약을 마셔도?"

"아마 일시적으로는 죽은 듯 보일지 모르죠. 하지만 곧 되살아날 겁니다. 프시키들처럼. 프시키는 다른 존재의 몸을 취할 수가 있어요. 방적소 밑에서 인간과 합쳐졌던 프시키들도 그랬죠. 인간의 모습에서 살아 있는 쇳조각까지."

쥬스피앙에게 들어서 안다. 그게 바로 메타모르포시지. 세상을 모래 바다로 바꾸는 것도 메타모르포시고 프시키가 인간이 되는 것도 메타모르포시지. 그놈들은 동판 명함이나 바이올린 현 정도로는 그만둘 수 없었더란 말이지. 막시민은 입술을 꾹 다물었다가 거친 숨을 토해냈다.

"그런 작자를 걔가 대체 무슨 수로 없애란 겁니까?"

"그분만이 아실 일이지요."

"거참 편하시겠네요. 기다리기만 하면 되니까."

"기다리고만 있을 생각은 없습니다. 저희도 리프크네 씨도 할 수 있는 일에 최선을 다해봐야겠죠."

"글쎄, 말은 그럴싸하지만 당신들은 그자를 무서워해서 숨어 있는 것뿐이잖습니까? 과거에 고생을 했다지만 그놈의 관심이 공녀한테 옮겨가서 당신들을 들쑤시지 않으니 휴, 하고 안도의 숨을 내쉬고 있는 거잖아요? 이대로 계속 숨어 있다가 아이언페이스가 죽었다는 소식이 들려오면 환호성이나 지르면 되는 입장 아닌지."

오랫동안 피해자였던 사람들에게 이렇게까지 말할 일은 아니란 걸 막시민도 알고 있었다. 하지만 어떻게도 못 죽인다는 작자를 떠맡기면서 '그분만이 아실 일'이라고 하는 자들에게 고운 말이 나오기에는 막시민의 심리가 지나치게 구석에 몰려 있었다. 그때 청어절임이 일어나더니 막시민 앞으로 왔다.

"죄송하다는 얘기를 먼저 하고 싶네요."

막시민은 넌 또 뭐냐는 눈빛으로 턱을 쳐들었지만 청어절임의 얼굴은 어딘가 평소와 달랐다. 늘 특징 없이 풀린 눈매, 동그랗고 희멀겋던 얼굴이 기묘하게 일그러져 있었다. 넉살을 부릴 때면 얇게 접히곤 하던 눈꼬리가 간헐적으로 떨렸다.

"죄송할 건 엄청 많지만, 그냥 다 죄송합니다. 거짓말하고 얹혀살아서 죄송하고, 정체를 못 밝혀서 죄송하고, 이런 주제에 당신들을 좋아해서 죄송했습니다. 아무 도움이 못 되어서 죄송하고 이런 데 모셔와 이런 말 듣게 해서 죄송합니다. 특별나게 살 가치도 없는 놈 주제에 굳이 이 세상에 존재해서 죄송합니다."

"……."

뭔 소릴 지껄이는 거냐고 하려다가 마지막 말을 듣자 말문이 막혔다. 청어는 왜 청어로 불리고 싶어했더라. 아무 생각도 없어 보이고 일일이 구별도 안 되는 놈이라서. 그런 몰개성을 좋아한 건 왜겠는가. 쫓기는 것이 대체 얼마나 두려웠단 말인가.

"저는 제 본명을 모릅니다. 나이도 모릅니다. 어렸을 때 가족을 잃고 혼자만 남아서죠. 부모님과 형, 누나, 동생이 네 명쯤 있었던 가족이라더군요. 기억은 없지만요. 혼자 남고는 이 년쯤인가 제정신이 아니었고 말도 못 했다 합니다. 대체 뭘 봐서 그렇게 되었는지는 짐작만 합니다. 꿈에 가끔 나오거든요. 꿈 얘긴 안 하겠습니다. 다만 그때 죽는 편이 나았겠다는 생각은 합니다. 가족을 죽인 자의 하수인 노릇을 하며 구차하게 사는 것보다는 훨씬 낫죠."

그는 아이언페이스의 수집품이었다. 가족들이 잔혹하게 살해되는 광경을 목격한 소년이었다. 어린 나이에 일찌감치 그런 일을 겪으면 인간의 마음이 파괴되기가 좀더 쉬운지 실험해본 결과였다. 충격으로 과거를 잊어버린 그는 착란과 실어증에서 벗어난 이후의 기억부터 있다고 했다. 그러나 꿈은 아무것도 잊지 않았다. 끊임없이 처참한 모습으로 찾아왔다. 어쩌면 실제보다 더 끔찍한 꿈이었을지도 모른다. 확인할 방법은 없지만, 없기 때문에 상황은 더 나빴다. 상상력은 진정 최악의 능력이었다. 끝 간 데 없이 모든 걸 부풀리고 만다. 공원에서 평화롭게 놀고 있는 가족들을 보다가 흥건한 피바다를 떠올리게 만든다.

"가장 끔찍한 건 가족의 원수임이 분명한 자를 위해서 계속 일해야 한다는 것이었습니다. 그저 살아남으려고 버티는 저 자신을 얼마나 미워했는지 모릅니다. 상대는 죽지 않으니 복수할 방법도 없었죠. 아마 그자에게 사랑하는 사람이라도 있었다면 전 그들을 웃으며 죽였을 겁니다. 어린애든 노인이든 상관하지 않고. 그 정도로 비틀린 놈이었습니다. 그러다가 그자의 손아귀에서 벗어나 나이트워커가 되고도…… 끔찍한 괴물이었던 저란 놈을 사람으로 되돌리는 데는 꽤나 시간이 걸렸습니다. 어쩌면 지금도 제대로 된 사람은 아닌 것 같기도 하네요."

제정신으로 사는 것도 어떤 사람에게는 사치였다. 원치 않는 것이 너무 많이 보이기 때문이다. 과거를 모르고 현재는 잊고 싶었기에 그는 자신을 창작했다. 창작물답게 단순하고 과장되게, 눈을 흐릿하게 뜨고 실실 웃어대는 인간으로. 청어절임 같은 별명도 흔쾌히 받아들였다. 오히려 좋았다. 웃을 수 있는 이름이라니 얼마나 사치스럽고 멋진가? 조직에서는 헤르만이라고 불렸지만 그까짓 이름에는 별 의미도 없었다. 착란에 빠져 있던 동안 누군가가 적당히 붙여줬던 이름일 뿐이다. 페터 바우어였어도 아무 상관 없었을 것이다.

"당신들하고 지낼 때 좋았어요. 웃을 일이 그렇게 많았던 건 일생 처음이었거든요. 저란 놈도 처음으로 마음에 들었어요. 별로 쓸모는 없었지만요. 어차피 태어나서 가치 있는 일을 한 적은 한 번도 없었죠. 저 같은 놈은 그냥 세상에 없어도 되는 쓰레기인데, 그딴 놈 때문에 누가 위험을 무릅써야 한다니 사과밖에 할 게 없네요. 믿으실지 모르겠지만 우리 무적비서 아가씨가 정말로 무사하길 바랍니다. 그분이 아니면 저한테 도시락 싸서 소풍 같은 걸 가자고 할 사람도 없거든요. 그러니까 만약 써먹을 일이 있다면…… 뭐든 시켜주시기 바랍니다. 진짜로 최선을 다해볼게요."

막시민은 말없이 청어절임을 보고 있다가 시선을 돌렸다. 창틀 끝의 낙서가 눈에 걸렸다. 봄바람 불고 꽃망울 맺히니…….

청어절임도, 이자들도 결국 피해자일 뿐이다. 그들이 어찌할 수 있는 일도 아니다. 그걸 아는데도 마음은 가라앉지 않는다. 하지만 막시민에게도 상상력이란 것이 있었기에 도저히 더이상의 모진 말은 할 수가 없었다.

입술이 기계적인 말을 뱉어냈다.

"미안합니다. 할 수 있는 일을 해보죠. 그 수밖에 없겠죠. 청어 너한테도 미안했다. 그러고 보니 계속 반말을 할 일도 아니네. 아무 말이나 해서 죄송했습니다. 헤르만 씨."

청어절임이 뺨을 어색하게 실룩였다.

"아뇨. 그러지 말고 그냥 하던 대로 해주세요. 제가 그…… 망한 카페 3층의 탐정 사무소를 좋아해서 그래요. 거기 얹혀사는 뻔뻔한 잡일꾼이라고 생각하면 기분이 제일 낫거든요.

제일 좋아하는 자신이랄까요. 다른 자신은 다 쓰레기 같아서."

막시민은 뭐라 대꾸할 말이 없어 그냥 잠자코 있었다. 이 놈마저도 그때를 그리워한다니, 그런 생각을 하자 가슴속 한 구석이 뜨끔거렸다. 사람의 일이란 이상하다. 한집에 모여 살 이유도, 그럴 만한 친분도 없던 인간들을 한 통에 들이붓고 얼렁뚱땅 수십 일이 흐르니까 아쉽고 그립고 온갖 기분이 생겨나고 난리다. 식초도 아니고 술도 아닌데 왜 다들 이런 꼴이 된 건지 모르겠다. 하지만 분명한 건 자신도 마찬가지라는 걸 부인할 수 없다는 거다.

이윽고 리자가 말했다.

"이해해주셔서 감사합니다. 그분의 변호인이 되어달라는 청을 들어준다면 가장 먼저 할 일은 네냐플로 돌아가시는 것입니다."

이런 데서 갑자기 이런 말을 들을 줄은 몰랐다. 막시민은 잠깐 굳어졌다가 대꾸했다.

"거기 문 닫았습니다."

"그렇지 않아요. 남부 본교는 폐쇄됐지만 켈티카로 이전해 소규모 분교를 열었습니다. 학생들도 대부분 옮겨온 것으로 압니다. 이미 개학도 했어요."

막시민은 다소 엉뚱한 사람이 알려주는 개학 소식을 생경한 기분으로 들었다. 그 온갖 일을 겪고서, 특히 루그란의 참사를 목격한 후로 자신이 학교로 돌아갈 일이 있으리라고는 생각도 해보지 않았다.

"가서 교수님들을 만나세요. 그분들도 최근 이것저것 알아 내신 모양입니다만 저희만 갖고 있는 정보도 있을 겁니다. 저희는 그분들께 직접 접근할 수 없으니 대신 부탁드립니다."

"가서 당신들 얘기를 해도 된단 말입니까? 비밀결사 같은 거 아니었습니까?"

리자가 씁쓸하게 웃었다.

"그렇습니다만 위대한 마법사분들의 덕성을 믿어보는 수밖에 없겠지요. 왕국군이 알면 반나절 안에 목이 잘릴 자들이라는 점도 같이 전해주시고요."

"그렇게까지 해가며 원하는 건 뭐죠?"

"솔직히 저희가 할 수 있는 일은 별로 없습니다. 그건 리프크네 씨도, 위대한 마법사 교수님들도 마찬가지죠. 세상 누구도 그분의 일을 대신할 수 없으니까요. 그럼에도 불구하고 조금이라도 도와야 하겠기에 한 가지 일을 해보려 합니다."

"그게 뭡니까?"

"그자의 군대가 될 프시키들을 미리 없애는 겁니다. 공녀께서 오직 그자와만 대결할 수 있도록."

"조금 전에 프시키는 없애지 못한다면서요?"

"그래요. 정확히는 없애는 것이 아니라 무력화하는 것이죠. 아시다시피 오토마톤 안에는 심장 조각이 있고 프시키들은 심장 조각과 합쳐지려 합니다. 그렇게 합쳐지면 프시키의 존재도 녹아 사라지는 듯합니다. 듣자니 루그란에서 어떤 마법사가 심장 조각을 가져와 변종 프시키의 폭풍을 잠재우는데 성공했다고 합니다. 그리고 저희에게는 더 많은 심장 조각이 있습니다. 그것으로 킵에 있는 변종 프시키들을 한곳으로 모아 녹여보려 합니다."

'어떤 마법사'는 순간 멈칫했지만 굳이 정정하지는 않았다. 마법사도 아닌 자신이 그런 일을 해냈다는 점을 설명하기도 어렵고, 그냥 어느 위대한 마법사가 한 일로 놔두는 편이 낫겠지 싶었다. 그보다는 리자의 이야기가 쥬스피앙이 했던 이야기와 거의 같다는 것에 놀랐다. 이들은 마법사도 아닌데 오랜 경험과 관찰만으로 같은 결론을 내렸던 것이다.

하지만 쥬스피앙도 지적했듯 그건 매우 위험한 일이었다. 아이언페이스 또한 그 심장 덩어리에 끌릴 것이기 때문이다.

"그건 엄청나게 위험한 일입니다. 일단 필멸의 땅에 가는 것부터가……."

"그곳에는 킵이 있지요. 제가 알기로 킵은 단순한 요새가 아니라 가나폴리 시절부터 존재해온 성벽입니다. 덕택에 필멸의 땅에서 나오는 변형된 죽은 자들, 그리고 프시키의 공격으로부터도 안전하다고 들었습니다. 그러니 그곳에서 준비해

실행해볼 수 있을 겁니다. 루그란에서와 같은 인명 피해도 최소화할 수 있을 거고요."

"그런 것도 있지만 그보다…… 필멸의 땅에 있는 프시키의 수는 엄청나게 많고……."

"루그란을 공격한 프시키들의 열 배는 넘는다고 알고 있습니다."

"그래서, 그런 놈들을 심장으로 뭉치면…… 그놈도 그걸 알 거라고요."

리자는 놀라는 기색 없이 고요한 눈빛으로 막시민을 보더니 고개를 끄덕였다.

"그 점은 저희도 예상했습니다. 그래서 저희 나름의 대책을 생각해두었습니다. 잘 통할지는 모르겠습니다만."

쥬스피앙도 떠올리지 못한 대책을 이들이 생각해냈단 말인가? 막시민은 얼떨떨한 표정으로 이어지는 말에 귀를 기울였다.

"말씀드렸듯 프시키는 인간과 합쳐질 수가 있습니다. 그리고 프시키들도 그걸 원하더군요. 아니었더라면 방적소 지하의 감옥 같은 것은 만들어질 수 없었겠죠. 다시 말해 그 감옥에서 인간과 프시키가 합쳐지고 있었던 것은 아이언페이스의 힘이라기보다는 프시키 고유의 힘이었어요. 그곳의 프시키들은 갇혀 있어서 괴로웠을지 모르지만 인간과 합쳐진 것에는 후회가 없었을 거예요. 프시키들은 인간과 합쳐질수록 의식이 또렷해지고 지성과 기억이 생겨나며 목소리도 갖게 되거든요. 반면 인간도 프시키의 생각과 행동에 영향을 끼치게 됩니다. 그러므로 몸을 빼앗긴 인간의 의지가 투철하기만 하다면 프시키를 일시적으로 조종할 수가 있을 거예요. 프시키도 그 사실을 알겠지만 감옥에 갇혀 고통받으며 미쳐가던 사람들조차도 집어삼켰던 프시키들이라면 틀림없이…… 이런 기회를 놓치지 않겠죠."

"그 말씀은 설마……."

리자가 고개를 끄덕였다.

"저희 자신을 제공할 생각입니다."

막시민의 얼굴이 당황하다못해 굳어졌다.

"그런 건 절대……! 게다가 인간과 합쳐진 프시키는 더 강력한 군대가 되어 아이언페이스의 명령을 따르게 되는 것 아닙니까?"

"장기적으로는 그렇겠죠. 하지만 그럴 기회는 그자에게 없을 거예요. 저희는 긴 세월 온갖 고통을 당해왔기에 제법 아는 게 많아졌습니다. 초반에는 인간 쪽의 의식이 프시키를 압도해요. 저희에게는 오랫동안 쌓아온 깊은 원한과 굳은 의지가 있죠. 만약 저희의 의지가 충분치 못해 패한다 해도 두번째 방법이 있으니 괜찮을 겁니다. 저희는 방적소에서 일어난 일을 보았거든요."

 그제야 막시민은 리자가, 아니 나이트워크가 하려는 일을 이해했다. 저들은 프시키와 합쳐진 직후 프시키를 조종해 자살할 작정이다. 만약 그게 실패한다면 이스핀의 힘을 빌려 불타버릴 생각인 것이다.

 막시민은 어찌할 바를 몰라 입술을 짓씹다가 청어절임과 로익을 돌아봤다. 그리고 그들의 얼굴에 아무런 반론도 없는 것을 보았다. 당연하다는 듯 담담한 표정이었다. 인간이지만 수없이 도구로 쓰인 끝에 결국 도구가 되기를 받아들인 자들의 얼굴. 막시민은 그런 얼굴을 더 보고 있을 수가 없어 고개를 창가로 돌린 채 대답을 내뱉었다.

 "난…… 아니…… 나로선 도저히 이런 계획을 납득하지 못하겠습니다."

 리자가 고개를 끄덕이더니 위로하듯 부드러운 미소를 지었다.

 "그럴 거라고 생각합니다. 아무리 말로 들은들 저희가 그자에게 품은 증오심을 진실로 이해하실 순 없겠죠. 저희가 하려는 행동을 세상을 구하기 위한 고귀한 희생으로 여기지 말아주십시오. 저희는 그렇게까지 고결한 사람들이 아닙니다. 그보다는 복수심에 사로잡힌 미친 자들에 가깝습니다. 오랫동안 이를 악물고 칼을 갈아왔기에 찌를 기회를 남에게 양보

하고 싶지 않은 거지요."

그런 말을 차분하게도 하고 있었다. 저들이 정말로 미쳤다고 한다면 이런 순간이 가장 그러했다.

"이 계획은 마법사분들의 도움이 필수적입니다. 일단 킵에 가는 것부터가 그렇죠. 그러니 그분들과 연결을 해주십사 하는 것입니다. 저희가 무엇을 갖고 있는지 알려주시고, 도움을 청해주십시오."

"그분들도 이런 계획을 승인해주시지는 않을 겁니다."

"그런가요? 하지만 온 세상 사람이 루그란과 같은 끔찍한 일을 당하는 것보다는 나을 것입니다. 공녀께서도 혼자서 전 대륙을 막아내실 순 없죠. 우리는 역할을 나눠야 합니다. 마법사분들이 합리적인 결정을 내려주실 거라고 기대해보겠습니다. 마법사분들, 그리고 리프크네 씨에게는 그분을 지킨다는 더 중대한 과제가 있으니까요."

"아이언페이스로부터 공녀를 지켜낼 비결은 누구에게도 없습니다."

리자가 고개를 저었다.

"아뇨. 아이언페이스는 그분을 해치지 않습니다. 그러기는 커녕 제 심장처럼 귀하게 여기겠죠. 그분을 보호하기 위해 유리 덮개, 아니 유리 성이라도 지어줄 정도로."

막시민의 입가가 냉소적으로 꿈틀거렸다.

"그런 걸 어떻게 확신합니까?"

"저희는 그자를 잘 알죠. 세상 누구보다도. 물론 그분을 제외한다면."

"공녀가 아이언페이스의 이해자인 것처럼 말하지 마십쇼."

"아직은…… 그래요, 아직은 아니겠죠. 하지만 결국 알게 될 거예요. 그래서 우리가 더 서둘러야 하는 거예요. 그자의 기억 속에서 그분은 유일하게 그자를 위해 눈물을 흘린 사람이었어요. 세상 누구보다도 그자를 사랑했던 사람이었다고요."

"왜?"

답을 모를 질문이 검은 구멍처럼 둘 사이에 놓여 있었다. 리자가 나직이 중얼거렸다.

"왜인지, 백 년도 못 사는 저희로선 영영 이해할 수 없을 겁니다. 정말로 그자를 이해하게 된 그분이 어떤 선택을 하실지도 역시 알 수 없죠. 저희가 리프크네 씨를 가장 먼저 만나고자 한 이유가 그것입니다. 여러분은 그분을, 그분 자신으로부터 지켜야 하는 것입니다."

전통 있는 학교들의 입장

 화창한 봄날이었다. 꽃망울을 샘내는 폭우가 한 차례 지나간 다음날, 맑게 갠 슈트루델 거리를 걸어가는 두 젊은이가 있었다.
 "잘되어가고 있지! 철거가 끝났다고 하니까 켈티카 담당 지배인이 최고의 일꾼들도 보내줬거든. 일당도 최고로 쳐줘야 하지만 어쨌든 실력이 좋기 때문에 며칠 안에 기초공사가 끝날 거 같아. 그리고 내가 도면으로는 잘 이해가 안 간다고 했더니 조슈아가 어젯밤에 끝내주는 걸 보내줬거든? 내부가 완성된 모습을 그린 스케치인데 무려 스무 장이야! 완전 예술도 그런 예술이 없었어! 색깔도 여기저기 칠해놨는데 색 지정이라나? 하여튼 완공된 카페 풍경이 눈에 보이는 것 같고 이걸 실제로 보게 될 때까지 난 잠도 안 올 것 같아! 역시 소공작은 뭘 만들어도 끝내준다니까? 사람들이 괜히 천재라고 하겠냐고!"

루시안이 열정적으로 말을 마치자 보리스가 중얼거렸다.

"'임페라토르'를 보다가 잠들어버렸던 네가 할 말은 아닌 것 같은데."

"어, 그건 내가 전날 과제하다가 너무 늦게 자서였지! 사실은 엄청 재미있었는데……. 언젠가 다시 해주면 이번엔 진짜 끝까지 볼 거야. 교수님들까지 모조리 보러 갔던 연극인데 얼마나 대단했겠어?"

요즘 루시안은 온 정신이 플로레종을 수리하는 데 쏠려서 수업은 물론이고 학숙 운영조차 뒷전이었다. 입만 열면 카페 이야기였고, 카페가 켈티카 전역에서 유명해지는 상상을 하느라 입매도 늘 싱글벙글이었다. 잘되지 않을 수도 있다는 생각은 새똥만큼도 하지 않았으므로 곁에서 보는 보리스가 오히려 불안감을 느끼는 중이었다. 동시에 루시안이라는 사람의 극단성에 새삼스럽게 놀라기도 했다. 사람이 이렇게까지 저돌적이어도 되나?

지금만 해도 그랬다. 조슈아가 천재라고 믿으면 카페의 미래가 장밋빛이므로 요즘의 루시안은 이른바 광신도였다. 편향적이고 강력한 믿음에 이의를 제기하는 자는 모두 이단자였다. 하지만 보리스를 이단자로 만들 수는 없었기에 루시안은 새파란 눈을 광기로 번뜩이며 보리스를 올려다봤다.

"그렇지? 보리스 너는 연극도 끝까지 재밌게 봤잖아, 그리고 그 스케치도 봐봐! 내가 지금 가서 당장 보여줄게! 너도 틀림없이……."

상대의 광기에 지고 만 보리스가 두 손을 들었다.

"알았어. 조슈아가 그린 것이라니 훌륭하겠지."

그런 다음 고개를 들어보니 마침 하늘도 새파란 것이 온 세상이 루시안의 광기로 가득해 보였으므로 보리스는 참지 못하고 시선을 돌려 근방의 우중충한 회색 표지석을 찾아냈다. 균형 있게 살아가는 것이 이렇게 힘들다.

잠시 후 그들은 플로레종 앞에 도착했다. 목수가 기둥에 달작은 간판을 다듬고 있다가 루시안을 보더니 일어났다.

"도련님 오셨습니까? 그런데 아침에도 오시더니 또 오셨네요?"

"응! 계속 궁금해 죽겠으니까. 아, 그새 다 만들었네? 우와, 진짜 좋다. 근데 그때 말한 황동색 등갓은 어쩌기로 했어?"

"그렇지 않아도 반장이 아까 공방 사람들을 만나러 나갔습니다. 슬슬 돌아올 때가 됐는데요."

"알았어! 안에 좀 둘러봐도 되지?"

둘러본다 해도 루시안이 공사에 대해 무슨 식견이 있는 건 아니므로 그저 돌아다니며 일꾼들을 격려하고, 신기해하고, 마구잡이로 온갖 감탄사를 늘어놓고, 곧이어 하인이 가져온 간식거리를 돌리는 것뿐이었다. 일꾼들은 루시안의 방문을 좋아했다. 무엇보다도 그 간식거리가 이런 부잣집 도련님 덕이 아니었으면 평소에 사 먹기는커녕 유리창 너머로 들여다볼 엄두도 나지 않을 만큼 비싼 것들이었다. 초콜릿을 바른 팔미에 페이스트리를 가루가 떨어질세라 조심스럽게 핥아가며 먹던 일꾼 한 명이 문득 생각난 것처럼 물었다.

"근데 아까 전에 어떤 여자가 와서 여기서 일할 수 있느냐고 묻던데, 벌써 직원도 뽑으십니까?"

"아니? 하지만 지원자는 좋지! 그래서 뭐랬는데?"

"대충 이맘때쯤 도련님이 둘러보러 오실 테니 그때 다시 와보라 했죠 뭐. 마침 이렇게 오셨지 말입니다?"

"응, 잘했네!"

"그리고 아침에 주셨던 도면 말인데, 반장님이 보고서 이 정도로 하려면 공사 기간을 닷새 이상 늘려야 할 것 같다고……."

얼마간 시간이 흐르자 보리스는 슬슬 돌아가자고 눈치를 주었다. 3학년이 되자 신학기 수업의 어려움이 장난이 아니었던 것이다. 하지만 루시안은 모처럼 2학년이 되었는데도 공부에는 완전히 흥미를 잃었기 때문에 오히려 그런 것도 느끼지 못했다. 게다가 그는 약속이 있었다.

"조슈아가 오후에 들러본다고 했거든? 조금만 더 기다려 보자."

보리스의 조바심을 알아차린 것인지 조슈아는 곧 나타났다. 그런데 혼자가 아니었다. 4학년 세 명과 3학년 한 명이 뒤따라오더니 아직 반폐허처럼 보이는 카페를 흘끔거리다가 조슈아를 돌아봤다.

"걔들이 여길 갖고 그런 소릴 했다고요?"

"그런 모양이네요."

"질투심 때문에 좀 미쳤구만. 그렇죠?"

조슈아는 어깨를 살짝 으쓱해 보였을 뿐이었다.

이들은 부회장 알리네와 서기 소렐을 비롯한 의장단 학생들이었는데 조슈아가 데려온 건 아니었고 루시안을 만나러 간다고 하자 한번 봐둬야겠다며 뒤따라온 참이었다. 도대체 왜? 오는 도중에 이야기를 들어보니 이웃한 학교들과 관계되어 예상치 못했던 문제가 생겨난 모양이었다.

노발리스 대로변에는 본래 학교가 많았고 나름대로 서열도 있었다. 개교자의 명성, 연혁, 졸업생들, 현 재학생들의 신분 등으로 암암리에 안정되어 있던 그들의 서열에 느닷없이 엄청난 학교가 나타나 끼어드는 일이 벌어졌다. 뭐, 네냐플이라고? 그걸 어디쯤에 끼워야 한담? 설마 맨 꼭대기에?

기존 학교들을 한 단씩 내려야 하는 이런 결론이 누구의 마음엔들 들 리 없었다. 하지만 자신들의 학교가 네냐플보다 낫다고 자신감 있게 주장하려니 또한 입이 떨어지지 않았다. 그들도 알고 있었다. 켈티카에서 나름 이름난 학교라고 해봤자 전 대륙에서 가장 오래되고, 가장 유명하고, 가장 학비가 비싸고, 가장 입학하기 어렵고, 가장 졸업하기 어렵고, 졸업생도 가장 대접받는 네냐플과 비교할 순 없다는 것을. 그런 걸 하나하나 따지지 않더라도 어느 나라나 마법 교육을 하는 학교가 가장 선망을 받으며 네냐플은 그중에서도 최고가 아니던가.

하지만 그래봤자 남부 시골구석에 있는 학교잖아! 어차피 마법을 공부할 애들만 가는 곳이고! 거기에 귀족이 몇 명이나 다니냐고! 우리 학교는 왕족 아무개도 다녔고, 귀족 아무개도 다니고, 또 뭐더라, 국왕 폐하께서 백 주년 기념식수도 해주신 곳이야! 대충 사십 년쯤 전의 일이지만 하여튼 그래!

무엇보다 네냐플이 버젓한 건물도 아니고 허름한 건물들에 옹기종기 나눠진 꼬락서니로 나타난 것이 그런 기분을 부추겼다. 고대의 마법으로 보호받는 아름답고 고풍스러운 교정은 범접하기 어렵게 느껴지지만 이런 꼴로 불쑥 나타나니 몰락한 부자가 좁다란 셋집에 기어들어간 것처럼 우스워 보였던 것이다.

그렇게 흰 눈으로 꼬나보고 있자니 모든 행보가 거슬리는데 곧이어 루시안이 만든 학숙이 나타났다. 규모는 작다지만 다른 학교의 오래된 기숙사들과 비교할 수 없는 좋은 시설이고 비용도 저렴한 것까지는 부럽지만 넘어간다 치자. 하지만 이 일대 학생들의 인기 간식이자 암암리에 기수 따지는 견장 노릇까지 해온 슈 페이스트리의 성지, 제비꽃 과자점이 있는 바로 그 건물을 차지하다니, 이건 선 넘은 거 아닌가?

거기서 끝이 아니었다. 학생 주제에 건물주라는 특권을 십분 발휘해 제비꽃 과자점의 주인을 압박하더니 근방에 으리으리한 카페를 열어서 제비꽃 과자점을 집어삼키고 슈 페이스트리도 모조리 차지할 작정이라지 않는가? 천박한 벼락부자의 아들놈 같으니.

칼츠 상단의 기반은 남부였으므로 켈티카 학생들은 루시안의 이력을 자세히 몰랐고 그냥 부자라는 것만 알았다. 작위도 없는 평민 주제에 부자라고 이런 일들을 하다니, 평민보다 귀족 학생들이 더 화가 났다. 그들은 제비꽃 과자점에 가서 사실을 캐물었고 코라 부인은 루시안의 입장이 신경쓰여서 어물어물 말을 흐렸다. 학생들은 좋을 대로 '나쁘게' 해석했다. 벼락부자 도련님이 무서워서 밝히지 못할 뿐 이전은 확정이고, 슈 페이스트리는 네냐플 전용 간식이 될 예정이라고. 상대가 꼴 보기 싫은데 좋은 쪽으로 해석해줄 필요가 조금이라도 있겠는가?

　어느 학교나 그렇듯 각 학교에는 일부 불량한 학생들이 있었다. 나름 뒷배경이 있는 학생들도 있었다. 분노와 억울함과 반감과 괘씸함이라는 좋은 재료가 있었기에 그들은 쉽사리 뭉쳤다. 그리고 문제의 카페를 응징하자는 데 뜻을 같이했다…… 아니, 그럴 것 같다고 했다.

"뭐 직접 본 건 아니니까. 언제 뭘 어떻게 할지는 아직 몰라. 하지만 조만간 정해지겠지. 상황이 이쯤 왔는데 가만히 넘어갈 리는 없잖아."

"여기 애들은 성질이 아주 지저분하고 사납더라고. 도시 놈들이라 그런가."

"야, 나도 켈티카 출신이거든? 이상한 건 이 거리 놈들이라고."

　학교들을 한 거리에 모아놓으면 이런 일이 자연발생하는 것일까? 게다가 노발리스 대로에는 마치 이럴 줄 알았다는 듯 적절한 전통도 있었다. 여름에 열리는 축제의 행렬에 각 학교에서 직접 제작한 수레를 내놓는데 그 화려함과 완성도로 매년 경쟁이 붙는다 했다. 하지만 수레는 전초전에 불과했다. 축제가 끝나는 날 저녁이 되면 수레를 회수하기 위해 학생들이 광장으로 나오는데 그때 눈치를 봐서 상대 학교의 수레를 때려 부수는 것이다. 남의 수레를 솜씨 좋게 빨리 때려 부순 다음 자기 학교 수레는 안전하게 가지고 도망치는 것이야말로 그날의 진정한 승리로 여겨졌다.

이런 폭력적인 경쟁에 모든 학생이 참여하는 것은 아니기 때문에 한 학교만의 힘으로 타 학교의 것을 빠르게 때려 부수기란 쉽지 않았다. 즉, 여러 학교가 하나의 수레를 표적으로 하는 것이 가장 효율이 좋았다. 그런 까닭에 이 문제를 조율하는 특사들이 축제 몇 주 전부터 은밀히 학교들을 오가는데 당연하게도 음모와 배신, 이합집산과 합종연횡의 도가니탕이어서 매년 우스꽝스러운 소동이 탄생하는 모양이었다. 연합하기로 해놓고 배신하고 다른 편에 붙거나, 가짜로 협의하고 몰래 다른 쪽과 손을 잡거나, 합의가 불발되어 각자 알아서 하기로 했는데 어느 학교의 수레가 지나치게 주목받자 나머지들이 뜬금없이 단합되어버리는 등 별별 일이 다 있다고 했다. 이런 식이니 막판에 패싸움으로 끝나는 일도 다반사였다.

그런 자들이 이번에는 단합해서 네냐플을 손봐주자고 의견 일치는 쉽게 되었는데 축제 날짜가 아직 한참 멀었다. 그렇다고 마법 교수들이 있는 학교를 직접 건드리기는 부담스럽다. 그런 가운데 뚝 떨어진 카페라는 적당한 목표가 나타났다는 이야기였다.

"와, 미쳤지 않냐? 난 이 얘기 듣고 여기 애들이 학생이 아니라 마적단으로 보이더라. 공부하자고 모인 거 맞아? 공부를 하긴 하는 거야? 학생이 왜 싸움질을 하고 난리인데?"

"그놈들이 우리 학교를 다녀봤어야 공부하느라 그딴 데 신경쓸 겨를이 없다는 게 뭔 말인지 알 텐데."

네냐플이 빌라 전쟁의 전통이 있는 학교라는 사실을 까맣게 잊어버린 것처럼 의장단 학생들은 흥분해서 떠들어댔다. 루시안은 놀라서 입만 벌리고 있었고 조슈아는 쓴웃음을 지으며 이마를 짚고 있었다. 오는 도중 이미 실컷 들은 이야기였던 모양이다. 그때 보리스가 4학년 바르바로에게 질문을 던졌다.

"이런 정보는 어디서 나온 겁니까?"

"그 학교들이라고 미친놈들만 있겠냐. 노이렌 선배의 조카가 베버 왕립 학교에 다니고 있어서 흘려줬다더라고. 학교들마다 시골 학교 녀석들한테 켈티카의 매운맛 좀 보여주자고 여론이 들끓나봐."

노이렌은 '살아 있는 화석'이라고 불리는 네냐플 최고령 재학생이었다. 들리는 말로는 세 번이나 퇴학 후 재입학을 했다는 의지의 화신이었지만 그럼에도 불구하고 졸업할 생각이 있는지 의심쩍은 성적을 유지해왔다. 그렇다보니 2학년인데도 모두 당연한 것처럼 선배라고 불렀다. 나이는 불분명했지만 몇 년째 '내년이면 서른'이라고 불려왔으니 조카가 있어도 이상할 건 없었다. 보리스가 다시 물었다.

"정보원이 한 명뿐입니까?"

"그건 아니지. 기숙사가 마음에 안 든다고 여관에서 사는 애들이 소문을 많이 듣더라고. 또 얘처럼 켈티카 출신인 애들 있잖아. 집에 연락해서 물어봤더니 비슷한 정보가 들어왔지. 최대한 양보해도 우리 네냐플레트를 어떻게든 손봐주고 싶어 한다는 것만은 틀림없는 사실이야. 이 카페가 일차 표적인 것도 거의 맞는 것 같고."

그들은 보리스의 취조 같은 질문에도 성실하게 대답해주었다. 평소 평판도 있겠지만 또다른 목적도 있을 것이다. 이 문제가 정말로 물리적 다툼으로 번진다면 가장 도움이 될 전력이 누구겠는가.

하지만 다음 질문은 반응이 달랐다.

"혹시 정보 자체가 교란일 가능성은 없습니까?"

루시안이 보리스를 돌아보고, 의장단의 표정도 조금 변했다. 한 명이 입술을 일그러뜨린 채 되물었다.

"진네만, 그건 무슨 뜻이야?"

"아까 저들끼리도 가짜 정보로 속이는 일이 비일비재하다고 하셨는데 이렇게 의도와 목표가 명확하게 유출된다는 것이 조금 이상하게 느껴져서요."

"그럼 저들의 목표가 뭐라고 생각하는데?"

그 말에는 보리스도 바로 대답하지 못했다. 그야 이런 정보도 오늘 처음 들은 참이고 다른 학교들에 관심을 둔 적이 없다보니 이름도 잘 모르는데 관심사는 더욱 알 리 없다. 하지만······.

잠시 후 보리스는 대답했다.

"그건 모르지만, 무엇보다 뒷일을 생각하지 않는 듯해서 이상합니다. 수레 탈취나 파괴 같은 건 학생들끼리 벌이는 일이니 질 나쁜 전통이라 치고 넘긴다 해도 남의 카페를 습격하는 건 이야기가 다르죠. 피해가 크다면 치안대 같은 곳에서도 그냥 두고 볼 순 없을 거고요."

"치안대라······ 치안대가 이런 일에도 개입하나?"

소도시 출신인 부회장은 미심쩍은 기색이었으나 켈티카 출신인 소렐이 눈썹을 올리며 끼어들었다.

"당연히 해야지! 그런 거 하려고 있는 게 치안대잖아!"

하지만 켈티카 출신일지라도 곱게 자란 학생일 뿐인지라 치안대와 실제로 연관되어본 경험은 없었다. 길을 순찰하는 치안대를 본 것이 전부다. 그들이 정말로 개입할까? 상대 학생들이 귀족이어도?

보리스가 말을 이었다.

"무엇보다 네냐플은 마법 학교죠. 졸업을 앞둔 선배들은 마법사나 다름없는데 다른 학교들이 뭘 믿고 시비를 걸겠다는 건지 이해가 안 되는군요."

의장단 학생들이 멈칫하더니 고개를 갸웃거렸다.

"그…… 그것도 그렇지?"

"하지만 이런 일에 마법을 쓰면 안 될 텐데? 교칙에 의하면 학교 주변 주민들에게 마법으로 상해를 입히는 건 금지야."

보리스가 고개를 저었다.

"그 학생들이 학교 주변 주민은 아니죠."

"왜? 같은 거리에 있는 학교잖아. 그리고 교칙에서 주변이라 한 것도 네냐플이 산속에 있으니 그렇게 된 거지 실제로는 일반인 전체를 가리킨 거라고 봐야지."

"그렇게 해석하면 네냐플의 모든 학생은 학교 밖에서 마법을 써서는 안 된다는 말이 되는데 실제로 그랬습니까?"

소렐은 4학년 바르바로를 돌아보았다. 동아리지원부장인 바르바로는 노이렌 선배만큼은 아니지만 두번째 입학한 처지라 나름 네냐플 최신 역사의 산증인이었다. 바르바로가 망설이다가 말했다.

"그건 아니지. 4학년이 되면 실습하러 가잖아. 일부는 킵에도 가고. 그게 아니더라도 방학에 고향 갔다가 마법 썼다는 얘기는 제법 들어봤지. 십몇 년쯤 전에 다른 나라 학생들이랑 큰 싸움이 터진 적도 있었어. 네냐플 주변도 아니고 전혀 엉뚱한 곳에서 시비가 붙었던 모양인데 저쪽에서 폭력을 쓰니까 마법으로 반격하는 바람에 일이 커져서 집 한 채를 태워먹고 부상자도 나왔던 걸로 알아. 그래도 퇴학은 안 당했을걸. 앞뒤 사정은 내가 잘 모르지만."

"그럼 우리도 마법 써도 되는 건가?"

"그렇다면야 걱정은 안 되지."

"적당한 선만 지킨다면야……."

표정이 다소 밝아진 의장단은 곧 이런저런 사례들을 떠올리며 마법을 쓴다면 어느 정도까지일까, 큰 소란 없이 효율적인 주문은 뭐가 있을까 신나게 대화하기 시작했다. 잠시 귀를 기울이던 보리스가 루시안을 돌아보지 않은 채 덧붙였다.

"그러니까 너도 그만 걱정하고."

얼마나 놀랐던지, 불평조차 못하고 얼어 있던 루시안의 얼굴에 그제야 표정이 돌아왔다. 루시안이 플로레종의 부활에 얼마나 몰두해 있는지 보리스보다 잘 아는 사람은 없었다. 보리스의 옆얼굴은 평소와 마찬가지로 무표정했지만 루시안은 그 얼굴에서 걱정할 필요 없다는 일종의 안전 신호를 읽어냈다. 보리스가 괜찮다고 하면 괜찮은 것이다. 지레 겁을 집어먹을 필요는 없다.

보리스가 위협을 과소평가한 것은 아니었다. 주변 학교 학생들의 불쾌감이나 공격성은 사실일 것이다. 그런 건 인간의 본성이니까. 경계하고 대비하는 것 또한 필요하다. 마법을 써도 좋다 하더라도 과한 문제를 일으켜서는 안 될 것이다. 교수들이 여기로 학교를 이전한 것이 이웃 학교들과 패싸움이나 하라는 뜻은 아닐 테니까.

그럼에도 불구하고 그런 사실이 루시안의 부푼 희망과 행복감까지 박살내도록 내버려둘 필요는 없었다. 그리고 또하나…….

보리스는 조슈아를 보았다. 줄곧 끼어들지 않고 팔짱만 끼고 있던 조슈아는 보리스와 눈이 마주치자 계면쩍은 듯 웃더니 말했다.

"그럼 그만 돌아갈까?"

보리스의 시선에 '너는?'이라는 질문이 깃든 이유는 뻔했다. 근방 학교에 누가 있든 조슈아보다 지체 높은 귀족일 리는 없다. 심지어 본가도 켈티카에 있다. 플로레종 카페와도 직접 관계된 당사자다. 개입하기로 마음만 먹는다면 이런 문제쯤은 시작하자마자 끝날 판이다. 그런 조슈아가 오는 동안 상황을 다 들었을 텐데도 별다른 의견을 내지 않은 것은 이상하다. 그래서 이 정보 자체가 교란일 가능성을 생각했었다. 그게 아니라면, 그들끼리 있을 때만 할 수 있는 이야기일 것이다.

"그래."

세 사람은 들를 곳이 있다는 핑계를 대고 의장단과 헤어졌다. 얼마간 걸어가다가 조슈아가 말했다.

"눈치챘지? 오면서 들어보니 내가 개입하면 좀 곤란한 사정이 생기겠더라고. 미안해."

보리스는 별말 없이 고개를 끄덕였다. 조슈아가 귀찮아서, 또는 가문의 체통 같은 걸 생각해서 이런 일에 발뺌할 성격이 아니라는 것은 알고 있었다. 그렇다면 정말로 부득이한 사정이 있는 것이다. 부득이한 사정이라면 굳이 캐묻지 않는 것이 맞다. 평소 조슈아가 같은 배려를 해주는 것처럼.

"하지만 보리스 네가 하는 말을 들으니까 큰 문제는 없을 것 같다. 넌 다툼의 맥을 잘 짚잖아. 왠지 몰라도 예전부터 그랬지."

보리스는 어깨를 움츠려 보였다.

"그런 건 없어. 하여튼 알겠다."

하지만 보리스가 납득했더라도 루시안은 아니었다.

"그래서 그냥 모른 체할 거라고? 깡패 같은 애들이 우리 카페를 공격해서 다 부숴도?"

조슈아가 미소를 머금은 채 고개를 흔들었다.

"그런 일은 없어."

"그걸 어떻게 알아? 물론 나중에 되갚아줄 수야 있겠지. 하지만 일단 부서진다는 게 큰 문제잖아. 플로레종의 옛날 모습을 되살리는 게 목표인데, 개들이 새벽에 와서 불이라도 지르면 남은 것들도 다 타버릴 거 아니야?"

그러자 조슈아도 웃음기를 지우고 진지한 표정이 되었다.

"카페에는 별일 없을 거야. 그걸 지켜야 할 이유가 나한테 있거든."

다음날, 아침 일찍 플로레종으로 출근한 루시안은 낡아빠진 손잡이에 붙어 있는 수상한 리본을 발견했다. 마치 장례용 리본을 연상시키는 커다란 검정 리본 위에는 이런 글귀가 적혀 있었다.

건방진 촌뜨기 녀석들 이곳에 파묻히다

신장개업

 이런 어처구니없는 위협을 받으며 루시안이라고 우는소리만 하고 있지는 않았다. 그도 나름대로 대책을 세워 실행했다. 루시안에게는 루시안의 방법이 있는 법.
 그날로부터 열흘이 흐른 아침, 플로레종의 문은 활짝 열려 있었다. 새로 만든 반짝이는 놋쇠 손잡이에 '축, 개업'이라는 화환을 달고서. 비록 임시 개업이긴 했지만 어쨌든 최소 한 달은 걸리리라던 수리를 미친듯한 속도로 추진하더니 열흘 만에 끝내버렸던 것이다.
 일꾼을 두 배로 투입하고 추가 임금을 주어가며 밤낮으로 작업하는 가운데 루시안이 공부를 하고 있었을 리 없다. 수업은 대부분 내팽개쳤고, 누가 시험 범위 얘기라도 할라치면 기세 좋게 받아쳤다.

"올해는 휴학한 셈 치지 뭐! 아빠가 경영도 좋은 수업이라고 그랬어!"

 말은 그렇게 했지만 루시안이 진짜로 휴학계를 내진 않았다. 그걸로 보아 칼츠 씨가 루시안에게 공부를 때려치우고 카페 경영에 몰두하라고 허락해준 것 같지는 않았다. 그보다는 남부에 있다보니 사정을 잘 모른다는 편이 진실에 가까울 것이다. 루시안이 도면이며 스케치, 잡다한 공구를 쑤셔넣은 가죽 가방을 낚아채듯 들고 아침저녁으로 두 거리를 내달릴 때면 과감하게 절반으로 자른 마법 교과서 끄트머리가 가방 입구에 삐죽 튀어나와 있기도 했다.

 이런 무모한 결단에 배경 사상을 제공한 사람은 의외로 란지에였다. 늘 그렇듯 뭐 끝내주는 생각 없냐고 졸라대던 루시안에게 란지에는 이런 말을 해주었다.

"학생들이 습격하기 전에 개업해버리는 방법이 있긴 해. 쉽진 않겠지만. 영업중인 가게의 영업 방해는 재산 손괴 이상의 문제가 되거든. 또 수리중인 카페를 습격해서 부수는 건 카페 주인하고만 다툴 문제지만 영업중인 카페에는 손님도 있고 직원도 있지. 훨씬 큰 문제가 되는 거야. 치안대도 못 본 체할 수 없겠지."

 그렇게 해서 완성된 플로레종의 위용은 과연 대단했다. 비록 날짜가 촉박하긴 했으나 조슈아가 직접 기획했고 칼츠 상단에서 보내준 최상급 기술자들이 총동원된 곳이다. 그랑도프처럼 압도적으로 화려하거나 귀족들의 저택처럼 위엄 넘치는 장소는 아니었지만 다른 의미로 매력적이었다.

그 느낌을 티치엘이 정확하게 표현했다.

"와, 여기 뭔가…… 엄청 들어오고 싶게 생긴 곳이야."

주조색은 녹색과 크림색, 그리고 황동. 외부에서 잘 보이는 곳에 램프를 여럿 배치해서 해질 무렵 오렌지색 불빛이 켜지면 먼발치에서도 은은하게 빛났다. 밤중에 마주친 모닥불이나 밤바다의 등대처럼. 또는 어둑한 부엌 안쪽에서 고소한 냄새를 풍기며 빵을 굽는 화덕처럼.

홀린 듯 문을 밀고 들어가면 옅푸른 모자이크 타일이 깔린 현관과 외투 보관실이 먼저 나오고, 왼쪽에는 새로 양탄자를 깐 계단 위로 크리스털과 황동 촛대가 어우러진 찬란한 샹들리에가 걸려 있다. 의뢰하면 최소 반년이 걸린다는 볼리오 공방의 것인데 어떻게 그렇게 빨리 받은 것인지는 아무도 몰랐다.

하지만 그 외에는 그리 화려한 것이 없었다. 오히려 옛 카페를 되살리기로 한 만큼 자재나 소품을 되도록 새것으로 하지 않고 낡은 것을 손질해 활용했으므로 손때 묻은 테이블 테두리나 커튼 걸이, 창틀 등에 예스러운 질감이 남아 있었다.

의자들도 깃털과 벨벳은 새로 갈았지만 뼈대는 살려서 일일이 사포로 갈아내고 칠을 했다. 플로레종의 상징이던 질 좋은 도자기와 은제 커틀러리, 크리스털 병과 잔을 완벽히 재현한 것은 물론이었다. 특히 좌석 배치를 옛날 그대로 살렸고 기물 배치도 되도록 변경하지 않았다. 천장에 새겨진 육각 무늬와 꽃과 별, 바닥의 아름다운 격자도 마술처럼 되살아났다.

기존 카페 여기저기에 있던 유행 지난 요정 그림 같은 것은 재현하지 않았지만 그렇다고 최신 유행하는 전원 풍경화 같은 것을 걸지도 않았다. 그보다 선과 색이 단순하지만 구도에서는 세련된 파격을 시도한 인물화들이 예상치 못한 곳에, 이를테면 화장실 앞이나 외투 보관실 같은 곳에서 불쑥 나타났다. 그런 그림들은 금테 두른 액자에 들어가는 대신 움푹 들어간 벽감을 테두리 삼아 꼭 맞게 자리잡아서 마치 벽화 같은 느낌을 주었다. 예술에 조예가 없는 일꾼들조차 특이하게 느낄 정도였다.

"저 그림들은 이상하게 기억에 남아요. 화가 앞에서 나 그려달라고 앉아 있는 게 아니라 지나쳐가는 사람을 착 그린 것 같은데, 그게 또 되게 멋있네요. 저 사람들이 누군지 궁금해지고 말이죠."

개업 전에 초대 손님으로 먼저 방문한 네냐플 학생들은 처음에는 고개를 갸웃거렸다. 루시안과 조슈아가 힘을 합쳐 만들었다니 틀림없이 값비싼 걸로 발라놨으리라 생각했는데 샹들리에 외에는 의외로 소박한 분위기였던 것이다. 그러나 진정한 매력을 알아차리는 데는 오래 걸리지 않았다. 특히 간단한 시험을 앞두고 대여섯 명이 몰려와서 몇 시간쯤 공부를 해 보더니 모두 크게 만족했다.

"여기 진짜 공부 잘되는데? 자리 하나 지정석으로 세내면 얼마 받냐? 에이, 안 된다고?"

"이 카페와 함께라면 나의 졸업도 꿈만은 아닐 것 같은데 말이야."

"이 정도면 켈티카에서 제일 세련된 카페 아니냐?"

메뉴도 최대한 옛날 그대로 되살렸다. 코라 부인의 슈를 비롯해서 각종 케이크, 타르트, 아이스크림 등 간식류만 해도 오십 가지가 넘었고 음료 또한 커피와 차뿐 아니라 샴페인, 포도주, 칵테일까지 있었다. 플로레종의 자랑이던 홍차에는 특히 공을 들였다. 가벼운 식사거리도 있어서 샌드위치만 해도 일곱 가지, 고기 파이와 샐러드도 종류별로 있었다. 사실 개업하자마자 이렇게 복잡한 메뉴를 제대로 내놓기는 쉽지 않아서 조슈아는 가짓수를 줄이는 편이 나을 거라고 했지만 루시안의 뜻이 굳건했다.

"옛 카페를 되살리는 거니까 메뉴도 반드시 똑같아야 해!"

그런 식으로 의기양양하게, 실은 급하게 카페를 연 것까진 좋았지만 금세 온갖 문제가 발생하기 시작했다.

주방을 책임질 직원 다섯 명 중 하나가 이틀째부터 오지 않았다. 처음에는 손님이 많지 않아 어찌 굴러갔으므로 그것만이라면 아주 급한 문제는 아니었다. 그러나 사흘째에는 또 한 명, 그것도 책임자가 그만두었다. 홀 급사는 일곱 명이었는데 그중 한 명이 이틀 만에 그만두겠다고 통보했고 또 한 명은 소식도 없이 사라져버렸다. 급하게 두 명을 더 불러와 면접도 없이 일하게 했지만 금세 손님들 사이에서 불만의 목소리가 터져나왔다. 그들 대부분은 플로레종의 명성을 믿고 첫날부터 찾아온 옛 단골들이었다. 처음에는 추억 속 모습을 새롭게 되살린 분위기에 푹 빠져들어 무조건적인 찬사를 보냈던 그들의 입에서 나온 불만은 작은 문제가 아니었다.

"가게 메뉴가 뭔지도 모르는 급사와 더이상 대화하고 싶지 않아요."

"옛날 플로레종은 이렇지 않았어요. 모든 급사가 전문성은 물론이고 품위가 있었다고요."

"여긴 껍질만 플로레종이지 실제로는 그냥 초짜가 신장개업한 어수선한 카페일 뿐이네요."

천만다행으로 손님들이 음식 맛은 불평하지 않았다. 그러나 그건 주방 직원의 빈자리를 뜻밖의 인물로 채워넣었기 때문이었다. 엿새째 되던 날 예의상 학교에 잠깐 들렀던 루시안을 멈춰 세운 조슈아가 애매한 미소를 지으며 말했다.

"주방장은 아직 못 구한 거야? 구스틴 아저씨가 성을 너무 오래 비워두는 것 같다고 걱정하더라고. 다음달에 있을 연회 준비를 해야 하나봐."

어려서부터 입맛 까다롭던 도련님을 공들여 먹여 살렸던 비취반지 성의 요리사가 보조 두 명을 데리고 임시로 와 있었던 것이다. 루시안은 대경실색해서 소리쳤다.

"안 돼! 좀만 더 있어줘! 부탁이야! 지금 엄청 열심히 구하고 있는데 금방 될 거야! 응? 알았지?"

사실 주방 책임자의 부재는 보통 문제가 아니었다. 미리 구해둔 조리사들의 실력은 구스틴에 비하면 한참 아래였다. 삼십 년이 넘도록 수십, 수백 명 규모의 손님들을 상대로 코스 요리를 시간 맞춰 착착 내놓던 구스틴과 비교하자니 미안한 일이지만 그들에게 웬만큼 실력이 있다 해도 손이 너무 느렸다. 무엇보다 카페를 급하게 여는 바람에 이곳 메뉴를 연습할 시간이 충분치 않았다. 이런 가운데 손님들이 옛 추억을 되살린답시고 온갖 것을 골고루 시켰으므로 조리사가 초반부터 도망간 것도 약간은 이해가 간달까.

근본적인 문제도 있었다. 옛 카페를 되살려낸다는 의의도 좋았고 실내가 아름다운 것도 좋았다. 하지만 상상 속의 풍경이 재현되는 걸 본 손님들의 기대는 하늘 꼭대기로 올라갔다.

이곳이 과거의 플로레종과는 다르다는 것을 적당히 받아들일 필요가 있었는데 너무 많은 것을 재현하는 바람에 그 점을 납득시키는 데 실패한 셈이었다.

개업 여드레째 아침, 플로레종의 문은 닫혀 있었다. 루시안이 결국 하루 쉬어가기로 했던 것이다. 불이 꺼진 카페 안쪽에는 혼이 반쯤 나간 루시안이 녹색 벨벳 소파 위에 벌렁 드러누워 있었다.

"아 진짜, 고작 카페 하난데 일이 장난이 아니네. 아빠는 그 커다란 상단을 어떻게 운영하는 거야……."

직원들도 모조리 하루 휴가를 줬기에 내부는 조용했다. 몇몇 손님이 밖에서 기웃거렸지만 불이 꺼진 것을 보고 자리를 떴다. 다만 길 건너에 한 무리의 손님들만이 떠나지 않고 플로레종을 가리키며 쑥덕이고 있었다.

"문 닫은 거야? 영업 종료?"

"설마, 다시 열겠지."

그들은 추억의 단골들과는 또다른 무리를 이뤄 개업 초기부터 플로레종을 드나든 손님들이었다. 이들은 메뉴판에서 제일 저렴한 음료를 시키고 자리를 차지한 뒤 내내 계단 쪽만 흘끔거렸다. 플로레종 한가운데에는 2층으로 올라가는 널찍한 계단이 있었다.

"저기 말고 다른 통로는 없잖아."

"뒤쪽에 좁다란 비상계단이 있긴 하던데 잠겼더라고."

"그럼 여기로 올 수밖에 없는데."

자칭 '플레상스 경 팬클럽'인 그들은 과거 탐정 사무소에서 일했던 여자가 플로레종에 취직했다는 소문을 들었다. 그렇다면 플레상스 경도 곧 돌아오지 않을까? 혹시 이미 돌아온 건 아닐까? 3층에 은둔하면서 복귀를 숨기고 있는 것 아니야?

그런 억측을 확인하고자 카페에서 비싼 음료를 마셔가며 기웃대보았지만 데보라의 모습은 옷깃도 볼 수 없었다. 그야 데보라가 하필 주방 보조로 뽑히는 바람에 구스틴의 혹독한 훈련 아래 반쯤 죽어가고 있었기 때문이다.

식사처럼 보이는 것을 2층으로 가져가는 모습에도 주목해서 한번은 슬슬 따라가보기도 했지만 곧 직원이 황급히 뒤따라와 "2층은 영업하지 않습니다"라며 제지하는 바람에 내려올 수밖에 없었다. 과거의 플로레종은 2층에 예약 고객을 위한 별실들을 운영했지만 루시안이 그것까지는 재현할 겨를이 없었던 탓에 지금은 살풍경한 상태로 비어 있었다.

"플레상스 경이 돌아왔다면 은둔할 이유가 뭐가 있담. 모두가 환영할 텐데. 금세 떼돈을 벌 테고."

"예전에도 좀 귀찮아했잖아. 쉬고 싶을 수도 있지 뭐."

"쉬다니! 내 돈을 8엘소나 꿀꺽하고 갔으면서 그게 말이 돼?"

"조용히 해. 내 돈은 16엘소라고."

그런 잔돈푼쯤이야 사실 핑계였다. 이 호사가들은 플레상스 경이 돌아와 자기들과 놀아줬으면 하는 것뿐이었다. 자기들끼리 대토론을 벌여가며 만들고 있는 플레상스 경의 일대기도 읽어주고 재밌는 반응도 해줬으면 좋겠고 말이다. 게다가 카페 플로레종도 되살아났지 않은가! 예전에 할아버지가 그랬던 것처럼 창가 좌석에 자리잡고 홍차를 마시며 사건 상담을 해주면 얼마나 좋아?

하지만 오늘은 카페도 열지 않을 모양이었다. 그들도 결국 점심을 먹으러 사라졌다. 수업 끝나는 시각이 지나서야 친구들이 하나둘 플로레종으로 왔다. 그새 잠들어버린 루시안을 보리스가 흔들어 깨웠다. 새우잠을 자던 루시안이 눈을 감은 채 웅얼거렸다.

"으음…… 죄송해요, 손님……. 전부 엉망이네요……. 다 저 때문이에요……."

그러다가 눈을 번쩍 뜨더니 마른 얼굴을 마구 문질러대고는 보리스를 봤다.

"그냥 문 닫아버릴까? 역시 준비가 안 된 것 같지?"

보리스가 무표정하게 대꾸했다.

"여드레 만에 포기한다고?"

"계속하면 좋아지긴 할까? 아무래도 근본적인 원인은 내가 멍청이라는 건데 그게 쉽사리 나아질까? 안 나아진다면 여드레 만에 닫으나 한 달 만에 닫으나 거기서 거기잖아?"

보리스는 그 말에 대꾸하는 대신 물었다.

"뭐 좀 먹었어?"

"아니."

그럴 줄 알았다는 것처럼 근처에서 사 온 샌드위치를 건네준 보리스는 물도 한 잔 떠다 준 다음 창가로 가서 카페 밖을 내다봤다. 미적미적 일어나 앉은 루시안이 한쪽으로 눌린 머리카락을 쓸어넘기며 봉지를 부스럭대다가 물었다.

"누구 왔어?"

"아니."

루시안에게는 말해줄 필요가 없었다. 신장개업한 플로레종이 붐비던 이레 내내 이웃 학교 학생으로 추정되는 사람들이 근처를 얼씬댔다는 것을. 루시안이 샌드위치를 먹기 시작하자 보리스는 오랜만에 조용해진 카페를 둘러봤다. 사람이 없어서인지 불빛 없이도 아늑해 보이는 풍경을 보며 생각했다. 이런 걸 열흘 만에 열었다가 여드레 만에 닫겠단 말이지.

이윽고 샌드위치를 다 먹은 루시안이 보리스 옆으로 와 앉더니 천장의 정교한 무늬를 올려다보며 중얼거렸다.

"근데 이대로 닫아버리기엔 너무 멋있긴 하다. 조수아한테도 미안한 일이고. 이 모든 걸 공짜로 해줬는데. 역시 그럴 순 없겠지?"

"그래."

"근데 조슈아는 못 봤어? 메뉴 문제를 의논하고 싶은데."

"며칠 전부터 학교에서도 안 보이던데. 바쁜 일이 있는 것 같더군."

잠시 후 어디서 따 왔는지 딸기가 가득 든 바구니를 옆구리에 낀 티치엘이 나타나 손을 흔들었다.

"힘들지? 딸기 좀 먹어봐! 갓 따 와서 신선해."

"우와, 이런 걸 어디서 따 온 거야? 켈티카에는 딸기밭이 없을 거 아냐?"

"응, 그런 데가 있어."

티치엘이 그런 데가 있다면 그런 것이므로 루시안은 더 묻지 않고 금세 딸기를 씻어다 베어 물더니 감탄했다.

"와, 맛있네! 우리가 식재료도 쓰던 것보다 훨씬 좋은데? 이걸로 딸기 파이를 만들면 끝내주겠다! 조금 남겨서 내일 만들어달라고 해볼까?"

"기운이 좀 나는 것 같네. 다행이야."

티치엘은 환하게 웃어 보이고는 곧 실질적인 문제를 물어보았다.

"급사들이 자꾸 그만두는 이유가 뭔 거 같아? 일당은 충분히 준다면서?"

"잘 모르겠어. 대우도 나쁘지 않았고 나도 나름 친절하게 해줬는데. 직원이 줄어서 일이 힘들긴 하겠지만 애초에 넉넉히 고용했기 때문에 다른 가게보다 적은 건 아니거든."

"메뉴가 복잡해서 외우기가 힘든 걸까?"

"아, 그건 생각하고 있어. 조슈아 말대로 메뉴 가짓수를 좀 줄여야 할 거 같아. 자리가 잡힌 다음에 차근차근 원래대로 늘리면 되니까."

"그래. 그럼 그건 됐는데……."

티치엘은 고개를 갸웃거리다가 말을 이었다.

"실은 내가 란지에한테 물어봤거든. 그애가 예전에 수업 시간에 켈티카의 하층 노동자들에 대해서 설명했던 기억이 나서, 이런 사람들은 어떨 때 일을 그만두는 거냐고 물어봤지."

"그러니까 뭐래?"

"내 설명을 듣더니 보이지 않는 이유가 있을 것 같다고 하더라. 사실 여기 정도 조건이면 켈티카 물가와 임금 평균치로 볼 때 꽤 후한 편이래. 그런 곳을 며칠 만에 그만두는 경우는 드물다는 거지. 물론 애초에 사람을 잘못 골랐을 가능성도 배제할 수 없긴 한데 총책임자인 주방장이 갑자기 그만둔 건 그런 식으로 설명하기에도 이상하다는 거야."

"어떻게 이상한데?"

"그런 자리는 추천도 받아가며 신중하게 골랐을 거고, 또 새로 개업하는 카페에서 일하기로 해놓고 그 정도로 무책임하게 버리고 갈 정도면 음…… 어디서 말도 안 되게 좋은 제안을 받았거나, 아니면…… 협박 같은 걸 당했을지도 모른다나."

루시안이 눈을 둥그렇게 뜨고 있는데 창가에 있던 보리스가 일어나 안쪽 테이블로 왔다.

"그 주방장은 어디서 구했지?"

"길 건너에 있는 직업소개소에서 추천해줬는데."

루시안이 손가락질하자 보리스와 티치엘의 시선이 창밖으로 향했다. 소개소는 5층에 있다고 했다. 찾아가볼까? 하지만 쫓아가서 다짜고짜 멱살을 잡을 수도 없는 일이고 점잖게 물어본들 원하는 대답을 들을 수 있을까? 소개한 사람이 그만두고 가버렸다니 미안하다고 나오는 게 고작일 텐데. 기껏해야 소개료 일부를 돌려받는 정도겠지. 누가 협박을 했는지 장난질을 했는지, 소개소도 관련이 있는지 없는지, 그런 걸 몇 마디 질문으로 어떻게 알아낸담.

이런 문제로 치안대를 부를 수도 없고, 수수께끼에 실마리가 있은들 아무나 푸는 것이 아니었다. 그런 생각을 하자 반사적으로 떠오르는 사람이 있었다. 루시안이 한숨을 내쉬었다.

"막군이 있었으면 좋았을 텐데. 저 문으로 갑자기 들어왔으면 좋겠다. '사건은 내가 해결한다!' 이러면서."

막시민은 물론 그런 말을 한 적이 없었지만 상관없었다. 보리스도 티치엘도 한참 전부터 같은 사람을 떠올리고 있었으나 소용없는 생각이었다. 막시민이 어디에 있는지는 아무도 모른다. 개학을 한 지도 어느덧 한 달이 가까운데 소식도 없는 걸 보면 학교도 그만둔 것이겠지. 교수들에게도 물어보았지만 행방을 안다는 사람은 없었다.

"무슨 음모가 있었든 간에 우선 새로운 사람부터 구해야겠지. 그런데 구스틴 아저씨가 세 명이나 퇴짜를 놔서 큰일이야. 그분이 실력은 진짜 좋은데…… 여길 조슈아가 만들었다는 소릴 듣더니 시답잖은 요리사가 시시한 음식을 내놓게 놔둘 수 없다고 생각하시더라고. 덕택에 당장 가버리시진 않아서 다행이긴 한데."

티치엘이 물었다.

"혹시 소개해주실 만한 사람은 없대?"

"그분의 안목에 차는 사람은 이미 다 자기 자리가 있지 뭐. 이러다가 코라 부인한테 진짜로 제비꽃 과자점을 잠시 접고 와달라고 해야 할지도 모르겠다."

보리스가 말했다.

"그러면 이웃 학교들이 네가 전쟁을 선포한 것으로 알아듣겠지."

"나도 그래서 하는 말이야. 최후의 대안 같은 거지. 하지만 별수가 없으면! 그거라도 해야지. 주방장이 도망가서 힘들다고 운을 띄워봤더니 도와주고 싶어하시더라고. 추억이 있는 곳이라 잘되길 바라시나봐."

보리스는 고개를 끄덕였을 뿐이지만 티치엘은 걱정스러웠는지 둘을 번갈아 보며 물었다.

"그래서 진짜 전쟁 선포가 되면 무슨 일이 벌어지는 거야?"

"글쎄? 몽둥이 들고 와서 이거 다 때려 부수는 건가."

루시안이 의기소침하게 대꾸하자 보리스가 고개를 저었다.

"그렇진 않겠지."

"그건 아닌 거야? 휴, 다행이네."

루시안이 어깨를 들썩해 보이는데 티치엘은 보리스의 얼굴을 물끄러미 보았다. 할말이 더 있지 않느냐는 것처럼. 이윽고 보리스가 말했다.

"저들의 실질적인 적은 네냐플이라기보다는 루시안 칼츠라는 점을 먼저 받아들일 필요가 있어."

화들짝 놀란 루시안이 고개를 쳐들었다.

"내가 왜? 왜 하필 나야? 내가 네냐플 대표란 말이야? 난 고작 1학년…… 아니아니, 2학년일 뿐이잖아!"

하도 학교에 안 가서 2학년이 됐다는 것도 겨우 기억해냈을 정도인 자신이 학교 대표라니! 루시안이 한껏 억울한 표정을 지어 보였지만 보리스의 반응은 냉담했다.

"돈을 써서지."

"내가 괜히 돈을 썼어? 학숙만 해도 우리 학교 학생들이 기숙사도 없이 고생할 거 같아서 노력한 게 잘못이란 말이야? 난 그걸 운영할수록 손해만 나는데!"

"그런 뜻은 아니야. 그냥 저들의 관점에서 보면 그렇다는 거야. 우리가 알고 싶은 건 저들의 행동이니까 저들 관점에서 봐야겠지. 저들의 눈에 네냐플은 예고 없이 들이닥친 지나치게 명성 높은 경쟁자야. 그렇더라도 시간을 두고 관찰할 여유가 있었더라면 상대에게 경쟁할 의지도, 공격할 뜻도 없다는 걸 알아차렸을지도 모르지. 하지만 그다음 행보가 너무 빨랐어."

하루아침에 학숙이 생겼고 하필 학숙 건물에는 제비꽃 과자점이 있었다. 이어 번개같이 카페를 개업하더니 손님이 몰려드는 광경까지 보았다. 이 거리에 기득권이 있다고 느끼던 자들은 낯선 상대가 자신들을 위협하고, 심지어 포위하려 한다고 느꼈으리라. 체스 도중 상대 진영 깊숙한 곳으로 말을 둘쯤 옮기면 전쟁 선포라고 봐도 이상한 일은 아니니까. 그게 비록 졸 두 개일 뿐일지라도. 문제는 이쪽에서는 체스를 두려는 생각조차 없었다는 거지만.

보리스의 말을 다 듣고도 '학교 대표'라는 말이 준 충격이 컸던 루시안은 납득하지 못한 기색이었다. 하지만 티치엘은 달랐다.

"그럼 그 공격이 이미 시작된 건 아닐까?"

보리스와 루시안이 동시에 티치엘을 쳐다봤다.

"보리스 네 얘기를 들으니까 맞는 말 같아. 그런 사람은 어디에나 있잖아. 마법사들 사이에도 있거든. 자기가 연구하던 분야에 다른 마법사가 끼어들 때라든가, 새로운 주문을 발표했더니 두 명쯤 반론을 말했는데 그 둘이 친한 사이라든가, 그러면 갑자기 공격당했다고 느끼고 발끈하는 사람들 말이야."

티치엘은 전혀 그런 사람이 아닌데다 이런 이야기는 티치엘의 전문분야도 아니었다. 그렇기에 티치엘은 그런 사람에게 감정이입을 해보느라 미간을 잔뜩 찡그려가며 말을 이었다.

"그런데 네냐플이 온다는 소식이 알려진 건 올해 초였고 학숙을 연 지도 한 달이나 됐잖아. 카페도 열흘 동안 공사를 했고. 짧다면 짧지만, 싸움을 걸 작정이라면 또 그렇게 오래 기다릴 이유도 없지 싶거든. 만약 그애들이 진짜로 그동안 아무것도 안 했다면 우리를 공격할 생각이 있다는 얘기도 그냥 소문에 불과한 거고, 해봤자 카페 문짝에 달걀이나 던지는 시시한 일이 아닐까? 하지만 그게 아니라면……."

그제야 보리스도 티치엘의 말뜻을 알아들었다. 어쩌면 보리스는 악의를 오래 간직하다가 반년, 일 년, 십 년 뒤에도 보복하는 사람들의 논리에 익숙했던 것일지도 모른다. 하지만 대부분의 사람들은 그렇게까지 참을성이 없다. 당장 상대가 거슬리고 수단도, 동조자도 있는데 몇 달은커녕 열흘쯤 참는 사람도 드문 것이다. 심지어 성질 급한 학생들이라면.

"티치엘 네 말은 이미 공격이 시작됐지만 우리가 그걸 모르고 있을 뿐이다, 그 뜻인가?"

"응. 근데 그게 뭔지는 모르겠네."

"이를테면……."

그렇게 말하며 보리스는 창문 너머 건물을 보았다. 티치엘도 결국 수긍했다.

"그래. 그거. 하지만 확인할 방법이 없네."

"그렇겠지."

루시안도 같이 창문 쪽을 봤지만 별다른 게 전혀 없었으므로 의아한 표정으로 친구들을 봤다.

"그게 뭔데?"

그때 누군가가 카페 문을 열려는 듯 덜컹대는 소리가 났다. 루시안이 큰 소리로 외쳤다.

"금일 휴업입니다!"

들렸을지는 확실치 않지만 문짝에도 팻말을 걸어뒀는데 보지도 못한 건가? 그들이 앉은 안쪽 테이블에서는 입구 너머가 보이지 않았다.

문 흔드는 소리는 곧 잠잠해졌다. 그러나 잠시 후 건물 왼쪽, 주방이 있는 쪽에서 수상하게 덜컥대는 소리가 났다. 거기에 뭐가 있더라? 루시안은 고개를 갸웃거리다가 곧 생각해냈다. 조그마한 뒷문이 있었는데 위치가 마음에 들지 않아서 다른 쪽에 널찍하게 식재료가 드나들 출입구를 내고 그 문은 그냥 잠긴 채로 칠해버렸던가?

그런 문을 뚫고 누군가가 들어오려 한다. 경쟁 학교 학생들인가? 엊그제도 와서 기분 나쁘게 카페를 훑어보던 베버 왕립 학교의 영광스러운 거름밭인가 뭔가 하는 동아리 놈들?

"누가 안으로 들어오려고 해!"

보리스가 즉각 일어나고 루시안과 티치엘도 뒤따라갔다. 그들 셋이 막 주방으로 들이닥쳤을 때였다. 주방 안쪽에 짜넣은 그릇 선반장의 문이 활짝 열려 있는 것이 보였다. 그 안쪽에서 시커먼 망토 같은 걸 덮어쓴 작자가 하수구 귀신 같은 꼴로 기어나오고 있지 않은가?

"으악!"

루시안이 놀라 비명을 지르자 귀신이 고개를 번쩍 들더니 셋을 쏘아봤다. 이어 머리를 쓸어넘기며 슬금슬금 일어나 섰다.

"어?"

아는 얼굴이었다. 머리가 수상하게 짧아지고, 안색이 나쁘고, 걸레짝 같은 코트 대신 망토를 두르긴 했지만.

막시민의 첫마디는 이러했다.

"뭐야, 여긴 내 구역인데. 늬들이 왜 여기 있냐?"

눈을 커다랗게 뜬 루시안이 대꾸했다.
"우와, 네가 아무 맥락 없이 돌아왔으면 좋겠다고 조금 전에 소원을 빌긴 했는데 찬장에서 나올 줄은 생각도 못했어."

돌아온 탐정

막시민은 어딘가 변한 듯했다.

물론 변치 않은 부분도 많았다. 이를테면 지저분한 안경이라든가. 뜻밖의 물건을 갖고 불쑥 나타나는 거라든가. 막시민에게는 열쇠가 있었다. 루시안이 카페 곳곳을 싹 뒤지고도 찾아내지 못했던 뒷문 열쇠다. 그런 게 어디서 난 걸까?

"켈티카 시민들의 일상 잡일을 책임지는 전능한 인간한테서 얻었다."

이상하고 웃긴 말을 심각한 얼굴로 하는 것도 변함없었다. 그런 심각함에는 보통 이유가 있지만 다른 사람들은 알 수 없다. 막시민은 항상 남들보다 뭔가를 더 알고 있지만 대부분은 말하지 않는다. 설명하기 귀찮으니까.

"근데 그동안 어디 있었던 거야? 여긴 어떻게 알았어? 하여튼 진짜 놀랐어!"

"내가 호텔 로비에서 너 봤을 때보다 놀랐겠냐."

막시민은 여기까지 오느라 덮어쓰고 있던 망토를 벗었다. 그러자 중고 옷가게에서 구한 듯한 허름한 외투가 나타났다. 밤을 걷는 자들을 만난 뒤로 그에게도 좀더 조심성이 생긴 듯했다. 누가 굳이 뒤를 밟진 않더라도 눈에 띄어 좋을 일도 없었다. 아이언페이스의 잔당이 아니더라도, 그게 누구일지라도. 이는 실제로도 도움이 됐는데, 그는 플레상스 경 팬클럽의 존재를 몰랐지만 덕택에 소란을 피한 셈이었다.

곁에서 물끄러미 보던 티치엘이 말했다.

"너 얼굴이 많이 상했어. 뭐라도 좀 먹을래?"

티치엘이 가져온 딸기 말고도 주방에는 여러 가지 식재료가 있었다. 루시안은 막시민이 돌아왔다는 것만으로도 모든 문제가 해결된 것 같은지 생기 넘치는 얼굴로 이것저것 내왔으므로 테이블은 곧 뭔가로 가득 찼다. 서투르게 내린 홍차, 미리 구워둔 과자, 어제 팔고 남은 슈, 조금 단단해진 빵, 설탕에 절인 배와 사과 콩포트, 급히 구워 한쪽 면이 살짝 탄 소시지까지.

막시민은 별로 식욕이 없는지 음식들을 곁눈으로 훑어보다가 사과 콩포트에 눈길을 주더니 빵에 조금 발랐다. 그리고 아주 오래 씹고 있었다.

"그래서 네가 여길 샀단 말이지."

"산 건 아닌데, 음…… 살까? 사는 게 나을 거 같기도 하고."

루시안이 새삼 카페를 한 바퀴 둘러보며 대꾸했다. 아까까지만 해도 그만 문을 닫을까 웅얼대고 있었지만 막시민이 돌아왔지 않은가? 그리고 처음 구상보다 공을 많이 들이게 되어서 이대로 다른 사람에게 넘기기도 아까웠다. 이 정도로 잘 만들었으면 오래오래 운영해야 하는 법이다.

"근데 돈이 없어. 수리하느라 다 썼거든. 그래, 이거 열심히 운영해서 돈을 벌어서 사야겠다!"

평소 같으면 황당한 표정으로 핀잔을 주었을 테지만 막시민은 그러지 않았다. 대신 창가에 있는 좌석들을 물끄러미 바라보고 있다가 고개를 끄덕였다.

"그래라. 이왕 되살렸는데 잘되면 좋겠지."

"응! 그런데 막군한테 그런 말을 들으니까 뭔가 기분이 이상한데."

보리스는 줄곧 별말이 없었지만 루시안의 말이 맞다고 생각했다. 막시민에게는 무슨 일이 있었던 듯했다. 하지만 질문 몇 개로 알아낼 만한 일은 아니리라. 보리스는 이것저것 캐묻는 대신 현실적인 것을 물어보았다.

"학교는?"

"이따 가보려고."

"개학한 건 알고 있고?"

"응."

"여긴 기숙사가 없어. 그래서 루시안이 학숙에 네 방 마련해뒀다."

막시민이 루시안을 보았다. 칭찬받고 싶은 생각으로 가득한 친구의 얼굴을 보더니 불현듯 얼굴을 찡그렸다가 펴며 말했다.

"고맙다."

막시민에게 이렇게 단순한 감사의 말을 듣게 되다니 조금 얼떨떨하긴 했지만 그걸로 놀라고 있기에는 더 중대한 용건이 있었다. 카페를 수리하는 동안 조슈아를 숭배했듯 이번에는 막시민을 숭배할 준비를 마친 루시안이 새파란 눈을 번쩍이며 고개를 들이밀었다.

"뭐 그거야 당연한 일이지. 우린 친구잖아! 하여튼 너도 이 카페가 잘되길 바란다는 거고 그럼 도와줄 마음도 있다는 거잖아? 나 부탁 있어. 누가 우리 카페를 몰래 괴롭히는 거 같거든? 아무래도 옆 학교 녀석들 같은데 증거가 없단 말이야. 하지만 네가 왔으니까 그놈들이 뭘 숨겼든 이제 다 들통나겠지. 안 그래? 도와줄 거지?"

막시민은 순간 예전 같은 표정을 지었는데 친구들은 그가 평소처럼 핀잔을 주려는 줄로만 알았다. 야, 이 병아리야. 조용히 살고 싶은데 귀찮은 일 좀 안 만들 수 없냐?

하지만 막시민이 느낀 건 괴리였다. 친구들과 떨어져 지낸 지 고작 반년도 안 되었는데 그사이 그의 삶도, 목적도, 다 바뀌었다. 임박한 파국을 어떻게 막아야 할지, 그런 생각으로 가득한 하루하루에는 위기감과 동시에 무력감도 감돌았다. 너에게는 그럴 능력이 없다. 네가 뭐라고 그런 고민을 하는가. 네가 뭘 하든 일어날 일은 일어나고 넌 다른 사람들처럼 그저 멀거니 올려다보게 될 것이다.

그런 생각에 빠져 있다가 갑자기 예전과 다름없는 요청, '너의 추리력으로 우리 카페를 위협하는 놈들을 찾아줘!'를 받게 되니 순간적으로 실감이 나지 않았다. 그래, 자신의 삶에는 이런 일도 있었지. 그런 얘기도 하곤 했었지.

한때 일상이었던 일들은 하루를 마친 해처럼 지평선 밑으로 져버린 듯했다. 네나플 낙제생이자 술집 구석 탐정이던 녀석도 밤의 어둠에 녹은 듯 자취를 감췄다. 하지만 여전히 뭔가가 남아 있었다. 어둠 속을 어슬렁대는 검은 그림자가 보인다. 어깨를 둥그스름하게 웅크린, 자신에게 있는 줄도 몰랐던 실루엣이.

갑작스러운 재회 역시 예상 밖의 일이었다. 막시민이 플로레종에 들어오려 했던 건 단지 3층 사무실로 들어갈 다른 방법이 없었기 때문이었다. 베네트가 비상계단 열쇠는 주지 않았으니까. 카페 안에 사람이 있는 것 같긴 했지만 적당한 핑계를 대고 3층으로 사라져주면 될 일이라 생각했다.

그렇게 들어온 플로레종에서 학교 친구들과 마주칠 줄은 상상도 못했다. 카페가 새로 개업한 것도 몰랐다. 마지막으로 들렀을 때와 달리 외관부터 멀끔해진 것이 무슨 일이 있는 것 같다고 생각하긴 했지만 어쨌든 오늘은 영업중이 아니었으니까. 실은 그런 점을 깊이 생각할 겨를도 없었다. 검정 망토를 들쓰고 인파로 붐비는 거리를 걸어오는 동안 막시민의 머릿속을 오가던 건 이런 이름들이었다. 파울, 멀베리, 헬레나, 펠그레이브, 그리고 플레상스 경.

헬레나와 대화하다가 아르크벨 성의 이름이 튀어나오는 바람에 지난 기억이 되살아났던 것이 시작이었다. 그랑도프 호텔에서 막시민을 잡아가려 하던 백작부인과 마부 차림의 남자가 말했었다. 권총을 가지고 아르크벨 성으로 오라고.

하지만 헬레나는 그 성에 더이상 아무도 없다고 했다. 누오보 공방의 것이긴 했지만 공방이 자취를 감출 때 비운 뒤로는 아무도 살지 않았다는 것이었다. 물론 누오보 공방은 그 성의 소유권만 가졌을 뿐 관리를 하지는 못했다. 버려져 있던 방적소와 마찬가지로.

문제를 확인하자면 직접 가보는 것이 제일이다. 아르크벨

성은 실제로 비어 있긴 했으나 얼마 전까지만 해도 누군가가 살고 있었던 듯했다. 주변 사람들의 말로도 세입자가 있었던 모양이었다. 무슨 낌새를 챘는지 도망쳐버린 뒤였지만 모든 흔적을 지우지는 못했다. 헬레나와 함께 지하층으로 내려간 막시민은 곧 수상하게 바닥을 막아놓은 널빤지를 발견했다. 헬레나가 중얼거렸다.

"우리 공방 사람이 이런 널빤지를 갖다놨을 리가 없어요. 너무 추하게 생겼잖아요?"

널빤지를 뜯어내자 불쾌한 냄새가 코를 찔렀다. 한 사람이 겨우 드나들 만한 좁다란 구멍 아래로 줄사다리가 연결되어 있었다. 아래로 내려가자 동굴이나 다름없는 방이 나타났다. 사람을 가둬뒀던 듯 구석에는 썩어가는 모포와 분변통 따위가 굴러다녔다. 코를 쥔 헬레나가 도로 올라간 뒤로도 막시민은 한참이나 그것들을 보고 있었다. 이런 곳에 플레상스 경도 갇혀 있었던 것일까. 만약 그랬다면 지금은 어디에 있을까.

다시 밖으로 나오자 새로운 것이 눈에 띄었다. 난로에서 퍼낸 재가 뒤뜰에 쌓여 있었는데 꼼꼼히 뒤져보니 타다 남은 종잇조각이 몇 개 섞여 있었다. 하나하나 집어내 살펴보다가 눈에 익은 이름을 발견했다. '카울리'. 어디서 봤더라.

잠시 생각하자 기억이 되살아났다. 네냐플 시절, 권총을 찾아달라 의뢰했던 멀베리 파이크가 도망치며 남기고 갔던 소액 어음 뭉치에 같은 이름이 있었다. 그것도 여러 번. 떼인 돈을 갚음할 만한 게 있을까 싶어 일일이 읽어봤지만 누군지 알아낼 길이 없어 포기했는데, 하필 여기서 같은 이름과 마주치다니.

막시민은 종잇조각을 추려내 가져와 청어절임에게 보여줬다. 이자가 누군지 조사할 방법이 있을까?

"있죠. 지난번 만남 이후로 나이트워크의 정보망을 최고 등급까지 사용할 수 있는 자격이 생기셨거든요. 그걸 통하면 이쯤이야 며칠 안 걸립니다."

조사가 진행되는 동안 막시민은 생각해보았다. 아이언페이스의 부하들이 머물렀던 성에서 나온 어음 조각, 거기에 멀베리 파이크가 남긴 어음과 같은 이름이 적혀 있다는 건 무얼 의미할까.

금액은 막시민의 손에 떨어졌던 잡다한 청구서들보다 훨씬 고액이었다. 게다가 같은 금액이 적어도 두 장. 그렇다면 주기적으로 받았을 가능성이 크다. 이런 걸 청구하는 대신 태워버렸다는 건데, 그렇다면 이건 부하들의 것이 아니라 그들에게 억류됐던 사람의 것이라고 봐야겠지. 그리고 그자는 아무래도…… 살해됐을 것이다. 이 어음은 당사자가 없으면 받을 수 없는 종류였으니까.

이 살해된 자는 누구인가? 일단 멀베리 파이크 본인이라고 가정하면 이 인간은 수고비도 안 주고 잘도 도망치더니 왜 잡혀가서 죽게 됐지?

멀베리에게 오토마톤이 있었다는 데서 시작해보자. 기술자를 찾아 수리까지 하려던 오토마톤을 네냐플에 압수당했다는 이유로 도망쳐버린 건 뭔가 켕기는 데가 있어서라고 생각했는데, 다시 생각해보면 아이언페이스의 부하들이 위협해와서 급히 도망쳤을지도 모른다. 그러나 결국 잡혀가 살해되기까지 했다면 그 인간도 아이언페이스에게 무슨 죄를 지었다는 건데, 혹시 오토마톤을 훔쳐냈나?

"……."

실은 납득이 가지 않았다. 막시민이 만나본 멀베리는 능란한 사기꾼도 과감한 도둑도 아니었다. 이 겁먹은 듯한 인상의 자그마한 남자에게 아이언페이스의 물건을 훔칠 능력은커녕 담력인들 있었을 가망은 없었다. 혹시 나이트워크였을까 싶기도 했지만 청어절임을 통해 알아본 바로는 그것도 아니었다.

다시 차근차근 생각해보면 멀베리가 오토마톤을 갖고 있었다는 것부터가 의문이었다. 로잘린다가 만든 혈관이 든 권총은 다섯 개뿐인데 그런 걸 우연히 아무데서나 샀다는 것도 말이 안 된다. 이스핀도 아이언페이스도 그걸 손에 넣으려고 몇 년 동안이나 경매시장을 주시하지 않았던가?

힌트라면 어음뿐이었으므로 막시민은 어음에 대해 계속 생각해보았다. 좀 과감하게 추측해보자면 멀베리에게 우연히 오토마톤에 접근할 기회가 생겼는데, 누군가가 그걸 훔쳐오라면서 어음을 지속적으로 줬던 게 아닐까.

그즈음 청어절임이 나이트워크의 핵심 정보망에 문의해 어음에 적힌 이름들의 정체를 알아내 왔다.

"전에 오토마톤 수집하다 죽은 펠그레이브 남작이라는 사람 있었잖아요. 이름 하나는 그 사람의 친척이고 또하나는 그 밑에서 일하던 사람이더라고요. 이거 아무래도 배후에서 우리가 모르는 거래가 있었던 모양인데요?"

펠그레이브 남작의 친척?

머릿속을 굴러다니던 정보가 그제야 한 줄로 꿰어졌다. 남작 살인 사건, 사라진 오토마톤, 멀베리, 그리고 플레상스 경.

이 거래의 정체가 무엇인지 알려면 남작의 죽음으로 돌아가야 한다. 아이언페이스가 남작을 죽였다면 그의 수집품을 원하는 대로 가져갈 수 있었을 것이다. 그런데 웬일인지 아이언페이스의 부하들은 이 년 뒤 그 사건과 관련된 플레상스 경을 협박했고 결국 납치하기까지 했다. 그건 아이언페이스가 당시에 뭔가를 놓쳤다는 뜻일지도 모른다. 어째서 놓쳤을까?

"남작이 중요한 오토마톤을 저택 안 비밀 장소 같은 데 숨겨뒀던 게 아닐까 싶은데."

"그게 가능해요? 숨긴다고 못 찾아요?"

"아이언페이스 그놈도 왕국의 쇠가 훼손되지 않은 오토마톤은 감지 못해. 그러니까 경매질을 하고 애썼던 거잖아. 남작이 어디 벽이라도 파내고 넣었나보지."

"그런데 남작이 죽은 다음에도 그런 게 없어졌다는 걸 아무도 몰랐잖아요?"

"펠그레이브 남작은 자기 수집품 내역을 외부에 공개한 적이 없었어. 제 머릿속에만 넣어놨었다더라고. 많으면 많을수록 평판만 나빠졌을 테니까. 말하는 인형 같은 거 무섭기나 하지 누가 좋아해. 죽고 나서도 상속인이 헐값에 대충 팔아넘겼다잖아. 그 과정에서 자그마한 것 한두 개쯤 눈에 안 띈다 한들 알 사람이 없었겠지."

"그도…… 그렇네요. 근데 왜 하필 그걸 숨겼죠? 남작도 뭔가 알았나?"

"여기부터는 과감한 추측인데, 내 생각엔 플레상스 경이 편지라도 보내서 경고를 한 게 아닐까 싶어."

"플레상스 경이요?"

플레상스 경은 아이언페이스가 조만간 남작의 수집품을 노리리라고 예측한 바 있다. 그러니 남작에게 경고를 보냈을 정황은 충분하다. 남작이 그의 경고를 받아들이지 않았더라도 혹시나 싶어 오토마톤을 비밀 장소에 넣었다면, 아이언페이스는 남작을 죽이고도 자기가 원하는 오토마톤을 손에 넣지 못했을 것이다.

남작이 죽자 플레상스 경은 저택 어딘가에 오토마톤이 숨겨져 있다는 사실을 아는 유일한 사람이 되었을 텐데, 그걸 안전한 곳으로 옮기고 싶었겠지만 정확한 위치를 알 수 없었으리라.

그러고 보면 플레상스 경은 펠그레이브 사건을 재조사해야 한다고 주장하다가 치안청에도, 상속인에게도 묵살당했다. 이렇다 할 근거가 없었기 때문이다. 그 점이 이상하다. 이폴레트 출신으로 십수 년간 범죄를 다뤄온 사람이 증거도 목격자도 없는 상황에서 재조사를 주장해봤자 소용이 없다는 걸 몰랐을까?

어쩌면 플레상스 경의 목표는 그게 아니었는지도 모른다. 그가 원한 건 스테어 아이언스, 즉 아이언페이스를 체포하거나 벌주는 것이 아니라 저택을 합법적으로 조사할 권한이었던 게 아닐까?

그러나 그 시도는 실패했다. 합법이 안 된다면 남은 길은 불법뿐이다. 플레상스 경은 우회로를 택한다. 바로 펠그레이브 남작의 또다른 친척, 즉 어음의 발행인이다.

"자, 이자는 펠그레이브 남작의 친척이니까 상속 가능성이 있었던 사람으로 추측할 수 있겠지. 유산에 당첨된 상속인을 질투해서 재산을 훼손하거나 나눠 받고 싶었을 가능성은 얼마든지 있단 말이야."

"그래서요?"

"플레상스 경이 그자에게 이런 편지를 쓰는 거지. '상속인이 재수사를 막은 이유는 은밀히 남작의 죽음과 연루되었기 때문일 가능성이 있다. 그 점을 증명할 수만 있다면 남작의 유산은 당신의 것이다. 내가 도와주겠다.'"

청어절임이 입을 딱 벌렸다가 말했다.

"와, 그거 솔깃했겠는데요. 플레상스 경은 유명한 탐정이니까 믿을 만했을 거고."

"그래. 그런 다음 저택 어딘가에 증거가 숨겨져 있다고 귀띔하는 거야. 이제 필요한 건 저택을 조사할 사람이지. 친척은 이 시점에서 멀베리를 고용했고, 오토마톤을 찾아낸 멀베리는……."

그런데 왜 하필 멀베리지?

막시민의 매끄럽던 추리도 여기서 잠시 막혔다. 멀베리는 어느 모로 보나 이런 중대한 임무를 하라고 불려올 사람 같지가 않다. 멀베리에게 숨겨진 면모가 있나? 있다면 그게 뭔데?

다른 방향을 생각하려 해도 잘되지 않았다. 지금까지 한 추리는 여러모로 잘 맞아 들어갔다. 현금 대신 어음을 주었다는 것까지도. 문제의 친척은 아직 큰돈이 없었을 테니까 유산을 손에 넣으면 준다는 전제로 어음을 발행하는 것은 자연스럽다.

 멀베리에 대해 다시 생각해보자. 결과적으로 이자는 오토마톤을 갖고 있었다. 의외로 저택을 잘 조사해서 비밀 장소를 발견했다 치더라도 다음 문제는 이자가 그렇게 찾아낸 오토마톤을 문제의 친척에게도, 플레상스 경에게도 주지 않았다는 점이다. 그러기는커녕 남부까지 도망쳐 와서 망가진 오토마톤을 고쳐줄 네냐플 출신의 기술자를 찾아가게 되는데…… 잠깐, 그게 왜 망가져 있지?

 오토마톤을 애지중지했다는 펠그레이브 남작이 망가진 오토마톤을 그냥 갖고 있었을 리가 없다. 아니, 애초에 그 꼴이었다면 땅속에 파묻어놓는다 한들 아이언페이스가 못 찾았을 리 없다.

 "아하, 멀베리 그놈이 멀쩡하던 오토마톤을 직접 훼손한 거였네. 멀쩡한 채로 처분하면 더 큰 돈을 받겠지만 어음을 준 의뢰인이나 플레상스 경의 눈을 피하기가 어려우니까 금과 보석을 벗겨 파는 쪽을 택한 거지. 하지만 얌전히 벗겨낼 기술력도 없는 주제에 섣불리 손을 대서 끔찍한 문제를 불러오게 된 건데……."

 거기까지 생각하던 막시민은 불현듯 뭔가를 깨닫고 말을

멈췄다. 로잘린다의 오토마톤을 가졌던 자, 그걸 훼손해가며 금과 보석을 벗겨냈던 자, 그러는 바람에 안에서 검은 초콜릿이 터져나오자 허둥지둥 그걸 고치려 했던 자, 그러다 일이 쉽게 풀리지 않자 알 게 뭐냐고 내버리고 도망쳐버렸던 자, 도망쳤지만 아이언페이스의 부하들에게 추적당하자 다시 살려달라고 플레상스 경에게 연락을 취했던 자라면…….

이자의 정체는 데보라의 오빠, 파울이 아닌가?

그리고 파울은 펠그레이브 저택의 하인이었다. 브라운센이라는 자가 저택을 사들인 뒤의 이야기였지만.

"내가 브라운센의 저택에 갔을 때 하인들이 브라운센도 '남작님'이라고 부르더라고. 그때는 단순한 말실수인가 생각했지만 지금 생각해보니 그건 브라운센이 펠그레이브 밑에서 일했던 하인들을 다시 고용했다는 증거였어. 갑자기 저택을 사들인 벼락부자한텐 일이 손에 익은 하인이 편리한 법이니까. 즉, 파울은 과거 펠그레이브의 하인이었다가 다시 브라운센의 하인이 되었던 거지."

이것이 파울, 즉 멀베리의 숨겨진 면모였다. 그 저택을 구석구석 알고 자연스럽게 드나들 수 있는 하인이라는 신분. 이 추리는 데보라가 붙잡혀 가서 들었다던 '파울이 쇠의 왕의 물건을 가지고 도망쳤다'는 말과도 꼭 들어맞는다. 아이언페이스의 부하들이 보기에 모든 오토마톤은 애초에 아이언페이스의 것일 테니까.

"와…… 근데 파울이라는 사람, 대담한 것 같기도 한데 좀 뒷일을 생각 안 하는 성격이네요. 어음까지 받아놓고 어쩌자고……."

"글쎄. 그보다는 치졸한 인간인 것 같은데. 왜냐하면 이자가 욕심 때문에 배신한 사람은 한 명이 아니거든."

펠그레이브의 친척의 관심사는 오토마톤이 아니었다. 그러니 파울은 플레상스 경에게 별도로 귀띔을 받고 오토마톤을 찾아냈을 가능성이 크다. 생각 외로 화려한 오토마톤의 외관을 보고 욕심이 발동한 그자는 곧 이걸 빼돌릴 수도 있다고 생각한다. 왜냐하면 플레상스 경은 오토마톤의 합법적인 소유주가 아니니까.

"그걸 갖고 도망쳐도 플레상스 경이 공식적으로 문제삼을 수가 없을 거 아니야. 그러니 이대로 잠적했다가 이름을 멀베리로 바꾸고 금과 보석을 벗겨 적당히 팔아먹으면 남은 인생이 편안해진다 믿었겠지."

그러나 귀금속을 벗겨내다가 구동부를 건드렸을 때부터 이 도주는 악몽으로 변하게 된다. 구동부에서 초콜릿이 터져나오는 순간 아이언페이스는 이 물건의 행방을 알아차렸을 것이다. 그리고 추적이 시작되었으리라. 처음엔 남은 것도 팔아먹을 궁리로 수리를 의뢰했지만 추적당하고 있음을 알아차리자 파울은 네냐플이 망가진 권총을 주든 말든 도망쳤다. 그러나 결국 붙잡혔고, 이후 잡혀온 플레상스 경과도 대질이 이루어지고······.

듣고 있던 청어절임이 혀를 내두르며 말했다.

"진짜 신기하다. 어떻게 이런 걸 다 알아요? 진짜 플레상스 경의 손자여서 얘기라도 들은 거 아니에요?"

"야, 이거 다 추측이란 거 잊지 마라. 증거가 없으니까. 아니, 확인할 방법이 있긴 한데 난 못 하겠다."

"그게 뭔데요?"

막시민이 코를 찡그리며 손깍지를 끼더니 말했다.

"데보라."

데보라에게 파울의 인상착의를 물어보고 막시민이 아는 멀베리의 얼굴과 동일하다는 것이 확인되면 추리는 사실이 된다. 하지만 그러면 데보라는 파울을 찾을 가능성이 생긴 줄 알고 희망을 품을 텐데, 그 기대를 박살내며 죽은 거 같다는 소식을 전하는 건 잘하는 짓일까. 청어절임은 실제로 파울을 만난 적이 없었으므로 인상착의를 확인하는 데는 쓸모가 없었다.

"근데 이건 이해가 안 가는데요. 일이 그렇게 흘러갔다면 파울은 플레상스 경을 배신하고 물건을 빼돌려 잠적한 건데, 그런 사람이 돌아와서 뻔뻔하게 도와달라 하는 걸 다시 받아

줘요? 플레상스 경은 심지어 데보라도 보호해줬단 말이죠. 사람이 아무리 점잖다 해도 어떻게 그럴 수가……."

"네 말도 일리는 있는데 내 생각에 파울이 찾아낸 오토마톤은 두 개야."

청어절임이 눈을 둥그렇게 떴다.

"두 개라고요? 그걸 어떻게 알아요?"

"두 개가 아니면 이야기가 안 되지. 둘이니까 하나는 주고 하나를 빼돌릴 마음을 먹기가 쉬웠을 거고, 두 개나 나올 줄은 플레상스 경도 몰랐을 테니 하나를 받은 시점에서 속아넘어간 거 아니야. 그후에 뭔가 핑계를 대고 잠적했던 거겠지. 친척이라는 자가 자꾸 증거를 가져오라고 닦달해서 잠깐 몸을 숨겨야겠다, 그 정도면 플레상스 경도 납득하지 않았을까. 오히려 파울에게 미안해서 여비라도 챙겨줘야 한다고 생각했을 거 같은데."

"그럼 두번째 오토마톤은 어디 있는데요?"

"누오보 공방한테 받은 그거. 아침 숲. 그게 어디서 났겠냐고."

"아…… 그게 그렇게 되는구나."

고개를 끄덕거리던 청어절임이 뭔가 깨달은 듯 손뼉을 쳤.

"그래서 쫓기는 와중에 플레상스 경한테 연락했던 거네요. 나머지 하나가 거기 있으니까."

"그래. 아이언페이스의 부하들이 나머지 하나라도 가져오면 살려준다고 협박했겠지. 그래서 금과 보석을 판 돈을 보내면서 제발 돌려달라고 읍소한 게 아닐까 싶어. 앞서 한 개를 빼돌려 해체해버린 걸 고백했을 수도 있겠고. 하지만 플레상스 경은 오토마톤을 돌려줄 마음이 없었던 거 같아. 네가 파울의 심부름꾼인 척했을 때 플레상스 경이 준 편지에 '말씀하신 열쇠를 동봉한다'고 했는데 그 열쇠는 가짜였잖아. 진짜 열쇠는 뒤뜰에 묻혀 있었고. 뭐 너를 안 믿어서 그렇게 된 걸 수도 있겠지만 그 편지 내용이 '너는 알아서 해라, 난 약속은 지킨다'라는 말로 볼 수 있는데 난 그 말을 '데보라는 내가 보호해줄 테니 넌 알아서 버텨봐라'는 뜻이라고 해석했어."

"그럼 파울은 죽든 말든 놔뒀단 말인가요?"

"글쎄. 그것까진 나도 모르겠다. 아이언페이스의 정체를 몰랐다면 나머지 하나를 손에 넣을 때까지는 살려둘 거라고 믿었을지도. 그게 아니라면 아이언페이스의 부하들에게 오토마톤은 자신이 갖고 있으니 파울은 보내주라고 말할 생각이 있는지도 모르지."

"하지만 결국 둘 다 붙잡혀 가서 대면하게 된 거네요. 그럼……."

청어절임은 다음 말을 삼켜버리고 막시민을 빤히 봤다. 그가 무슨 말을 삼켜버렸는지 막시민도 모르지 않았다. 오히려 한참 전부터 예상하고 있었다. 아르크벨 성에서 파울이 죽었다면 플레상스 경도 죽었으리라는 것을.

그걸 사실로 받아들인다면 마땅히 취해야 할 다음 행동도 알고 있었다. 막시민은 이제 켈티카에 머물 이유가 없다. 그럼에도 불구하고 지금껏 머뭇거린 건 플레상스 경이 어떻게 되었는지 단서라도 찾아야 한다고 생각했기 때문이었다. 아니었더라면 진작에 떠났을 것이다. 어디로?

오를란느로.

그는 이스핀을 만나야 했다. 물론 쉬운 일은 아니리라. 슈니발트 백작에게 먼저 도움을 청해보겠지만 안 되더라도 갈 것이고, 아는 얼굴과 마주칠 때까지 성문 앞에서 무작정 기다리기라도 할 작정이었다. 카스티유 경이든, 도벨 비서관이든, 마담 아르망주든. 타국에 가서 그런 식으로 행동하다가 의심을 사서 감옥에 갇힐 수도 있다는 생각을 해보지 않은 건 아니다. 하지만 그런 걱정이나 하고 있을 여유가 없다. 저 세 사람의 이름을 대면 첩자라는 의심 정도는 벗을 수 있겠지.

하지만 결단도 거기까지였다. 그렇게 해서 정말로 이스핀을 만나면 무슨 말을 할지 그것만은 아무리 생각해도 알 수 없었다. 일단 만난 뒤에 생각하자고, 아직 만날 수 있는지도 모르니까, 그렇게 미루면서도 실은 알고 있었다. 도망치라고, 아무도 널 찾지 못할 곳으로. 너무 무책임하고 이기적이고 무의미하기까지 한 헛소리지만 실은 가장 하고 싶은 한마디라는 걸.

너 자신으로부터 너를 지키려면 달리 어떻게 해야 하는가.

마침내 플레상스 경의 생존을 믿을 근거가 없음을 받아들인 날, 막시민은 방에서 나와 슈트루델 거리로 향했다. 탐정 사무실에 남겨둔 짐을 찾은 뒤 나이트워크의 요청을 적은 편지 한 통을 네냐플 교수들에게 보내고 오를란느로 떠날 작정이었다. 평소대로 플로레종 뒷문을 통해 들어가려고 한 것뿐인데 그 안에서 불쑥 친구들이 나타나고, 평소처럼 눈을 빛내며 이웃 학교 학생들의 괴롭힘에 맞서자고 한다. 마치 시계를 거꾸로 돌려 과거로 돌아온 듯 아득해진다. 잠깐만 정신을 놓으면 '알았어, 조금만 기다려봐, 멍청이들이 무슨 단서를 남겼나 보자고'라고 대꾸하며 함께 거리로 나설 것만 같은데, 그렇게 대꾸하는 순간 지난 다섯 달 동안 보고 겪은 즐거움도, 끔찍한 기억도, 고통스러운 딜레마도 사라지고 너절한 코트를 덮어쓴 명물 낙제생으로 돌아갈 것만 같은데…….

그걸 원해?

막시민은 다시 루시안을 보았다. 티치엘과 보리스도 보았다. 그들의 어깨 너머 깔끔하게 수리되어 생소해 보이는 플로레종의 좌석들과 테이블, 창문 너머의 거리도 보았다. 이곳은 네냐플이 아니라 켈티카였다. 친구들이 앉은 곳 또한 도토리

빌라가 아니라 고작 한 달 전까지만 해도 존재하지 않던 새로 태어난 플로레종이었다.

모든 것이 변한다.

자신만 변하고 그들이 변치 않은 듯 느끼는 것도 오만이었다. 그들도 변했을 테고 앞으로도 변하리라. 이 위기는 자신과 이스핀만의 것이 아니기에. 이 순간 자신이 무어라 답하든 그 시절의 자신으로 돌아갈 순 없으리라.

그건 이스핀 때문만은 아니었다. 지난겨울, 이스핀과 함께한 사십이 일, 그 모든 날이 막시민을 바꾸어놓았기 때문이다. 그는 세계의 비밀과 위기를 알게 되었을 뿐만 아니라 자신을 알게 되었다. 늘 쓸모없는 잡동사니 취급했던 자신이란 놈이 실은 얼마나 스스로의 가치를 찾고 싶어했는지를. 실은 조금도 실패하고 싶지 않았다. 실패가 두려운 나머지 미리 실패한 자가 되려 했다. 도우려던 사람들의 손길을 억지로 피해온 모습까지도……. 불투명한 휘장이 걷힌 듯, 흐릿하던 얼음이 녹은 듯 선명해졌다.

가난하고 배운 거 없는 시골 거지라고 자신을 깎아내리면 실패할 이유가 충분해지니까, 호의를 갖고 도와주려는 사람들의 손을 붙잡으면 스스로는 해낼 힘이 없었음이 증명되니까, 그런 식으로 회피해오다가 갑자기 낯선 곳에 던져져 맨땅에서 모든 걸 새로 만들어내야 하는 상황에 처했다. 아마 최선을 다했던 것 같다. 그애는 아무것도 한정짓지 않았으니까. 네가 누구였든 너를 믿으며 네 도움이 절실하다고 말했으니까.

그리고 자신은 잘해내지 못했다. 열심히 했지만 그의 최선 따위로 해결하기엔 너무 거대한 문제였다. 뭣도 모르고 기를 쓰고 기어올라왔는데 안개가 걷히자 까마득한 절벽이 가로막고 서 있었다. 그때 왜 도망치지 않았던가?

이런 경험을 그는 한 번 해보았다. 친구가 칼에 찔렸을 때다. 그 순간부터 그가 죽기 살기로 살려내려 애썼던 친구의 목숨은 다른 사람들의 손으로 넘어갔다. 그들은 유능했고 그때는 다행이라고 생각했다. 동시에 그의 평소 생각을 증명해준 사건이기도 했다. 역시 네가 해결할 수 있는 일은 없다.

다시 절벽 앞에 서게 된 자신은 이번에도 뒤를 돌아보았다. 그곳엔 아무도 없었다. 대마법사 쥬스피앙도, 데모닉 히스파니에도, 네냐플 교수들도, 오를란느인들도, 친구들도.

그러니까 가려는 거다.

그애한테 약속했듯 이번에는 사건을 해결해야 하니까.

동시에 알게 되었다. 도망치기 좋아하는 막시민 리프크네는, 아무도 없을 때조차 도망치는 놈은 아니라는 것을. 세상 꼴이 엉망진창이고 애초에 잘못 만들어진 것 같을 때, 선의를 지닌 뛰어난 사람들조차 그걸 바꿔놓을 힘이 없을 때, 몰아쳐오는 거대한 폭풍을 뚫고 한 발짝을 더 나아간들 무슨 소용이 있을까 싶을 때, 어찌해야 하는가.

그걸 계속한다.

만에 하나 도움이 될까봐 그런 것이 아니야. 쓸모 따위 있든 없든 상관없다. 쓸모라면 복수심으로 불타는 나이트워크 사람들이 훨씬 더 있겠지. 네냐플의 위대한 마법사들은 말할 것도 없고. 자신은 동네 사람들의 소소한 문제나 해결해주던 술집 구석 탐정일 뿐이다. 탐정이란 본래 사건을 막는 존재가 아니다. 일이 벌어진 뒤에나 나타나는 역할이라고.

하지만 그애가 도망치지 않을 것을 안다. 어떤 사람이 홀로 멸망과 맞서려 하는데 나머지는 도움이 안 될 것 같으니 일찌감치 해산해야겠어? 그런 사람이 문득 두려워져서 돌아봤을 때 등뒤에 개미 새끼 한 마리 없이 텅 빈 게 맞아? 마침내 세상이 멸망하게 됐다면 오히려 인간들이 그런 꼴이기 때문은 아니야? 후세의 누군가가 폐허를 뒤져보고 이 사실을 안 다음 '망할 만했네'라고 생각하는 게 맞는 거냐고!

그때 막시민을 지켜보던 티치엘이 말했다.

"막시민, 너 지금은 그만 생각하는 게 좋을 거 같아. 좀 쉬어야 해."

이어 보리스가 말했다.

"아까 그건 그리 큰 문제는 아니니까 우리가 알아서 해볼게."

루시안이 놀란 눈빛으로 두 사람을 돌아보았다. 조금 전까진 심각한 문제였는데 애들이 갑자기 왜 이러지?

 그들이 서로 눈짓을 주고받는 동안 맥이 풀린 막시민은 눈을 감았다. 실제로 그는 피로했다. 제대로 잠을 잔 날이 손에 꼽을 정도였다. 선택지가 하나뿐이란 걸 알더라도 고통이 덜어지는 일은 없다. 모래시계의 좁다란 허리로 속절없이 밀려 떨어지는 모래가 되어 유리벽을 기어올라가려 발버둥치는 꿈을 꾸곤 했다. 때로는 이 세상이 엉성하게 만들다 만 종이접기 작품이어서 쉽사리 구겨버리고 '새로 만들면 되지!' 하고 명쾌하게 마음먹는 꿈도 꾸었다. 그것조차 일종의 보상 심리였을 것이다. 사실 그동안 세상이 막시민에게 대단히 친절하진 않았다. 그깟 세상이 뭐 별거냐고…….

 그러고 있는데 희미한 홍차 향이 코끝을 스쳐갔다. 부드럽고 향긋하다. 오래된 이야기처럼. 막시민은 문득 이곳이 어디인지 실감했다. 이곳은 플로레종이었다. 그가 편지 속 이야기로만 알고 있던 카페.

 막시민은 눈을 뜨고 카페를 다시 둘러보았다. 누군가의 노력으로 새로 태어나 오후의 발그레한 햇빛에 물들어 있는 풍경은 마치 과거의 한순간을 엿본 듯한 착각을 불러일으켰다. 그가 보았을 리 없는 풍경, 아니 아기였을 때 한두 번쯤 와보았을까.

 새로 태어난 플로레종이 얼마나 세련되고 얼마나 아름다워졌는지, 그런 걸 알아볼 눈은 없다. 다만 막시민은 이 카페 한쪽에 앉아 있었을 플레상스 경을 생각했다. 공화정을 피해 켈티카를 떠났던 플레상스 경은 왕정이 복고되자 다시 이 카페로 돌아왔다. 그후 카페가 문을 닫을 때까지 수년간 날마다 찾아와 홍차를 마시며 호기심으로 기웃대는 사람들의 소소한 의뢰를 해결해주었다. 제대로 영업을 하자면 버젓한 집도 있었고 사무실을 얻는 방법도 있었을 텐데 어느 쪽도 택하지 않았다. 탐정 일을 그만두고 싶었던 거라면 카페에 나오지 않으면 그만인데 그러지도 않았다.

왜 그랬던 것일까. 문득 깨달음이 다가온다. 어쩌면 그는 소식이 끊긴 라이지아가 플로레종으로 돌아오기를 기다렸던 건 아닐까.

"……."

무너졌던 플로레종은 새롭게 자신을 가다듬고 돌아왔건만 거기엔 플레상스 경도, 라이지아도 없었다. 두 사람 다 돌아오지 못할 곳으로 떠나갔다. 하지만 긴 기다림이 공기를 타고 날아가 닿기라도 한 듯 뒤늦은 소식이 당도했다. 비록 제 이름도 잃은 채로, 어처구니없는 사연으로, 이상한 중개업자의 농간에 휘말려서였지만 라이지아가 지어내고 플레상스 경이 이름을 골라줬던 막시민 리프크네가 폐허가 된 플로레종에 돌아와 기웃대다가 위층 구석방에서 탐정 노릇을 했던 것이다.

　막시민은 조슈아가 과거와 똑같이 좌석을 배치하도록 신경을 썼다는 건 몰랐으나 무심코 창가의 한 자리를 바라보게 되었다. 모서리에서 두번째에 위치한 야트막한 칸막이 좌석. 그곳에 편지로만 본 풍경이 자연스럽게 그려졌다. 점심 겸 먹은 간식 접시와 마시던 찻잔이 흩어진 테이블, 성에가 하얗게 낀 창 아래 원고 뭉치에 팔꿈치를 짚은 라이지아와 일지를 펼쳐 든 플레상스 경이 열정적으로 토론하는 모습이. 그리고 그곳에 라이지아의 아들이자 플레상스 경의 손자인 사람이 돌아와 앉는 광경도.

　이곳에는 두 사람의 탐정이 있었고 지금도 있으며 그가 해결해야 할 사건도 있다. 그게 아무리 작고 시시한 것일지라도. 아무리 거대하고 불가능해 보이는 것일지라도. 세계는 언뜻 추해 보일 때도 있다. 지킬 가치가 없어 보일 때도 있다. 할 수만 있다면 얼른 실패작을 구겨버리고 새로 만들고 싶다. 하지만 동시에 이 세상은, 어수선한 껍데기 속을 깊이 들여다보면 들여다볼수록 작고 아름다운 것들이 끝없이 발견되는 미로였다.

　낮게 한숨을 내쉰 막시민이 말했다.

　"아니. 그런 건 내가 해야지. 자세히 말해봐라. 내가 반나절 만에 해결해준다."

의외의 대꾸에 흥분한 루시안이 저도 모르게 손뼉을 쳤다가 곧 보리스를 힐끔 보았다. 그리고 물었다.

"근데 너 좀 달라졌나봐! 네가 그렇게 호언장담하는 거 별로 못 봤는데. 물어보지도 않고 사고쳤다고 나한테 뭐라 그러지도 않고."

"언제는 나한테 물어보고 사고쳤냐."

그렇게 말할 때 막시민은 루시안이 과거에 묻지도 않고 일으켰던 온갖 사고를 생각하고 있지 않았다. 그보다는 물어보지도 않고 그랑도프 호텔에 나타났던 일, 물어보지도 않고 전적으로 도와주겠다고 나섰던 것, 물어보지도 않고 학숙에 마련해놓은 방…… 그런 것들을 생각하고 있었다. 그래서인지 표정도 평소와 달랐을 것이다.

그제야 희미하게나마 위화감을 깨달은 루시안이 미간을 찡그렸다.

"잠깐만 있어봐. 뭔가 수상해. 내가 알던 막군이 아닌 거 같아. 이상하다. 전에 엄마가 사람이 갑자기 변하면 죽을 때가 된 거라던데."

막시민은 늙은이들은 참 별걸 다 안다니까, 하고 말하듯 어깨를 으쓱해 보였다.

"세상에 안 변하는 사람이 어딨냐."

근원 감응자

3층 305호 앞에 선 막시민은 닫힌 문을 물끄러미 봤다. 문짝에는 여러 장의 종이가 덕지덕지 나붙었고 빈 곳에는 숯이나 백묵 따위로 써 갈긴 낙서들이 가득했다.

'플레상스 경은 그만 돌아오라!'

'돌아와 이 거리를 구하라!'

'선금만 받고 잠적한 사기꾼놈의 사무실임.'

'저 진짜 급합니다. 돌아오면 꼭 연락 부탁드립니다. 로크리 광장 거리, 14번지 2층…….'

'내 돈 떼어먹은 놈은 삼 대가 빌어먹고 골병을 앓는다.'

'이……놈아!"

지난번에는 필요한 쪽지만 남기고 떠난지라 신경쓰지 않았지만 지금 보니 별별 사연과 욕설, 저주가 다 적혀 있었다. 막시민은 무표정하게 그걸 보다가 손을 내밀어 쪽지 몇 장을 젖혀 보았다. 맨 밑에 '방 비었음, 세입자 구함'이라고 적은 데 보라의 쪽지가 누렇고 바삭바삭해진 채 남아 있었다.

아래쪽에는 문짝을 걷어찬 자국도 여럿 보였지만 애초부터 허름하던 문은 잘도 버티고 있었다. 비난에도 폭력에도 굴하지 않는 것이 멋지지는 않고 마치 방 빌려줬던 인간 같다. 그리고 그 인간은 야무지게도 빗장에 새 자물쇠까지 달아놓았고 말이야. 세입자들이 열쇠를 갖고 가버렸기 때문이겠지만. 덕택에 지난번에도 안에 들어가보지 못했고.

막시민은 보리스를 돌아보며 자물쇠를 손가락질했다.

"저거 열 수 있나?"

보리스는 만져보지도 않고 말했다.

"열 순 있겠지만 그보다는 빗장 고리를 뽑는 편이 빠를 것 같은데. 문도 낡았고."

"오, 그거 좋은 생각이네. 부탁한다."

"그런데 네 사무실이라면서 너한테는 열쇠가 없는 건가?"

"내가 사무실을 비운 사이에 집주인이 저런 걸 달아놨지 뭐냐. 나도 내 물건을 꺼내 가야 할 거 아니겠냐고."

"그럼 집주인을 불러야 하지 않을까."

"그래. 네 말이 맞지. 맞는데 그 집주인이라는 인간이 좀…… 보통이 아니야. 그 인간한테 내가 돌아왔다는 사실을 절대로 알리고 싶지 않다. 아주 귀찮아진다고."

보리스는 막시민이 말하는 '귀찮아진다'가 어느 정도의 일일지 가늠하려는 것처럼 막시민의 얼굴을 봤다. 소유주가 있는 방의 자물쇠를 강제로 따고 들어간다는 엄연한 불법행위를 감수할 만큼 심각한 문제일 것인가. 막시민에게 이 방에 들어갈 권리가 여전히 있는 것은 맞을까.

따지고 보면 방값을 낸 것도 아니었으니 짐을 꺼내자면 베네트를 찾아가는 것이 맞지만 지금 같은 상황에 그런 거대한 혼란을 추가하고 싶은 마음은 털끝만큼도 없었다. 이 꼬라지 속에 베네트까지 머리를 들이밀면 무슨 일이 벌어질지 상상도 안 되는데?

막시민은 보리스가 늘 문제 발생 소지를 최소화한다는 것을 알고 있었으므로 별 기대 없이 쓴웃음을 지어 보였는데 뜻밖의 대답이 튀어나왔다.

"알았다."

보리스는 품에서 단도를 꺼내더니 단숨에 빗장을 박아넣은 쇳조각을 뽑아내고 문을 열었다. 막시민은 감탄해서 박수를 몇 번 치다가 문득 생각나서 티치엘을 흘끔 보며 말했다.

"무슨 생각일지는 아는데 너무 그런 눈으로 보지는 말고……."

그런데 티치엘이 한 대답도 뜻밖이었다.

"나한테 부탁해도 됐을 텐데."

애초에 해줄 리가 없다고 생각해 말도 안 꺼냈는데 무슨 바람이 불었는지 모를 일이었다. 막시민이 눈썹을 올려 보이며 중얼거렸다.

"바른 생활 소녀인 네가 웬일이냐."

"친구한테 사정이 있다고 하면 믿어야 하잖아."

아마도 '힘들고 아파 보이는 친구' 한정일지도 모르지만 막시민은 묘한 감동을 느끼며, 그러나 그걸 딱히 표현하고 싶지는 않았기에 어깨만 움츠려 보이고는 서둘러 제 열쇠를 꺼내 꽂았다. 덜그럭, 소리를 내며 열린 문이 너무 오래 서 있었던 노인처럼 비틀거리며 밀려났다.

안은 고요했다.

막 살다가 떠난 듯 내부가 어수선하지는 않았다. 떠나버린 세 사람을 며칠 기다렸던 데보라가 이것저것 정돈해놓았기 때문이다. 오후 햇빛은 방의 절반만 비추고 있었다. 창가는 환했지만 막시민이 침대 대용으로 쓰던 의자는 어둑한 그림자 속에 잠겨 있었다. 그 옆에 데보라가 곧잘 앉던 대리석 받침대, 청어절임이 선호하던 낮은 의자가 보이고 변장이 어쩌고 하며 법석을 떨다가 내버려두고 간 지팡이도 눈에 띄었다.

창가로 다가가자 이스핀이 의자 덮개를 씌우고 테이블보도 깔았던 티타임 자리가 눈에 들어왔다. 고스란히 겹쳐놓은 찻

잔과 접시들을 보며 막시민은 생각했다. 이스핀도 그날 이후 한 번도 들르지 않았던 것일까. 그럴 겨를이 없었을까. 또는 그럴 필요가 없다고 생각했을까.

"여기가 탐정 사무실이야? 실례하겠습니다."

루시안이 고개를 쑥 내밀고 안쪽을 기웃대다가 슬슬 들어와 둘러보며 말했다.

"신기하다. 여긴 뭐가 되게 많네."

루시안은 자기도 탐정이 되려는 것처럼 가구들을 유심히 살폈지만 그것들은 본래도 아무 맥락이 없었으므로 곧 포기하고 옆방을 들여다보러 갔다. 그사이 막시민은 창틀 밑에 놓인 여행 가방을 열었다. 그런데 안에 있어야 할 바이올린이 사라지고 없었다. 막시민이 당황한 눈빛으로 가방 속을 뒤적거리고 있는데 뒤따라 들어온 티치엘이 말했다.

"바이올린 찾는 거야? 그거 네 기숙사 방에 있던데."

"누가 가져다놓은 건데?"

"조슈아가 그런 거 같아."

"그 녀석이 여길 어떻게 알아?"

잠깐 생각해봤지만 조슈아가 어떻게 여길 알아냈을지 추리할 만한 아무런 단서도 없었다. 히스파니에 노인의 정보력이었을까? 그때 방에서도 재밌는 것을 발견하지 못한 루시안이 얼른 도로 나와 끼어들었다.

"조슈아는 당연히 여길 알지! 내가 플로레종을 고치고 싶은데 돈도 모자라고 해서 도와달라 했더니 마술 같은 솜씨를 발휘해서 저렇게 멋지게 만들어줬잖아. 거기 그림이랑 그런 것도 다 소공작이 직접 그린 거야!"

루시안이 한 말은 카페에 대한 이야기였지만 막시민은 그 말에서 미심쩍은 구석을 깨달았다. 조슈아가 루시안이 고른 카페의 인테리어를 재미삼아 도와주는 거야 있을 법한 일이다. 그러나 카페를 수리한다고 위층에 있는 여러 사무실 중 우연히 305호의 잠긴 문을 열고 들어가 바이올린을 발견할 순 없다. 그러므로 조슈아는 이 사무실의 존재를 미리 알았을 것이다. 그후에 아래층 카페를 고치는 데 도움을 주겠다고 결정했을 가능성이 높다.

왜 그랬을까.

막시민은 다시 여행 가방을 뒤졌다. 굴러다니는 온갖 잡동사니를 헤치고 손바닥만한 참나무 상자를 꺼냈다. 상자를 열자 황금 궁전 모양의 음악상자가 모습을 드러냈다. 드디어 재밌는 것이 나왔구나 생각한 루시안이 고개를 들이밀었다.

"우와, 그거 뭐지…… 어? 근데 어디서 봤던 거 같은데?"

루시안은 본 적이 있을 것이다. 그건 작년에 루시안네 집에 놀러갔을 때 어느 귀족의 의뢰로 찾아냈던 물건이니까. 그랬던 것을 이스핀이 가져와 '고용하겠다'며 선물로 건넸다. 그러고 보면 이스핀은 이걸 어떻게 손에 넣었던 것일까. 우연히 손에 넣었다 한들 막시민과 관계된 물건인 줄은 또 어떻게 알았을까.

"그거 작년에 로잔 경 따님이 너한테 찾아달라고 했던 망가진 음악상자 맞지? 근데 왜 네가 도로 갖고 있어?"

"글쎄다."

'망가진'이라는 말에 뭔가가 건드려졌던 것일까. 그럴 생각은 없었던 막시민의 손가락이 멈칫하다 버튼을 툭 쳤다. 그러자 음악소리가 나기 시작했지만 태엽이 충분히 감겨 있지 않았는지 흘러나오던 가락은 금세 늘어지다가 멈췄다.

"어, 소리가 나네? 망가진 게 아니었나?"

막시민은 설명하지 않고 음악상자를 닫아 코트 주머니에 쑤셔넣고는 그만 나가자고 친구들에게 손짓했다.

루시안에게 호언장담은 했지만 문제가 반나절 만에 정말로 해결되진 않았다.

길 건너 직업소개소에 쳐들어가 학생답지 않은, 그러니까 학생임을 밝히지도 않았고 상대도 애당초 학생이라고 생각하지도 않았지만…… 하여튼 그런 태도로 이런저런 헛소리를 주워섬긴 결과 애초부터 주방장이 오래 일할 생각은 없어 보였고 다른 제안도 일찌감치 받았다는 점은 알아냈다. 하지만 다른 제안을 받았다 해서 이쪽 카페를 골탕 먹일 의도가 있었다고 증명되는 건 아니었다.

"그럼 이제 어쩐다?"

기다리던 루시안이 설명을 들더니 걱정스러운 표정을 했다. 막시민이 대꾸했다.

"뭘 어떻게 해. 제안을 했다는 가게를 찾아가 찔러봐야지. 어딘지도 알아놨어."

"정말? 지금 당장 가는 거야?"

"그건 아니고. 오늘은 내가 다른 데 가봐야 해. 그 가게는 내일 출근 시간에 맞춰서 가는 게 좋을 것 같다. 출근하는 주방장을 붙들면 뭘 캐내기가 더 좋거든. 나한테 다 생각이 있어."

"우와! 그러면 되겠구나. 내일 나도 같이 가도 돼? 보리스랑 티치엘은?"

"아니."

"왜? 난 몰라도 걔들은 엄청 도움이 될걸?"

막시민은 잠시 루시안의 얼굴을 보고 있다가 직업인다운 표정을 지으며 말했다.

"아직은 아니야. 그리고 너희 다 한동안 나하고 친구인 것처럼 굴지 마라. 부작용 생기니까."

"그게 무슨 소리야?"

루시안은 잠깐 섭섭할 뻔했지만 이어지는 말을 듣자 곧 상황을 알아챘다.

"학생 말고 네게 의뢰받은 탐정인 걸로 해둬야 말귀가 더 잘 먹혀. 네냐플 삼 년째 다니는 얼간이 1학년이라고 하면 누가 내 질문에 대꾸하겠냐? 코웃음이나 치지. 그런데 내 옆에 있으면서 너희가 말조심하기가 쉽겠냐. 그러고 보니 이름도…… 너, 내 가명 생각나냐?"

"어 그거, 플레이…… 뭐였더라?"

"플레상스 경. 그걸로 불러."

"아! 그랬지. 플레상스 경, 플레상스 경. 제발 저희 카페를 구해주세요. 전 탐정님만 믿을게요."

루시안이 손바닥을 비벼대며 의뢰인 연기에 심취하는 바람에 얼굴이 간지러워진 막시민은 루시안을 돌려세워 플로레종 안으로 밀어넣었다. 그런데 둘이 실랑이하는 광경을 멀리서 본 자들이 있었다.

"저거 플레상스 경 아니야?"

그들이 다가와 확인하기도 전에 플레상스 경을 닮은 남자는 휙 돌아서더니 외투 자락을 날리며 골목 너머로 사라졌다. 우르르 뛰어온 팬클럽 회원들 중 몇 명은 골목 쪽으로 달려가고, 남은 자들은 카페 문을 두드렸다. 놀란 루시안이 고개를 내밀고 보니 한두 명은 늘 카페에 들러 얼굴이 익은 자들이었다.

"어, 무슨 일이세요?"

"조금 전에 당신하고 얘기하던 분, 플레상스 경 맞죠?"

"어……."

루시안은 '맞는데요?'가 튀어나오려던 입을 문득 다물며 손끝으로 톡톡 치더니 곧 씩 웃으며 대꾸했다.

"그건 확인해드릴 수 없는 부분입니다. 죄송합니다!"

"아니, 이봐요!"

문을 쾅 닫고 돌아온 루시안이 무슨 일인가 하고 나온 친구들을 향해 싱글거리며 말했다.

"저 사람들, 매일 카페를 기웃대더니 역시나 뭔가 캐내려던 거였나봐. 다른 학교에서 보낸 거겠지? 하지만 우리 비밀 병기를 쉽사리 공개할 줄 알고? 이제 맛 좀 봐랏!"

골목 너머로 바람처럼 사라졌던 막시민은 누구에게도 붙들리지 않고 네냐플 앞에 나타났다. 그야 외투 위에 허름한 망토와 두건을 덮어쓰고 구부정한 자세로 걸어가는 그를 누구도 알아보지 못했기 때문이다. 그런 꼴로 오각 플라세트에 들어서서 좌우를 두리번거리더니 똑같이 고풍스럽게 허름한 건물들 중에서 정확하게 교무관 건물을 골라내 들어갔다. 교수들이 웅거한 건물은 로비의 관상만 봐도 알 수 있는 법이다.

"교수님을 뵈러 왔다고? 어느 교수님?"

"아무나요."

"아니 아무나라니, 대체 무슨 용건인데?"

수업이 끝난 시간이라 학교는 한산했고 교무관도 마찬가지였다. 혼자 행정실을 지키던 중년의 서기는 최근 새로 취직한 까닭에 막시민의 얼굴을 몰랐다. 최소 수십 대 일의 경쟁률을 뚫고 마법 학교에 취직했다는 자부심으로 교수들을 숭배할 각오가 된 신참의 눈에 기괴한 꼴로 어슬렁어슬렁 들어와 싸구려 식당 메뉴 고르듯 '아무거나'를 읊는 학생—학생처럼 보이진 않지만 아니면 뭐겠는가?—이 곱게 보일 리 없었다.

"그냥 막시민 리프크네가 왔다고 전해주시면 됩니다."

"얘야, 교수님들께서 네가 왔다고 무조건 시간을 내셔야 한단 말이니? 교수님을 뵈려면 정확한 용건을 말하거라. 그게 학생의 자세야."

막시민은 물론 상대의 의견에 동의했다. 그러나 자신의 용건이 무엇인지 한두 마디로 설명할 수가 없다는 건 다른 문제였다. 뭐라 해야 하겠는가. 어디선가 세상이 멸망한다는 소문이 들려서 기웃대러 간다고? 솔직히 약간 어폐가 있는 설명이긴 하다만 어차피 아무 능력도 없고 해야 할 일도 없는 놈이 학업을 버리고 오를란느로 갈 이유를 달리 뭐라 설명해?

결국 막시민은 자신다운 대답을 지어냈다.

"전에 빌려주셨던 물건을 들고 도망갔던 놈이라고 하면······ 아실 겁니다."

그때 교수들이 막시민에게 주었던 물건은 하나도 남아 있지 않았다. 근사한 새틴 코트와 모자, 지팡이, 여행 가방, 가문의 문장이 찍힌 동판 명함 중 어느 것도. 막시민이 그날 교수들이 자신을 위해 격론을 벌이던 광경을 떠올리는 사이 서기는 충격과 경멸이 담긴 눈빛을 던지며 벌떡 일어나 위층으로 올라갔다. 세상에 교수의 물건을 훔쳐간 학생이라니, 심지어 그 교수들은 마법사인데, 세상에 별일이 다 있지, 어쩌고저쩌고.

막시민은 잠시 기다렸다.

반응은 위층에서 들린 발소리로 시작됐다. 이음매가 어긋나 삐걱대는 마룻바닥을 우당탕거리며 달리는 구둣발 소리가 가까워지나 싶을 무렵 등뒤에서 빛이 번쩍이더니 레오멘티스 교수가 성큼성큼 걸어와 어깨에 손을 얹었다. 막시민이 뒤를 돌아보았을 때 행정실 문으로는 막 호이오크 교수가 뛰어들어오는 중이었다. 그 뒤를 로렐딘 교수가 따랐다.

"막시민!"

"자네 어디 있다가 이제 오나?"

그 뒤에는 범인을 검거한 이폴레트처럼 의기양양한 표정을 한 서기가 돌아오고 있었다. 교수들이 이렇게까지 서두르는 걸 보면 틀림없이 중요한 걸 훔쳐간 모양이야.

세 교수는 서로를 보았고 레오멘티스 교수가 말했다.

"제가 먼저 대화해보겠습니다."

호이오크 교수와 로렐딘 교수가 고개를 끄덕인 직후 레오멘티스 교수와 막시민의 모습은 그 자리에서 지워졌다. 서기는 놀라 그 자리에 우뚝 멈춰 섰다. 진짜 마법을 처음으로 보았던 것이다.

"저, 저거…… 마, 마, 마법인가요? 무, 물론 학생이 잘못을 하긴 했지만……."

마법을 전혀 모르는 서기는 막시민이 벌을 받아 세상에서 지워진 줄 알고 공포에 사로잡혀 후들후들 떨었다. 사람이 사라진 걸 본 자체로 너무 놀란 나머지 교수도 함께 사라졌다는 사실은 머릿속에서 지워진 채였다.

하지만 두 교수는 마법사다운 안이한 판단, 즉 순간 이동이 뭔지도 모르는 사람의 존재를 상상하지 못한 채 나름 안심시키려고 미소를 지어 보였다.

"안심하세요. 레오멘티스 교수님의 마법은 최고거든요."

"시전 후폭풍은 전혀 없죠."

막시민은 전과 달리 익숙한 표정으로 주위를 두리번거리다가 제 몸을 내려다보았다. 보랏빛으로 물든 옷자락과 구두는 다시 보아도 신기했지만 어쩐지 예전만큼은 아니었다. 두번째서일까? 또는 그사이 너무 많은 걸 보아버린 탓일까.

오늘은 등꽃 빛깔 로브 차림인 레오멘티스 교수가 안쪽 방으로 들어가며 막시민에게 따라오라고 손짓했다. 지난번엔 몰랐는데 그쪽에는 거실 발코니처럼 꾸며진 장소가 있었다. 발코니 밖은 보랏빛 안개만 감돌고 있어 사후세계 같은 분위기였지만.

레오멘티스 교수는 테이블에 놓인 촛대에 불을 붙이고 의자에 앉았다. 둥근 테이블도 등나무로 짠 의자도 농부의 별장에 놓일 법한 소박한 모양이었다. 촛불이 보라색이라는 것만 빼면. 한쪽에는 바구니에 담긴 과일도 있었는데 모조리 보라색이다보니 실제로 무슨 과일인지 알기 어려웠다.

"곧 올 줄 알았더니 생각보다 오래 걸렸구나."

교수가 앉으라고 눈짓했지만 막시민은 그냥 서 있는 쪽을 택했다. 오래 머물고 싶은 마음이 없었기 때문이다. 무슨 말을 듣든 결심이 변할 일도 없겠고, 설명도 길게 하고 싶지 않았으므로 혹시나 하는 눈빛으로 떠보았다.

"저한테 그간 무슨 일이 있었는지는······."

"루그란 일은 쥬스피앙한테 들었다. 그후로 켈티카에 와서 꽤 오래 혼자 지낸 것 같더구나. 그야 그럴 법했다만 이렇게 학교로 돌아온 걸 보니 뭔가 심경의 변화가 있었던 거겠지."

별 기대 없이 교수의 말에 귀를 기울이고 있던 막시민은 이어지는 말에 조금 놀랐다.

"그래서 무슨 결단을 내렸지?"

좀 늦긴 했지만 그래도 개학 무렵 돌아온 학생을 보면 공부하러 왔겠거니 생각할 법도 한데 교수는 그런 가능성을 전혀 거론하지도 않았다. 그럴 리가 없다고 생각하는 것처럼.

실제로도 그랬다. 그런 걸 목격하고 다시 아무것도 모르는 척 평범한 학생으로 돌아가는 것이 가능할 리가 없다. 하지만 스스로 느낀 것과 교수마저 그렇게 생각한 것은 또 다르다. 게다가 결단이라니. 자신이 한 그까짓 생각이 뭐 대수로운 거라고. 그저 개인적인 결심일 뿐인데. 학교도 관두고 인생도 관두는 결단이요, 라고 말하고 싶은 심정을 겨우 누르고 나온 말이 기껏 이런 것이었다.

"그런 게 무슨 소용입니까. 결단은 교수님 같은 분들이 내려야 쓸모가 있죠. 구경꾼이 무슨 놈의 결단 같은 걸 내립니까."

막시민 특유의 삐딱한 대꾸를 듣고도 레오멘티스 교수의 표정은 변하지 않았다. 학생의 시시한 도발에 긁히는 법 없는 강철 같은 성정인 건 예전부터 알았지만. 막시민은 더 견디지 못하고 품속에서 봉투를 꺼냈다.

"어떤 비밀 조직이 교수님들을 뵙고 싶다면서 이 편지를 전해달라 하더군요. 저도 대략 이야기를 듣긴 했는데, 하여튼

이 사람들이 자살하려는 걸 말려주시면 감사하겠습니다. 제 힘으로는 도저히 못 하겠더군요."

"자살이라고?"

"네. 읽어보시면 아실 겁니다. 정보가 많은 자들이니까 만나보시는 것도 해가 되진 않을 거라고 생각합니다."

나이트워크가 누구인지, 뭘 하려 하는지 막시민이 구구절절 설명할 필요는 없으리라. 편지에도 잘 적혀 있을 테고, 무엇보다 그들에 얽힌 길고 끔찍한 역사 같은 것을 중간에서 어설프게 전달하다가 오해를 부르느니 당사자들이 직접 이야기하는 편이 나을 것이다. 나이트워크는 막시민이 중간에서 무슨 역할을 해주기를 바라는 것 같았지만 이런 일에 막시민이 무슨 도움이 되겠는가. 직접 만나는 편이 낫지.

이어 막시민은 고개를 꾸벅 숙였다.

"네냐플과 저의 인연은 대략 여기까지가 아닐까 합니다. 그간 저 같은 놈을 가르치고 감싸느라 고생 많으셨습니다. 감사합니다. 다른 교수님들께도 인사 좀 전해주십쇼. 무능한 놈은 이제 물러가겠습니다."

레오멘티스 교수는 봉투를 받아들기만 한 채 잠시 말이 없었다. 이윽고 봉투를 여는 대신 테이블에 내려놓더니 말했다.

"그게 그렇지가 않다. 쥬스피앙이 자네한테 아무 설명도 해주지 않았나보군. 리프크네 군, 자네는 무능하지 않다. 실은 특별한 힘을 갖고 있지. 두 가지라고 해야겠군."

막시민이 어리둥절한 표정으로 바라보는 가운데 교수가 말을 이었다.

"첫째는, 프시키와 소통하는 힘이다. 정확히는 프시키 쪽에서 자네와 소통하고 싶어한다고 해야겠지만. 루그란을 떠난 후로 프시키가 말을 걸어온 일은 없었나?"

뭔가 오해가 있는 듯했다. 막시민이 고개를 저으며 말하려 했다.

"그건 제가 아니라……."

"알아. 오를란느 공녀님은 프시키에게 명령을 내리고 프시키는 따라야 하지. 죽으라는 명령조차도. 하지만 자네의 힘은 그것과 달라. 프시키가 자네한테 원하는 건 단지 소통이야. 대화를 원하는 거야."

"대화라고요?"

그간 프시키의 목소리를 자주 듣긴 했다. 동사 변화를 연습하던 꼬맹이부터 시작해서 일방적으로 음산하게 지껄여대는 시인지 저주인지 모를 헛소리도 들었고 루그란에서 이래라저래라 하는 명령도……. 차례대로 떠올린 막시민은 무심코 혀를 찼다. 그놈들이 말을 하긴 했지. 하지만 그딴 걸 대화라고 할 수 있나? 내 쪽에서 하는 말은 들은 척도 안 하던데?

"물론 프시키는 대화에 능숙하지 않아. 아주 오랫동안 그런 능력을 잃어버린 채였거든. 때로는 어린애처럼 일방적일 수도 있겠지. 하지만 그들이 그런 시도를 하는 상대도 지금까지 확인된 바로는 자네뿐이야. 왜 그런 일이 벌어진다고 생각하나?"

"그런 걸 제가 알 리가 없잖습니까?"

"그래. 모르겠지. 사실은 나도 모른다. 추측만 할 뿐이야. 우리가 알고 있는 자네의 능력은 하나뿐이니까. 자네가 네냐플에 들어올 수 있었던 이유이기도 하고."

"잠깐만요. 네냐플에 입학시킨 이유라고요?"

"그럼 네냐플이 입학시험도 보지 않은 자네를 아무 이유도 없이 받아줬을 줄 알았나?"

아니, 잠깐…… 쥬스피앙이 돈과 권력으로 협박해서 집어넣은 것이 아니었어?

막시민과 교수의 눈이 마주쳤다. 막시민이 무슨 생각을 하고 있는지 꿰뚫어본 것처럼 레오멘티스 교수가 짧은 한숨을 내쉬었다.

"자네의 모교는 그런 곳이 아니야."

막시민은 코를 씰룩이며 생각했다. 이 년 동안이나 거대한 오해를 품어왔는데 좀더 빨리 풀어줄 수는 없었던 거냐고.

"그 능력이 뭔데요?"

"아주 모호한 힘이지. 잠재력으로 그치는 경우가 대부분이

어서 실제로 활용된 사례는 극히 드물어. 스스로 깨닫기도 힘들기 때문에 알아봐줄 사람을 만나지 못하면 그냥 묻히게 되고. 아마 그래서 쥬스피앙도 얘기해주지 않았을 게다. 오해하기 쉬우니까. 어쨌든, 세상에는 마법을 배우지 않고도 쓸 수 있는 사람이 있다."

"그게 저라고요?"

막시민과 교수의 시선이 다시 마주쳤다. 막시민은 세상에 이보다 황당무계한 소리는 없을 거라는 표정, 레오멘티스 교수는 사실은 나도 믿기 힘들다는 눈빛이었다. 막시민이 눈을 몇 번 껌뻑거리다가 물었다.

"그게, 그런 능력이 있었으면 제가 이 년이나 네냐플에서 공부했는데도 이 지경이란 걸 믿기가 힘든데요?"

"공부를 했다고?"

"……."

막시민은 고개를 저으며 머뭇대다가 말을 바꿨다.

"그렇지만…… 배우지 않아도 쓸 수가 있다면서요? 그럼 제가 공부를 좀, 그러니까 게을리했더라도 마법이 그 지경일 수는……."

"처음에 말했지 않느냐. 자네가 생각하는 것과는 좀 달라. 이 능력은 개화하지 않는 한 없는 것이나 마찬가지다. 똑같이 공부했는데 더 강력한 마법을 쓰게 된다든가 그런 것이 아니야. 이 능력을 가진 자는 운이 좋을 경우 스스로 마법을 창안하는 셈이 된다. 마법이 뭔지도 모르던 시골 사람이었다가 문득 깨닫는 거야. 주변에 보이지 않는 힘이 흐르고 있고, 자신이 거기에 개입할 수 있다는 것을."

"그게 바로 네냐플에서 가르치는 마법 아닙니까?"

"그렇지 않아. 이 힘은 가르친다고 알게 되는 게 아니라 타고난 자에게만 보인다. 물론 계속 수련하다보면 네냐플에서 가르치는 마법과 연결되긴 하는데 시작점은 전혀 달라. 네냐플에서 가르치는 마법이 큰 호수에서 긷는 물이라면 이 힘을 가진 자들은 장차 그 호수까지 이어지게 될 수원을 발견한 것과 같다. 그런데 세상 모든 물이 하나의 호수로 연결되는 게 아닌 것처럼, 이들은 네냐플이 가르치는 마법 체계를 모르는 채로 자기만의 거대한 강을 만들어낼 가능성도 있는 거야. 반면 호수에서 시작한 자들은 수원으로 거슬러올라갈 수가 없어. 물이 하류에서 상류로 올라갈 수 없는 것처럼. 다시 말해 나조차도 그 힘을 보지 못한다."

막시민은 눈만 크게 뜬 채 그 말을 들었지만 여전히 납득하지는 못했다. 레오멘티스 교수조차 알지 못하는 마법의 세계가 있다니. 그걸 자신이 볼 수 있다니. 그런데 그게 뭔지 전혀 모르겠다니.

"저도 본 적이 없는데요."

"그래. 본 적이 없겠지. 스스로 깨닫기는 무척 어려우니. 지금껏 내가 본 경우도 한 명뿐이었다. 쥬스피앙 말이다."

뜻밖의 이름이 튀어나오자 흠칫 놀란 막시민이 반문했다.

"쥬스피앙 님이요? 그분은 네냐플 출신 아닙니까?"

"그건 맞기도 하고 틀리기도 한 말이지. 쥬스피앙은 네냐플 출신이자 동시에 '근원 감응자'다. 심지어 누가 일깨워주기도 전에 스스로 깨달았던 모양이야. 극히 드문 경우인데, 어쨌든 마법이 뭔지도 모르는 상태로 이미 마법사였다고 해야겠지. 그후 네냐플에 와서 본격적으로 마법을 배웠지만 사실상 모든 것을 이미 알고 있는 거나 마찬가지였어. 즉 그 사람은 호수의 물도 원하는 대로 퍼내지만 동시에 자기만의 수원과 냇물과 강을 갖춘, 일종의 거대한 수계를 가진 존재라 할 수 있다. 그래서 쥬스피앙의 마법이 누구보다도 범위가 넓고, 이공간을 유지하는 것과 별도로 다른 마법도 쓰고 다닐 수가 있는 거겠고."

그렇게 말하는 교수의 얼굴이 원한을 떠올린 것처럼 찌푸려졌다. 막시민이 눈치껏 조용히 고개를 끄덕거리고 있는데 레오멘티스 교수가 턱을 쳐들며 막시민을 쏘아봤다.

"그래서 그 사람이 너를 알아보고 네냐플에 보낸 게 아니냐."

그게 그래서였다고?

막시민은 굳어진 채로 오래전, 쥬스피앙을 처음 만났던 때를 되새겨보았다. 카프리치오 바이올린의 소유권을 놓고 옥신각신하던 쥬스피앙이 갑자기 태도를 바꿔 바이올린을 켜보라 했던 기억이 떠오른다. 막시민이 제대로 연주하는 걸 보더니 바이올린을 가지라 하고, 또 마법을 배우라 했었지. 마법 유물의 주인이라면 마법을 배워야만 한다면서.

다시 잘 생각해보면 값어치를 측정하기도 힘든 마법 유물 카프리치오를 처음 보는 소년에게 공짜로 넘겨주고, 그 대신 자기 쪽에서 학비까지 내가며 네냐플에 입학시킨다는 결정이 단순히 대마법사의 변덕만으로 설명 가능한 일이었을까? 그때는 막시민도 어렸고 다른 문제에 몰입하고 있었기 때문에…… 실은 입학하기가 너무 싫었기 때문에 이런 부분을 깊이 생각해보지 않았던 것 같다. 하지만 잘 생각해보면 이건 황금을 주는 대가로 비단도 가져가야 한다는 식의 황당무계한 거래였다.

그때 쥬스피앙은 막시민에게 자신과 같은 소질이 있음을 느꼈단 말인가? 그래서 어떻게든 네냐플에 집어넣고, 말을 안 듣고 낙제를 거듭하자 조수 노릇을 수십 년 해서 학비를 갚으라는 둥 어마어마한 집요함까지 보였던 건가?

그러나 직후, 루그란에서 쥬스피앙이 보여줬던 어마어마한 마법이 떠오르며 막시민은 다시금 깊은 괴리감과 황당함에 사로잡혔다. 그 위대한 대마법사와 자신이⋯⋯ 같은 뭔가를 가졌다는 생각이 도저히⋯⋯.

막시민이 고개를 내저으며 한숨을 내쉬었다.

"저, 아무래도 믿어지지가 않는데요."

"그런가? 그럼 루그란에서 자네가 해낸 일은 뭐였다고 생각하나?"

"그건⋯⋯."

막시민이 머뭇대자 교수가 말을 이었다.

"그렇지. 또하나, 자네가 그 바이올린을 켤 수 있었던 사실 자체가 증거라고 했었지. 자네의 입학 가부를 놓고 열렸던 회의에 돌연 나타났던 쥬스피앙이 했던 말이야. 논쟁이 벌어졌던 건 우리도 마찬가지로 믿을 수가 없었기 때문이었지. 교수진 중에도 그걸 알아볼 눈이 있는 사람은 아무도 없었으니까. 하지만 결국 쥬스피앙의 말을 믿기로 하고 입학을 허가했던 것이고."

"하지만, 그건 그냥 한심할 정도로 시간과 노력을 들인 결과였을 뿐인데⋯⋯."

"그래. 말해보아라. 자네가 한심할 정도로 시간과 노력을 들일 수 있었던 것은 왜였나? 그 과정에서 즐거움을 전혀 느끼지 못했다면 그럴 수가 있었을까?"

막시민은 바로 대답하지 못했다. 그 말은 사실이었기 때문이다. 진절머리나고 짜증이 솟구쳐 '이제 때려치운다, 다신 안 한다!' 몇 번이나 마음먹었다가도 다음날이면 다시금 바이올린을 붙잡고 있었다. 그러다가 약간씩 소리가 나기 시작하자 그렇게 신기할 수가 없었다. 드디어 짧은 곡을 연주해냈을 때 느꼈던 희열감은 지금도 잊을 수 없다. 자신을 둘러싼 공기 속으로 시원한 물이 흐르는 느낌, 그런 물줄기가 어디로든 뻗어갈 것만 같던 어느 늦가을 저녁의 앞뜰. 문 안쪽에서 아무거나 넣어 무슨 죽이라고도 할 수 없는 음식 냄새가 흘러나와 뒷마당의 닭똥 냄새와 뒤섞이고 있었지만 그 모든 것을 잊었었다.

그런데 조금 전 레오멘티스 교수도 그걸 물에 비유하지 않던가? 막시민이 고개를 갸웃거리고 있는데 교수가 물었다.

"이제 조금 알겠나? 그리고 이제 새로운 증거가 생겼지. 프시키는 근원 마력의 흐름을 감지하고 그걸 따라 이동하기도 한다. 그러니 프시키들이 근원의 흐름을 끌어당기는 자네를 발견한 것도 놀라운 일은 아니겠지."

"제가 그 힘을 끌어당긴다고요?"

"마법과 똑같지. 그걸 당기지 않으면 어찌 사용하겠나? 루그란에서 만들어진 프시키의 심장 덩어리도 자네였기 때문에 그렇게 **빠른** 반응이 일어났던 걸로 생각되는데."

말하다 말고 불쑥 눈썹을 찌푸린 교수가 검지로 막시민을 가리켰다.

"이걸로 또 한 가지 의문이 풀리는데, 쥬스피앙이 자네를 처음 킵에 데려갔을 때 갑작스럽게 프시키가 대규모로 몰려들지 않았나? 그래서 쥬스피앙이 그들을 제압하느라 킵더스트가 대량 발생했고 결국 네냐플 폐쇄로 이어지게 되었지. 그런 사고가 벌어진 것도 같은 이유가 아니었을까 싶네. 그때까지는 쥬스피앙도 프시키가 근원 감응자의 마법을 선호한다는 것까지는 알지 못했기에 발생한 사고였던 셈이지."

이렇게나 멀리 돌아오고서야 마침내 작년 11월, 막시민이 덮어썼던 억울한 누명의 원인을 알게 되었다. 돌이켜보면 그날 쥬스피앙의 의도는 겁 좀 줘서 공부나 시키려는 거였고 위험이라 해봤자 움직이는 널빤지 정도로 끝날 일이었는데 갑자기 쥬스피앙조차 정신을 집중해야 하는 위험천만한 사태가 닥쳤었다. 심지어 이 상황에 막시민의 귀책이 전혀 없느냐 하면 그것도 아닌 듯했다. 쥬스피앙이 그때 프시키의 속성을 알았다 하더라도 또 한 가지, 막시민이 마법을 쓰리라고는 상상도 못했을 테니까. 그러니까 그놈의 '아나보' 말이다.

이쯤 되면 믿어야 하는 것 같은데 또 한 가지 의문이 고개를 쳐들었다.

"그렇다면 프시키들이 쥬스피앙 님한테는 왜 말을 걸지 않는 거죠?"

"그건 쥬스피앙도 모르겠다고 했다. 너와 쥬스피앙의 차이는 일반 마법의 사용 여부뿐인데, 그 사람도 그러더군. 네가 지금껏 기존의 마법 체계를 거부해왔기 때문에 프시키들의 호감을 샀을지도 모르겠다고…….”

이런 식으로 말하니까 부당한 질서에 맞선 혁명가처럼 들리지만 사실상 농땡이가 아니었던가. 막시민은 상대의 얼굴을 살폈지만 늘 그렇듯 조각상 같은 표정만 봐선 농담인지 아닌지 판단할 수가 없었다. 그놈들은 낙제생을 좋아하는 취향이야?

그때 레오멘티스 교수의 입가에 불쑥 웃음이 스쳤다.

"별로 믿을 만한 생각은 아닌 것 같으니 잊어버려도 되겠지. 그리고 노파심에서 다시 한번 말해두지만 근원 감응자란 천재적 재능을 타고나 저절로 위대한 마법사가 된다거나 그런 힘이 아니야. 그랬다면 자네가 카프리치오를 켜는 것이 그렇게 어려웠을 리가 없지 않나? 그때 느껴봤겠지만 마법은 어떤 길이든 그저 **뼈**를 깎는 노력뿐이다. 다만 세상에 흩어진 마력의 근원과 쉽사리 감응하기 때문에 이 노력이 가져다줄 희열을 맛볼 능력은 조금 더 있을 것이다. 또한, 해내기만 한다면 도달할 최종 결과물의 범위도 넓다 하겠다.”

평소처럼 회의적인 레오멘티스 교수의 말투 때문에 ‘우쭐대지 마라’로 들렸지만 실은 엄청난 이야기였다. 안타깝지만 마법의 세계에도 재능이 크게 개입하기 때문에 뼈를 깎으며 노력한다고 모두가 대마법사가 되지는 않는다. 성장 가능성이 의미 있게 열린 학생은 몇 년에 한 명도 찾기 어려웠다. 그리고 노력하며 즐거움을 맛본다는 자체가 위로 올라가는 사다리가 놓인 것과 마찬가지였다. 학생 수준을 벗어나고 나면 말 그대로 텅 빈 허공을 허우적대며 한 발짝씩 올라가야 하는 영역이 열리는데 거기서는 움켜쥘 돌부리 하나조차 기적적인 행운이 된다. 그런데 거기에 사다리라니.

하지만 막시민에게는 자신만의 난관이 있었다. 노력하고 싶은 건 노력하지만 아닌 것은 기를 쓰고 거부한다는 점이다. 그랬기에 모처럼 들은 엄청난 평가에도 불구하고 그저 관심 없는 곳으로 향하는 마차가 최고급이라는 이야기를 들은 사람처럼 떨떠름한 표정을 지었을 뿐이었다. 단지 이렇게만 물어보았다.

"하지만 쥬스피앙 님은 천재였던 거 아닌가요?"

레오멘티스 교수는 뭔가가 거슬렸는지 침묵했지만 결국 짧은 한숨을 내쉬며 인정했다.

"그래. 그 사람은 천재가 맞겠지. 그러니까 네냐플에 오기도 전부터 마법사였을 것이고, 자네를 찾아내 네냐플에 보내기도 했겠지. 하지만 자네는 아직 갈 길이 멀다. 그럼에도 불구하고 당장 닥친 위기 때문에 무슨 역할을 해야만 한다는 것이 가장 큰 문제겠지. 우리가 걱정스러워하는 이유이고."

"제가 할 역할이라고요?"

"그래. 자네의 힘으로 프시키들을 끌어모으는 실험을 해볼 생각이야. 잘된다면 쥬스피앙의 말대로 변종 프시키들을 '으깨어버리는' 것이 가능하겠지. 오스틀리 교수가 심의회 쪽으로 보냈던 선물은 루그란에서 사용해버렸고, 그후로 추가로 찾아낸 오토마톤이 있을 테지? 있다면 실험 준비를 해야 하니 내게 넘기도록."

막시민이 그간 당연히 하나쯤 더 찾아냈을 거라는 투여서 어처구니없었지만 그게 또 사실인지라 할말도 없었다. 교수한테 받는 지나친 신뢰라니 이거 괜찮은 건가.

"뭐…… 알겠습니다만 저 같은 놈을 데리고 정말 괜찮을지 모르겠네요."

"너무 잘될까봐 오히려 걱정이지. 그게 더 위험하니까. 처음에는 아주 소규모로 시도해야겠지. 하지만 결국 성공해야 이 사람들의 자살도 막을 게 아닌가?"

레오멘티스 교수가 테이블에 내려놓은 봉투를 톡톡 치면서 말했다. 봉투를 열지도 않았는데 이미 다 읽은 것처럼. 막시민이 대꾸하지 못한 채 입술만 이리저리 비틀고 있자 레오멘티스 교수가 표정을 약간 부드럽게 했다.

"또 한 가지 역할은 자네의 두번째 힘과 관계되어 있는데,

단도직입적으로 말하지. 자네는 오를란느 공녀님을 설득해야 한다."

'오를란느 공녀'라는 말이 나오는 동시에 막시민은 다른 사람이 된 듯 얼굴이 싹 굳었다. 레오멘티스 교수는 아랑곳하지 않고 눈썹을 올려 보이더니 손가락을 허공으로 뻗었다. 동시에 종이 한 장이 나타나 손끝에 잡혔다.

"먼저 이걸 보도록."

테이블 위에 펴놓고 보니 그건 필멸의 땅에 있는 킵, 그리고 그 일대의 지형을 나타낸 일종의 지도였다. 그러나 그게 전부가 아니었다. 여기저기에 각국의 군대와 세력들이 어지러운 기호와 휘장으로 표시된 것이 보였다. 막시민은 각국 군대의 휘장을 몰랐으므로 마법사들을 나타낸 휘장들만 겨우 알아보았다. 네냐플, 별비군, 콜레기오 마곤, 그리고 오를란느 왕립 마법 학교······.

그건, 그렇게 불러도 좋다면 말이지만 일종의 군사 지도에 가까웠다.

"필멸의 땅에서 당면한 위협은 거대하게 불어난 변종 프시키이므로 각국의 협력 작전도 일차적으로 거기에 맞춰져 있다. 킵에 주둔하고 있는 군대와 마법사들은 물론이고 이 편지를 보낸 사람들도, 또 자네도 그걸 위해 킵에 가게 되겠지. 하지만 이 작전이 성공했을 때, 즉 변종 프시키의 심장을 뽑아낸 거대한 덩어리를 만들어냈을 때 그 자리에 아이언페이스가 나타나 심장을 차지한다면 모든 노력은 헛되리라. 또는 애쓴 덕택에 세상의 종말을 앞당기게 될지도 모른다."

루그란에서 쥬스피앙도 같은 말을 했었다. 이어 나올 말을 알고 있는 막시민의 미간이 꿈틀거렸다. 이토록 바꿀 수 없는 결론인가? 몇 달이나 힘껏 궁리했지만 누구도 다른 답을 내지 못했나?

"전……."

막시민이 하려는 말을 자르며 레오멘티스 교수의 말이 떨어졌다.

"그분은 킵에 오겠다는 답을 주셨다."

"뭐라고요?"

저도 모르게 목소리가 커졌다. 레오멘티스 교수가 어딘가 착잡한 눈빛으로 막시민을 보았다.

"자네에게 그분과의 대화를 맡길 생각이야. 정확히는, 그분이 결단을 내릴 수 있도록 도움을 줬으면 한다."

다람쥐통

연구생 기숙사는 오각 플라세트 뒤쪽에 있는 일반 주택을 개조해 만들어졌다. 당연히 비좁았지만 그나마 이번 학기에 등록한 연구생이 열두 명뿐인지라 그럭저럭 굴러갔다. 연구생이 휴학하는 경우는 드물었지만 이번에는 상황이 상황인지라 교수들이 연구 조교들을 의무에서 해방시켜주었기 때문이다. 이런 기회에 한 학기라도 쉬는 편이 낫다고 판단한 자들은 고향으로 사라져갔고, 남은 자들은 피로한 얼굴로 쓴웃음을 주고받았다.

"집에 가래도 안 가는 인간들만 남았네."

"학교가 엉덩이를 걷어차는데도 굳건하게 버티는 이유가 뭘까요."

"하던 실험 끝은 보고 가야지."

"그게 네 실험이냐? 교수 실험이지."

"시끄러워. 오 년이나 했으면 내 거나 다름없거든?"

"솔직히 말해. 속 편하게 한 학기 쉬고 멀쩡한 인간으로 거듭나는 대신 머릿속이 텅 비어버려서 졸업이고 뭐고 끝장날까봐 그런 거잖아."

"지금도 아슬아슬하다. 난 하루만 푹 쉬어도 막 새어나가는 게 느껴져."

그러나 막시민이 레오멘티스 교수를 만나고 간 다음날 이른아침, 기숙사 현관에 나붙은 공고를 보았을 때는 태도가 달라졌다.

　　대안 과정 지원자 긴급 모집
　　- 기간: 한 달
　　- 혜택: 해당 학기 수료
　　- 관심 있는 자는 킨 교수에게 문의

대안 과정이 뭔지, 뭘 하게 되는지, 어딜 가는지, 가면 무슨 혜택이 있는지, 설명이 일체 없는 괴상할 정도로 단순한 공고였다. 하지만 연구생들은 다 알아들었다. 기숙사로 들어가려던 사람, 나가려던 사람, 다른 일 하다가 전해들은 사람,

모두가 하던 일을 내팽개치고 앞다투어 킨 교수의 연구실에 들이닥쳤다.

"저요! 대안 과정이요!"

"저도 갑니다!"

"한 달이라고 봤는데 잘못 쓴 거 아니죠? 진짜 킵에서 한 달만 버티면 이번 학기가 완전 수료되는 것 맞나요?"

"학기말 시험도…… 통과 처리되는 거 맞죠?"

킨 교수가 그들의 얼굴을 어딘가 서글픈 표정으로 바라보더니 말했다.

"맞다. 미리 말해두지만 이번엔 위험 부담이 커서 그래. 너희가 직접 위험에 노출될 일은 없겠지만 어쨌든 지금은 킵의 위험도가 빨간색이란 걸 알아둬."

연구생들은 움찔해서 얼굴을 마주봤지만 그럴수록 서로의 안색 나쁜 얼굴이 생생하게 눈에 들어왔으므로 곧 용기를 되찾았다. 특히 졸업 학점이 간당간당한 사람일수록 비장하게 주먹을 쥐며 입술을 깨물었다. 킵에서 한 달만 버티면 이번 학기가 끝나는 것은 물론 끔찍한 시험도 없이 졸업 학점을 확보한다! 시험 준비만 없으면 한 달 뒤에 돌아와 졸업 논문도 여유 있게 쓸 수 있겠지!

학생들이 앞다투어 신청서에 서명을 한 뒤 떠나가자 킨 교수는 서류를 한쪽으로 밀어두고는 머리가 아픈 듯 이마를 문질러댔다. 그때 로렐딘 교수가 고개를 들이밀었다.

"조나프? 애들 좀 왔었어?"

"왔다 갔지. 한 명도 빠짐없이 간다고 하더라."

로렐딘 교수는 어딜 다녀왔는지 여행복 차림이었다. 그리고 좀 지쳐 보였다. 터벅터벅 들어와 학생들이 차례로 서류를 쓰던 의자에 주저앉더니 한숨을 내쉬었다.

"아무 일도 없어야 할 텐데."

"우리가 최선을 다해 아무 일도 없게 해야지."

"최선이야 늘 다하지. 그래도 모자랄까봐 그러지. 울화가 치미는 소식이지만 전하자면, 보레이오스에 모인 놈들의 규모가 루그란을 휩쓴 놈들과는 비교도 안 될 정도인데 렘므의 미친놈들이 거기를 군대로 치자고 한다는 거야. 속이 터질 노릇이지."

"어차피 우리가 반대하면 성사될 일은 아닐 텐데?"

"문제는 킵 주변이 조용하지가 않잖아. 이러다가 저놈들이 킵까지 덮치는 게 아니냐고 불안감이 팽배하더라고. 각국 접경지들도 마찬가지고. 그러니까 다른 나라들도 자꾸 렘므의 말에 귀를 기울이고 싶어지겠지. 여기저기에서 솔깃해하는 모양인데 그나마 레코르다블이 기를 쓰고 반대하고 있어서 유예중이야. 레코르다블은 변경에서 몇 년째 그놈들을 겪어왔으니까 위험성을 잘 아는 거지. 웃기는 건 그 꼴을 직접 겪은 루그란이 원정에 찬성한다는 거야. 국왕이 복수를 하고 싶어한다나."

킨 교수가 헛웃음을 뱉었다.

"허, 루그란의 마법이 우리가 모르는 사이에 큰 발전을 이뤘나보군."

"쥬스피앙 님이 막아줘서 그 정도 피해로 그친 줄도 모르고. 생각 같아서는 쥬스피앙 님한테 루그란 상공에 도로 한 번 확 풀었다가 거둬주시라고 하고 싶더라. 헛소리하는 국왕 폐하께서도 입 좀 다물게."

말하다보니 더워졌는지 로렐딘 교수는 재킷을 벗어놓고 컵을 찾으러 갔다. 금세 빈 컵에 시원한 차 두 잔을 만들더니 킨 교수에게 건넸다. 킨 교수가 컵을 받아들며 말했다.

"생각만 해도 흥미롭겠다만 그게 될 일이겠어."

"알아. 대마법사께선 그런 거 신경 안 쓰시지. 어디서 개구리가 울어대나 하시겠지. 하지만 투표에 부치자는 얘기가 나오기 시작했어. 각국이 한 표, 각국의 마법 기관이 한 표씩 행사해서 다수결로 하자나? 내가 듣다못해 그런 위험한 작전을 결정하려면 3분의 2의 찬성은 얻어야 한다고 우겼지. 몇몇이 동조하긴 했는데 앞으로 어떻게 될지는 몰라."

"너무 걱정 마, 디아나. 그런 결정이 나면 네냐플은 빠지겠다고 하면 돼. 그러면 저절로 와해되겠지."

"그 말도 맞지만 그러고 나면 지금의 협력체는 끝장이야. 다시는 공동작전을 추진할 수 없을걸."

그 말도 맞았다. 협력체가 깨져서 모두 개별 행동을 하기 시작하면 사태는 걷잡을 수 없어진다. 킨 교수는 다시 연구생들이 두고 간 서류를 바라봤다. 로렐딘 교수의 시선도 그쪽으로 따라가더니 표정이 결연해졌다.

"우리 아가들이 절대 위험해져선 안 되는데. 아, 오를란느 공녀님은 언제쯤 오실 생각일까."

오를란느 마법사들의 도움을 얻었는데도 협동작전 제안에 답이 오기까지 한 달 가까이 걸렸다. 일정 조율을 하자면 또 그만큼의 시간이 걸릴지도 모른다. 저쪽은 사실상 한 나라의 왕이 행차하는 셈이라 일이 간단치 않다는 건 알지만 조율이 미뤄지는 동안 렘므의 주도로 무리한 작전이 관철될까봐 애가 바짝바짝 탔다. 킨 교수가 다시 이마를 문지르며 물었다.

"막시민 그 녀석은 어쩌기로 했는지 들었어?"

"아, 리프크네."

로렐딘 교수가 웃기 시작했다.

"말도 안 되는 소리라고 펄쩍 뛰었나보더라. 자긴 아무 힘이 없대. 같이 있을 때도 맨날 다투기만 했대. 자기가 그런 분하고 말이 통할 인간이냐고 그랬다는 거야."

"그래서?"

"어쩌겠어. 심볼리온 심의회에서 걔를 빼내려고 공녀님이 조슈아를 직접 만나 임시 동맹을 맺은 얘기를 해줬다더라고. 네가 어떻게 생각하고 있든 저쪽은 다른 것 같다고 말이야."

"깜짝 놀랐겠군."

로렐딘 교수가 어깨를 움츠리며 킥킥 웃어댔다.

"아니야, 조나프. 놀라긴 뭘 놀라. 걔도 다 알고 있었어. 걔 눈치가 보통이냐고. 우리가 심의회에서 헤어질 때 해준 얘기도 있고, 무엇보다 오를란느에서 에투알이 둘에다가 추밀원 사람까지 쫓아왔는데 그게 간단한 일이겠어? 그 사람들이 데려가서는 또 아무 말도 안 해줬을까? 심지어 쥬스피앙 님조차 둘 사이에 뭐가 있다고 생각하시던데 말이야."

"그런데 그 녀석은 왜 엉뚱한 소릴 하는 거야?"

"왜긴 왜겠어. 공녀님이 위험한 일에 나서지 않았으면 하는 거겠지. 펄쩍 뛰면서도 안 간다는 소린 또 못하고 말이지."

이윽고 킨 교수도 의자에 몸을 파묻으며 중얼거렸다.

"뭐가 있긴 있네."

"그래. 다른 애들도 아니고 하필 걔한테 그런 일이 생길 줄 누가 알았겠어? 아이쿠, 막시민 리프크네가 네냐플의 명물은 명물이네."

그런 말을 하면서도 점차 웃음기는 사라지고 두 교수는 서로의 얼굴을 보았다.

"하지만 그걸 귀엽게만 보고 있을 수 없는 게 문제군."

"그래. 듣자니 최근에 오를란느에서 궁정 반란이 일어났는데 공녀가 순식간에 유혈 진압으로 밀어버리고 실권을 쥔 모양이더라고. 그러니 모든 게 공녀님 마음에 달린 거지. 그런데 우린 그분이 어떤 사람인지도 모르고 말이야. 아니, 한 가지는 알겠네. 반란 진압이든 심의회 진압이든 마음먹으면 해버린다는 점 말이야. 장차 유능한 폭군이 되실 분이 아닌가 모르겠다."

킨 교수가 다 마신 컵을 내려놓더니 몸을 앞으로 기울였다.

"그래도 희망을 걸어볼 점은 있지. 막시민 같은 녀석한테 관심이 있으시니 말이야."

로렐딘 교수가 남은 얼음을 깨물어 먹다가 한쪽 입꼬리를 올렸다.

"아, 그래. 그거 인간미 있네."

"그래, 인간미. 그런 게 중요하지. 특히 지금 같은 때는."

같은 시각 루시안의 학숙에서 자고 일어난 막시민은 현이 다 사라진 카프리치오 바이올린을 바라보고 있었다. 복구되었던 현이 도로 사라졌으니 프시키들도 떠나버린 것일까 생각하면서.

그사이 더더욱 상태가 나빠져서 세게 쥐면 목재가 부스러져 나올 정도가 된 바이올린의 꼴을 보니, 고귀한 마법 유물이 이런 놈의 손에 떨어져서 고생이 많구나 싶다가도 불쑥 화가 치밀기도 했다. 현이 잠깐 돌아왔을 때 막시민은 플레상스 경이 되어 뭔가를 열심히 하려 했었다. 그러나 결과적으로 해낸 일은 없었고 그런 놈에게 더 붙어 있지 못하겠다는 것처럼 현도 다시 달아나버렸다. 왜 적당하게 되어먹은 기회란 건 없는 거야. 만만한 목표 대신 어려운 일만 닥쳐서 이런 꼴이라니. 바이올린도, 자신도.

이렇게 되기 전에 한번 켜보기나 할걸.

그런데 프시키 놈들도 멋대로 점거했으면 방이나 곱게 쓸 것이지 무슨 짓을 했기에 이런 꼴이 돼버렸담. 이래 놓고 미안합니다 한 번 안 하고 홀랑 가버리는 게 말이 되냐.

사실 가버렸다는 증거는 없었다. 베고니아 카페 맞은편 방에 틀어박혀 있을 때 혹시나 싶어 프시키란 놈들과 대화를 해보려 한 적이 있다. 하지만 옆에 있는지 없는지도 모를 놈들한테 막연히 말을 거는 건 보는 사람이 없더라도 미친놈 되기 딱 좋은 행동이라 오래가지는 못했다. 그런데 솔직히, 그들이 듣고 있으면서 대꾸하지 않는다는 기분도 들었다. 증거는 없는데 그냥 그런 느낌이 드는 것이다.

그런데 레오멘티스 교수의 말을 듣고 나니 그건 헛생각이 아니었다. 프시키는 정말로 자기 주변을 얼씬거리고 있을 가능성이 컸다. 현이 있든 없든. 보이고 안 보이는 건 프시키 마음인 것 같으니까.

다시 말을 걸어볼까. 그런데 뭐라 부른담. '프시키야?' 이러기도 웃긴 일이라 저번에도 호칭 생략하고 말만 걸었는데, 바이올린이 눈앞에 있어서인지 엉뚱한 이름이 떠올라 불쑥 뱉었다.

"야, 다람쥐."

청어절임과 데보라 앞에서 둘러대느라 대충 지껄인 헛소리였는데 생각해보면 기막힌 예언이었던 셈이다. 멀베리, 아니 파울의 권총에서 나온 심장 때문에 몰려들었던 프시키가 몰래 바이올린에 옮겨탄 줄도 모르고 갖고 다녔는데 그걸 다람쥐통이라 불렀으니.

이번에도 대답은 없었다. 이놈들이 듣고 있으면서 대답을 안 하는 거라면 이유가 뭘까? 자기들이 필요할 땐 이 말 저 말 잘도 지껄이면서 이쪽에서 하는 말은 알 거 없다는 거냐고. 하여간 이놈들도 남 생각은 눈곱만큼도…….

그러다 막시민은 자문해보았다. 프시키들이 정말로 자신들한테 필요할 때만 말을 걸었던 걸까?

처음, 프시키들은 바이올린 현으로 변신했는데 굳이 그렇게 해서 자신들의 존재를 드러냈다. 보이지 않으니 조용히 숨어있었으면 전혀 몰랐을 텐데. 이스핀도 프시키가 막시민한테 할말이 있는 것 같다고 했었다. 또는 도울 마음이 있는 것 같다고도 했지. 사고방식이 이상해서 날아가는 돼지 뒷다리 햄 같은 거나 붙들고 있지만.

하지만 심볼리온 회의장에서는 달랐다. 무섭다며 허둥지둥하다가 사고를 치더니 구해달라면서, 누굴 죽여달라는 노래를 불러댔지. 여왕이여 저희를 구해주세요…….

그때는 왜 그렇게 돌변했던 걸까? 킵더스트가 무서워서?

찬찬히 기억을 훑고 있는데 회의장에서 보았던 남자가 불쑥 떠올랐다. 프시키가 벌인 소란 도중에 보았던 금발머리에 키 큰 남자. 별다른 행동을 하지도 않았는데 이상하게 눈에 띄었던 것 같다. 아니다. 프시키들의 비명 같은 속삭임에 압도되어 다른 모든 감각이 차단됐을 때 그자만이 왜인지 자연스럽게 움직이고 있었지. 직후 프시키들은 이런 노래를 불렀다. '그자가 우리를 삼키러 와요.' '부수고 짓밟고 태우러 와요.'

부사령관과 언쟁하던 도중에는 목소리도 들려왔었다. 그때는 마법으로 목소리를 보냈다고 생각했는데 지금 잘 생각해보니 뭔가 달랐다. 누군가에게 하는 말이 아니라 혼잣말에 가까웠다. 그건, 이런 말이 성립한다면 말이지만 막시민이 그자의 머릿속 생각을 엿들은 느낌이었다.

궁금하면 직접 와서 보라고 했던가.

그날 프시키들이 겁을 먹고 난동을 피우고 저주를 퍼붓게 된 것이 그자와 관계가 있다면? 왜? 그자가 뭐, 아이언페이스라도 돼?

"……."

생각이 흐릿한 안개 속을 뚫고 나오며 막시민의 미간에 날카로운 주름이 새겨졌다. 사고의 흐름을 따라가다 튀어나온 소리였지만 딱히 말이 안 될 것도 없다. 아이언페이스가 마법사인 체하고 그날 그곳에 있었다면? 뻔뻔스럽게 미소를 띠고 소란을 피우는 마법사들을 한가롭게 구경하다가 막시민의 추리를 듣고는 흥미롭다는 듯 말을 걸어왔다…….

소름이 끼치며 목덜미가 서늘해졌다. 실은 진작 하고도 남았어야 하는 생각인데 지금껏 그러지 못했던 건 막시민의 머릿속에 든 아이언페이스가 괴물의 얼굴을 하고 있었기 때문이다. '쇠의 왕'이라 불리는 암흑 조직의 수장, 적어도 삼백 년 넘게 살아온 자, 변종 프시키의 지배자, 이런 존재답게 멀쩡한 인간의 모습을 하고 있을 거라고는 상상하지 않았다. 반면 심볼리온 심의회장에서 본 남자는 키가 좀 클 뿐 귀공자풍으로 잘생긴 남자로 나이는 이십대 후반쯤으로밖에 보이지 않았다.

선입견을 지우고 생각해보면 아이언페이스가 어떻게 생겼는지 말해준 사람은 없었다. 얼굴이 쇳빛이라고 했지만 그후 보통 인간에 가까워졌다고 했으니 그 역시 유효한 정보는 아니다.

 이런 반례뿐만 아니라 좀 어처구니없지만 진짜 근거도 있다. 레오멘티스 교수의 말대로라면 막시민은 프시키와 소통할 수 있다. 대화다운 대화에 성공한 적은 없지만 어쨌든 목소리를 듣긴 한다. 심의회장에서 프시키들의 비명 같은 외침을 들은 것도 그래서일 것이다. 즉, 막시민을 목표로 하지 않은 말도 가끔 들린다는 것이다. 그리고 아이언페이스도 프시키다…….

 심의회 이후로 프시키들은 더이상 어린애 같은 소리를 하지 않았다. 전이문에 들어갔을 때는 고대의 예언자처럼 엄숙한 저주도 읊었지. 그후 막시민과 오를란느인들은 엉뚱하게 루그란에 떨어져 기둥이 무너지는 것을 목격하게 됐다. 쇳조각들이 쏟아져나와 사람들을 학살하고, 다시 바이올린 현에 든 프시키들이 그것들을 싹 쓸어버린 뒤 막시민은 이런 의심을 했었다. 루그란에 떨어진 것이 정말로 전이문 오작동 때문이었을까? 혹시 프시키들이 장차 일어날 일을 예상하고 루그란으로 가기 위해 일부러 전이문을 조작한 건 아닐까?

 이 추론이 맞다면 그날 심의회장에서 프시키들은 아이언페이스의 의도를 알아차리고 막시민을 이용해 루그란으로 간 것이고, 무너진 탑에서 튀어나온 쇳조각들을 막고자 스스로를 희생했다는 이야기가 된다. 막시민에게 따라 하게 했던 말, 그건 마법 주문 같았지만 동시에 그들의 장송곡이었다. 이제 와 생각해보면 내용조차 그랬다.

> 우리의 이름을 녹여다오.
> 시체를 먹고 자라난 아이들아.
> 너와 나는 소멸되어야 한다.
> 룬은 아이들만의 것이기에.

이 노래에 등장한 인물은 '우리' '아이들' '너와 나'다. '우리'란 바이올린 현에 들어 있던 프시키들 자신일 테고 소멸되어야 하는 '너와 나'는 광의의 프시키를 의미하겠지. 쇳조각들도 변종이지만 프시키였으니까. 좀 무리하게 요약하자면 세상에 착한 프시키와 나쁜 프시키가 있지만 둘 다 소멸되어야 한다는 뜻이다.

그럼 '아이들'은 누구일까? 아직 정확히 알 수 없지만 '아이들'은 시체를 먹고 자라난 존재로 '룬'을 가질 자격이 있다. 반대로 '너와 나'는 소멸되어야 하는데 그 이유는 룬을 가질 자격이 없기 때문이다. 그럼 '룬'은 뭐지? 마법 쓸 때 가끔 사용된다는 룬 문자 말고는 들어본 적이 없는데.

이 주문이 효과를 발휘한 건 한 번이 아니었다. 루그란 상공을 뒤덮었던 거대한 프시키의 회오리도 막시민이 이 주문을 외우자 초콜릿, 즉 프시키의 심장으로 뛰어들어 합쳐졌다. 즉, 소멸되었다. 조금 전까지 한 도시를 부수고 학살할 기세였는데 생각을 바꿔 죽음을 택했던 것이다.

쥬스피앙은 그런 말을 했었다. '프시키도 생명이라면 상식적으로 심장을 뽑히는 걸 피하고 싶어할 것 같은데 이상하게도 이놈들은 이미 형성된 심장을 보면 몰려들어 으깨지고 싶어하는 경향이 있단 말이지. 변종조차도 마찬가지야.'

"늬들은…… 왜 죽고 싶어하냐?"

불쑥 튀어나온 질문을 입 밖으로 뱉었지만 반응은 없었다. 하지만 듣고 있을지도 모른다. 만약 그렇다면 이번에야말로 대답을 들어야겠다. 너희가 정말로 누군가를 돕고 싶다면, 그럴 힘이 있다면, 지금 그래야 한다. 너희 사촌인지 친척인지 배신자인지 모를 변종 놈들이 세계든 나이트워커든…… 그래, 이스핀까지 모조리 삼켜버리기 전에. 비밀이 있거든 털어놔보시지.

"죽고 싶어하는 거 보니까 죄가 많은 거 같은데 이번 기회에 나한테 고해해봐라. 다 들어줄 테니까. 이런 기회가 날이면 날마다 오는 게 아니야. 나도 인내심이 별로 없는 사람이라고. 특히나 이렇게 방을 개판으로 쓰는 세입자한테는 말이야……."

여전히 아무 일도 일어나지 않았고 막시민의 말도 점점 무

논리가 되어갔다.

"뭐부터 시작해야 할지 모르겠어? 어, 내가 힌트를 줄게. 남의 바이올린을 무단으로 점거한 것부터 시작해보자. 살아보니까 어때? 쾌적해? 월세 얼마짜린 거 같냐? 대충 반년쯤 살았는데 얼마 내면 될까? 돈이 없다고? 프시키 나라는 그런 것도 없어? 이거 아주 문명의 혜택을 받지 못한 놈들이네."

막시민은 안경을 벗어 내려놓았다. 남이 볼까 부끄러운 소리를 지껄이기에는 뵈는 게 없는 편이 낫기 때문이다.

"좋다. 돈이 없으면 일을 해서 때워보자. 이 바이올린 말인데 여전히 쓸모가 있을까? 아니면 그냥 땔감으로 쓰는 게 좋겠냐? 그러니까 감정을 해봐라 그 말이야. 아, 다람쥐통 말고! 마법 유물로 쓸모가 있냐고. 없어? 없으면 그냥 땔감으로 써버리게."

거기까지 말했을 때였다. 무슨 변화가 일어나는 것 같았으므로 막시민은 허둥지둥 안경을 도로 집어 썼다. 초점이 맞은 눈에 바이올린이 보이는가 싶더니 그 위에 네 현이 고스란히 생겨나 있는 게 아닌가? 이스핀이 잘라냈던 E현까지도.

막시민은 미심쩍은 얼굴로 현을 건드려보았다. 딩…… 대략 멀쩡한 소리였다.

"설마 이걸로 월세 퉁치자는 거냐?"

손가락이 닿는 대로 디링, 딩, 여러 현이 소리를 냈지만 그건 대답이 아니었다. 막시민은 그런 말을 알아들을 능력이 없었다. 곁에 존재하고 있었다는 걸 알자 더욱 조바심이 났다. 말을 할 능력이 멀쩡히 있으면서 왜 이러는 건데?

"아니면 늬들의 소중한 다람쥐통이니 제발 갖다 버리지 말아달라 이거야? 현도 생겼으니까? 그런 힘이 있으면 바이올린도 좀 고쳐놓지 이 꼴은 뭔데? 너희는 이게 현만 있다고 켤 수 있을 것처럼 보이냐?"

직후, 바이올린 안쪽에서 희미한 연기가 피어나 전체를 휘감더니 놀라운 변화가 일어났다. 바스러져가던 목재가 잇달아 꿈틀거리며 시간을 거꾸로 돌린 것처럼 매끈해지더니 막시민이 손에 넣은 이래 한 번도 본 적이 없던 윤기와 광채가 흐르는 바이올린으로 탈바꿈했다. 처음으로 진짜 보물처럼 생긴 카프리치오를 보며 막시민은 벌린 입을 다물지 못했다. 이게…… 가능한 일이야? 혹시 이게 본모습이었는데 지금껏 감추고 있었단 말이야?

"야…… 이거 늬들이 한 거야?"

막시민은 떨리는 손으로 바이올린을 집어들었다. 활대를 갖다대고, 조금 켜보려다가 멈칫했다. 무슨 일이 생길지 모른다는 생각이 들었기 때문이다. 낡아빠진 채로 바람도, 해일도 일으켰던 물건이다. 이처럼 빛나는 보물로 변했는데 현 한번 문질렀다가 건물이 통째로 날아갈지 알 게 뭐람?

막시민은 조심스럽게 바이올린을 내려놓았다. 웃기게도 외견이 변했다고 전처럼 마구잡이로 다루기가 부담스러웠다.

"고마워. 고마운데…… 너희는 별걸 다 할 줄 아네. 정말 대단하잖아. 최고네요. 근데 이렇게 엄청난 힘이 있으면서 왜 이러고 불쌍하게 숨어 사는 거냐? 왜 소멸되어야 하는데? 이러지 말고 가서 아이언페이스도 좀 반들반들하게 만들어주면 안 되냐? 대답하기 부담스러워? 혹시 너희끼리 의견 일치가 안 돼? 그래서 말을 못하는 거야? 다수결 모르냐? 나한테 좋은 생각이 있어. 아이언페이스가 우리보다 더 세서요, G. 너무 무서워서요, D. 인간이고 세상이고 망했으면 좋겠어요, A. 기타, E."

다 죽어가던 바이올린도 환골탈태시켜놨는데 이 정도쯤이야 별거겠어? 기대를 품고 귀를 기울여보는데 진짜로 E현이 희미하게 울렸다. 막시민이 빠르게 고개를 끄덕거렸다.

"오, 아이언페이스가 너희보다 센 건 아니란 말이네. 좋았어. 아주 희망적이야. 그럼 또 세분해보자. 아이언페이스가 어디 있는지 몰라서요, G. 아직 때가 안 되어서요, D. 우리끼리 할 일이 아니어서요, A. 기타, E."

다시 E현이 울렸다. 막시민은 후회했다. 기타에 해당하는 현을 다른 걸로 바꿀걸. 애들이 E현만 울릴 줄 아는 건지, 아니면 E현을 맡은 놈들만 대꾸하고 싶은 건지 어떻게 아냐고.

"휴…… 그래. 여기까지만 해도 꽤 괜찮았어. 어쨌든 아이언페이스가 더 센 것도 아니고, 너희는 용감하고, 우리 편이고, 때도 됐고…… 어떻게든 죽일 수는 있을 모양이지."

그때 다시 한번 E현이 울렸다.

"야, 이건 뭘 어쩌자는……."

막시민은 당황했지만 곧 생각을 전환했다. 애들은 E현을 '아니'라는 뜻으로 이해한 것일지도 모른다. 그렇다면 죽일 수가 없다고? 하긴 나이트워크도 이런 말을 했었다. '그자는 죽지 않습니다. 저희가 상상하는 어떤 방법으로도.'

프시키조차 의견이 같단 말인가?

거기까지 생각하던 막시민은 문득 또 한 가지 목소리를 기억해냈다. 그리고 그게 자신이 들었던 첫번째 프시키의 목소리였음을 깨달았다. 쥬스피앙이 킵에 데리고 갔던 그때.

사라지지 않는다.

아무도 죽이지 못한다.

나는 단 한 번도 죽은 일이 없다.

"정말이냐? 아이언페이스는 죽일 수가 없어?"

대답은 없었고 '응'에 해당하는 현이 없다는 데 생각이 미친 막시민은 질문을 바꿨다.

"아니겠지? 죽일 수도 있겠지? 세상에 안 죽는 게 어딨어?"

여전히 대답이 없었다. 막시민은 다시 한번 생각했다. 킵에서 들었던 목소리는 '나'라고 했다. 하필 그때 거기에 아이언페이스가 있었던 건 아닐 테니까 이건 프시키에 대한 얘기일지도 모른다.

"프시키는 영원히 죽지 않나?"

그래도 대답은 없었다.

이쯤 되면 반드시 '아니'라고 할 만한 질문을 찾아야 했다. 막시민은 삿대질까지 하며 물었다.

"너희는 아이언페이스와 한패거리냐? 그놈한테 동조해?"

드디어 E현이 울렸다. 막시민은 손뼉을 한바탕 쳐댄 다음 말했다.

"잘했어. 아주 다행이야. 근데 진짜 궁금한 게 있어. 너희는 예전에는 말할 줄 알았는데 왜 지금은 안 하는 거냐? 혹시 그동안 내가 늬들 말을 너무 맘대로 해석했나? 나름 진지한 얘기였는데 전혀 알아들으려고 하지도 않으니까 어차피 안 통하네 싶어가지고 '아니'만 하기로 한 거야?"

대답이 없었다. 막시민은 초점 잃은 눈빛으로 허공을 보며 생각했다. '응' '아니'로 대답할 수 있는 질문에서 침묵하는 건 '응'이라는 뜻이겠고…….

"알았어. 이제부터는 진짜 신중하게 들을 테니까 다시 말로 하자. 받아 적을 수도 있어. 종이가 어디 있더라……."

막시민은 벌떡 일어나 주변을 두리번거렸다. 누군가가 책상에 가져다놓은 교과서를 발견하자 가져와 마구 넘기다가 빈 페이지를 찾아내 펼쳤다. 사무실에서 가져온 여행 가방 속에서 잉크병과 펜도 꺼냈지만 방치해둔 사이 잉크가 굳어 있었다. 자기 전에 마시다 놔둔 찻잔에 차가 조금 남았기에 잉크병에 넣고 열심히 젓자 쓸데없이 향기로운 잉크가 완성되었다. 색은 좀 흐릿했지만 상관 않고 찍어서 맨 위에 이렇게 썼다. '프시키 님의 말씀.'

"자, 말씀하십쇼. 신중하게 받아 적겠습니다. 저도 나름 예전에 필경사 조수도 해봤거든요?"

그러나 정말로 받아 적을 필요는 없었다. 종이 위에 뭔가가 어른거리더니 마치 물속에서 떠오르는 것처럼 한꺼번에 글씨가 나타나기 시작했다.

휴업

그날 플로레종은 점심시간이 지나고 오후가 되어서야 문을 열었다. 막시민을 만난 후로 다른 생각에 푹 빠진 루시안이 다음날 다시 문을 열겠다고 고용인들에게 연락하는 걸 깜빡했기 때문이다. 그래도 대부분은 아침에 도착했지만 식재료 주문을 주인의 지시 없이 진행할 수는 없었다. 다들 당황한 표정을 짓는 가운데 루시안만 기운이 넘쳤다.

"여러분, 안심하세요! 메뉴를 단순화시켜 왔으니까요! 주문할 재료도 훨씬 간단할 거예요!"

하지만 갑작스럽게 메뉴가 줄어들자 첫날은 더욱 혼란이 벌어졌다. 급사들은 있는 메뉴와 없는 메뉴를 단번에 외우지 못했고, 주문을 받았다가 취소하기를 반복하자 손님들은 화를 냈다. 주방에서도 마찬가지였다. 라즈베리 타르트가 없어졌으니 라즈베리를 주문하지 않았는데 알고 보니 다른 케이크 위에도 소량 올라간다든가, 그런 종류의 혼선이 끝이 없었다.

그뿐이 아니었다. 문을 열자마자 '플레상스 경'을 찾는다는 인간들이 연달아 찾아오더니 이제는 음료를 시킬 생각도 않고 위층으로 올라가게 해달라고, 또는 몰래 올라가려다가 붙잡히기를 반복했다. 붙잡힐 때마다 그들은 하나같이 자신의 처지를 당당하게 강변했다.

"플레상스 경이 돌아온 거 다 압니다. 저 위에 숨어 있죠?"

"그분이 저한테 돈을 얼마나 떼어먹은 줄 알아요?"

"이봐요, 그런 사람 모르긴 뭘 몰라요? 우리가 분명히 봤다니까! 직업소개소 소장도 말했어!"

"그 양반 인생에서 반년쯤은 우리 거요. 우리가 돈 주고 샀다고!"

"이렇게 숨겨주기로 하고 얼마 받았습니까? 이 카페, 여기도 수상하네."

그중 한 명은 실제로 성공해서 3층까지 갔지만 욕설 쪽지가 덕지덕지 붙은 문짝만 봤을 뿐 곧 퇴거 조치를 당했다. 졸지에 팔자에 없던 기도 노릇을 하게 된 보리스가 아예 계단 앞에 서 있기로 하고서야 침입은 간신히 멈추었다.

오후 5시가 넘어서야 카페는 조금 한가해졌다. 그것도 티치엘의 조언으로 문 앞에 '금일 식사 메뉴는 주문 불가입니다'라고 써붙인 덕택이었다. 식재료도 부족하고 고용인들도 신경이 곤두선 와중에 저녁식사 손님까지 밀어닥쳤다면 수습하기 어려웠을 것이다.

"하, 정신이 하나도 없네……."

홀 지배인의 불만을 한바탕 들어주고 돌아온 루시안이 구석진 곳 테이블에 주저앉으며 중얼거렸다. 약 네 시간의 전쟁을 함께 치른 보리스가 말없이 맞은편에 앉자 루시안의 넋두리가 이어졌다.

"네냐플 학생 노릇이 세상에서 제일 어려운 줄 알았더니 그게 아니었어. 카페 운영하는 것에 비하면 아무것도 아니야. 하긴 학생이 어려운 직업일 리가 없지. 세상에 나가서 할 진짜 고생에 대비해서 공부를 하는 거잖아. 이거 맞나? 내가 공부를 제대로 안 해서 이런 생각을 하는 건가? 진짜 마법사가 되려면 이까짓 건 아무것도 아닌가? 그래도 지금은 도로 학생으로 돌아가고 싶다……."

보리스는 일일이 대꾸하는 대신 짧게 물었다.

"시험은?"

당혹스러운 침묵이 흐르고, 곧 초점 잃은 눈을 크게 뜬 루시안이 물었다.

"시험 언젠데?"

"6월 초."

"보름도 안 남았네?"

"응."

"범위 뭐야?"

"이제 와서 그걸 알아도 소용은 없을 것 같은데. 수업에 절반도 안 들어왔잖아."

"저기, 너는 준비 좀 됐어?"

루시안이 한쪽에 놔둔 제 가방, 그리고 보리스의 가방을 힐끔댔다. 루시안은 여전히 절반을 찢어낸 교과서를 갖고 다녔고 보리스의 가방 속에는 직접 정리한 강의 노트와 티치엘이 만들어준 세 과목 요약본이 들어 있었지만 오늘은 한 번도 들춰볼 시간이 없었다. 실은 어제도 마찬가지였다. 보리스는 담담하게 고개를 저었다.

"너하고 별다르지 않을 거야. 3학년 수업은 어렵네."

"그럼……."

루시안은 히죽히죽 웃으려다가 눈치를 보더니 애써 표정 관리를 하며 말했다.

"그렇구나. 그동안 나랑 카페 때문에 공부할 시간도 부족했겠지. 시험을 못 보면 너도 속상하겠지만…… 사실은 말이야, 네가 먼저 졸업해버리고 나 혼자 남으면 어쩌지 싶어서 걱정했거든? 하지만 이렇게 된 거, 너도 내년에 다시 공부하면 안 돼? 학교도 켈티카로 이사와서 정신없고 하니까 올해는 분명히 유급자도 엄청 많을걸. 대신 카페를 성공시키면 아빠도 이해해주시지 않을까? 내가 아빠한테는 잘 말해볼 테니까 응, 보리스? 어때?"

보리스는 루시안의 호위 격으로 함께 입학해 수업료도 루시안의 아버지가 내주는 입장이다보니 유급 같은 걸 당하면 안 된다고 생각해왔지만, 루시안만 놔두고 먼저 졸업하는 것도 칼츠 씨의 의도와 잘 맞는 건 아닐지도 모른다. 실은 이런 생각을 처음 해본 것도 아닌데 오늘은 더더욱 말이 되는 것 같은 이유가 뭘까? 난해한 고등 마법식을 여섯 단계로 풀어내 네 가지로 응용할 생각을 하기만 해도 한숨이 나오기 때문은 아니겠지?

"네 부탁이 문제가 아니고…… 내 공부가 부족한 거겠지. 어쨌든 무슨 말인지 알았다."

루시안은 좋아서 실룩대는 입가를 간신히 누르면서 말을 돌렸다.

"근데 막군은 진짜 신기하지 않아? 막군이 툭툭 찌르기만 하면 사람들 입에서 비밀 얘기가 줄줄 새어나오나봐. 내가 물어봤으면 한마디도 안 해줬을 것 같은데."

약속대로 오전에 문제의 주방장을 만나고 온 막시민은 플로레종 영업을 시작하기 전에 들러 루시안이 가장 알고 싶었던 이야기를 해주었다. 그 주방장은 애초에 다른 가게에 가기로 약속이 되어 있었던 것이 맞았고, 플로레종의 주방 책임자 자리를 받아들였던 것은 누군가의 압력을 받았기 때문이었다. 정말로 사흘만 일하고 그만둘 생각은 없었다지만 그런 말은 걸러 들으면 되고, 결국 '누군가'가 누구인지만 알아내면 된다. 주방장의 입에서 이름까지는 나오지 않았다지만, 급히 제조된 그날의 첫 샌드위치와 홍차를 대접받던 막시민은 그까짓 것쯤 알아내는 건 시간문제라며 하품을 했다.

"심증 가는 인간들이 있다며. 그럼 뭐 간단하지."

그렇게 루시안을 들뜨게 해놓고 막시민은 다시 어디론가 휙 사라졌다. 덕택에 그의 인생을 돈 주고 샀다는 수상한 사람들하고는 마주치지 않았지만 궁금한 걸 못 참는 루시안은 일하는 내내 그 생각을 하고 또 했었다. 막시민이 이웃 학교의 악당들을 불러다놓고 '너희가 범인이다!'라고 외치는 장면을 상상만 해도 신바람이 나서 도저히 멈출 수가 없었다.

"근데 말이야, 어떤 손님이 그러는데 예전에 이 카페에도 유명한 탐정이 있었대. 할아버지였는데 맨날 저기, 저쪽 자리에 앉아 있다가 찾아오는 사람들의 문제를 한두 마디로 척척 해결해주고 그랬다는 거야. 근데 그 사람 이름도 플레상스 경이더라? 와, 신기하지? 이것도 미스터리 아니야? 막군이 오면 무슨 관계인지 물어봐야 하는데!"

루시안이 막 펴려던 상상의 나래를 보리스가 상식적인 의견으로 잘랐다.

"막시민의 이름은 가명이잖아. 그냥 유명한 사람의 이름을 딴 게 아닐까."

"그런 건가? 근데 그 생각은 전혀 재미가 없는데! 혹시 막군의 숨겨진 할아버지나, 뭐 그런 사람일지도 모르잖아. 일단 막군도 추리를 엄청 잘하니까 말이야. 그게 할아버지한테 물려받은 능력인 거지……."

거기까지 말했을 때였다. 쓰레기를 버리고 주방으로 돌아가던 직원이 냅다 홀로 튀어나오더니 소리쳤다.

"지금 플레상스 경 얘기 하신 거 맞죠?"

눈을 커다랗게 뜬 루시안의 표정은 이러했다. '와, 여기도 한패가 있었네.' 그러나 문제의 직원은 그런 데 굴복할 형편이 아니었다.

"맞죠? 저 그 사람하고 엄청 잘 아는 사이예요! 지금 어디 있어요?"

루시안은 바로 표정을 굳히며 시치미를 뗐다.

"아니거든요? 전 그런 사람 모르는데요?"

"모르다니요! 아까 분명 플레상스 경의 손자라고 했잖아요. 저 그 사람하고 같이 일했다니까요! 저 위층에서! 그러다 갑자기 사라지는 바람에 얼마나 찾았는지 알아요? 저는 데보라고 하는데요, 제 이름을 전해주면 바로 알 거예요. 돌아왔는데 지금까지 숨기다니, 상한 물고기 자식이 나한테만 모르는 체했겠다……."

플레상스 경, 위층 타령, 갑자기 사라져서 찾았다는 둥 모든 얘기가 오늘 내내 침입자들에게 들었던 것과 너무나 비슷했다. 루시안이 팔짱을 끼더니 인상을 찌푸렸다.

"에이, 거짓말 마세요! 아까부터 그거랑 같은 소리 하는 사람이 열 명도 넘었거든요? 플레상스 경이 누구든 난 모르고, 혹시 그 사람들하고 한패라면 당신도 우리 가게에 더 있을 순 없다고요! 지배인!"

"알 거 없어요! 애초에 플레상스 경을 만나려고 여기 취직한 거니까!"

"와! 진짜로 첩자였어!"

지배인이 달려오고, 두 테이블 남은 손님들도 놀라 쳐다보는데 루시안이 자리에서 일어나 엄숙하게 선언했다.

"이분한테 그간 일한 일당 정산해드려요! 그리고 다시는 우리 가게에 못 들어오게 하세요!"

데보라가 그렇게 쫓겨나려는 판인데 구경만 하던 보리스가 질문했다.

"플레상스 경이라는 사람은 예전에 이 카페에 계셨다는 어르신 아닙니까? 그분은 왜 찾습니까?"

지금까지 플레상스 경을 찾던 사람들은 모두 빚쟁이처럼 굴었는데 이 사람은 '같이 일했다'고 말한 것이 미심쩍어 넌지시 돌려 한 질문이었다. 아니나다를까 나온 대답도 달랐다.

"제가 찾는 사람은 그분이 아니라 그분의 손자예요. 본래 네냐플 학생인데 할아버지를 찾아왔다가 어찌저찌해서…… 위층에 세들어 살게 되었죠. 저랑 또 한 명이랑 같이요. 오늘 플레상스 경을 찾아왔다는 사람들도 누군지 알아요. 저, 그 사람들 눈에 띄면 절대 안 돼요. 완전 난리난다고요."

거기까지 말하던 데보라의 시선이 옆에 놓인 루시안의 가방에 닿았다. 거기에서 비죽 튀어나온 마법 교과서를 바로 알아본 데보라의 눈이 커졌다. 그녀도 비록 정식은 아니지만 마법사였기 때문이다.

"당신들! 네냐플 학생이죠? 그럼 플레상스 경의 친구구나!"

한 시간 뒤 카페로 돌아온 막시민은 드디어 데보라와도 재회하게 되었다. 데보라를 본 막시민의 첫마디는 이러했다.

"어, 데보라. 신수가 훤해졌구만. 역시 일이란 부자 밑에서 하고 봐야 되네."

루시안과 보리스, 티치엘은 상대의 나이가 더 많아 보이는데도 태연하게 하대하는 막시민을 의아한 눈으로 쳐다봤다.

하지만 데보라도 신경쓰지 않고 받아쳤다.

"얼굴은 취직하려고 빡빡 씻은 거고요. 이 카페, 주방장이 사람을 아주 죽기 직전까지 부려먹던데요? 그래서 부자가 됐나?"

"보통 그런 편이지."

"그럼 이제 무슨 일이 있었는지 말 좀 해보시죠. 청어 걔는 요리조리 말만 돌리고 하여튼 간에 쓸모가 없지. 셋이서 마차 타고 호텔에 간다더니 호텔 바닥이 뚫려서 지옥에 처박히기라도 한 모양이죠? 영문도 모르고 혼자 남아 기다릴 사람 생각은 한 번이라도 해보셨나요?"

"실제로도 그 비슷한 사연이야. 여하튼 미안하게 됐다."

데보라는 뭔가를 짚어내려는 것처럼 막시민의 얼굴을 빤히 봤다. 그러나 알게 된 건 막시민의 안색이 같이 지내던 때와 달리 무척 나쁘다는 것뿐이었다. 이윽고 데보라는 조용히 떠보았다.

"모조리 얄밉긴 하지만 어쨌든 두 사람 소식은 알게 됐는데, 나머지 하나는요? 예쁜 드레스 입고 행차하셨던 아가씨는 어디로 사라지셨죠?"

"……."

막시민은 입을 다물었고 나머지 친구들은 놀란 눈빛으로 서로를 힐끔힐끔 봤다. '방금 예쁜 드레스라고 하지 않았어?' '아가씨라고?' 곧 루시안이 뭔가를 떠올리고 입을 열려고 했다.

"혹시 그때 본……."

하지만 막시민이 단호한 말투로 잘랐다.

"걘 멀쩡히 살아서 자기 집에 갔다. 그러니까 너도 가서 너 살 궁리나 하라고. 알아서 취직도 잘하는 거 보니 걱정은 안 해도 되겠다만."

"그럴 일은 절대 없어요. 슬슬 군식구 떨구고 싶으신가본데 제 처지에 가면 어딜 가겠어요? 탐정 나리한테 딱 붙어 있어야 목숨 부지할 거 아니에요. 그나저나 뭔가 알아내긴 하셨나요? 플레상스 경의 재주라면 사건 열 개쯤은 해결하고도 남을 시간이 흘렀잖아요."

막시민은 또다시 바로 대답하지 못한 채 시선을 돌렸다. 사실 맞는 말이다. 데보라의 사건은 해결되었다. 데보라의 오빠, 파울은 죽었다. 따라서 쇠의 왕의 졸개들이 더이상 데보라를 추적할 일도 없을 것이다. 그 사실을 알려주면 데보라는 괴로워질까, 홀가분해질까.

결정을 내리지 못했기에 그답지 않은 애매한 답을 하는 수밖에 없었다.

"마법사들한테 잡혀가서 자빠져 자다 오는 바람에 아무 해결도 안 됐어. 근데 그놈들이 너는 더이상 신경쓰지 않는 것 같으니까 그냥 주방 일꾼으로 새 인생 살아라. 일은 좀 덜 시키라고 내가 말해둘게."

눈치를 보던 루시안이 얼른 말했다.

"어, 맞아요. 이제부터는 좀 노세요! 근데 제가 죽기 직전까지 일 시키라고 안 했는데…… 구스틴 아저씨가 소공작의 명예를 생각해서 마음이 급하셨나봐요. 막군 부탁도 있고 하니 제가 주방 보조 세 명쯤 더 채용하면 되죠 뭐! 아깐 오해해서 죄송했어요!"

데보라는 의아한 얼굴로 루시안과 막시민을 번갈아 봤다. 아까 듣자니 카페 주인은 플레상스 경과 친구 사이라던데 이쪽은 왜 이렇게 싹싹하고 또 왜 이렇게 애들 같담. 스무 살도 안 되어 보이는데.

"배려해주셔서 감사하긴 한데 전 플레상스 경을 만나려고 여기 취직했던 거예요. 이렇게 만났으니까 카페 일은 이제 그만둘게요."

이렇게 해서 또 직원 한 명이 나간단 말을 들은 셈이 됐지만 루시안은 그보다 다른 생각으로 고개를 갸우뚱하더니 말했다.

"막군 여기서 진짜로 인기 탐정이었구나. 어쩐지 사람들이 엄청 찾아오더라. 그러고 보니 나도 공짜로 해결해달라고 하면 안 되는 거였네. 선금이라도 낼까? 얼마쯤 내야 해?"

데보라가 경쟁자 보듯 힐끔 루시안을 보더니 질세라 막시민을 다그쳤다.

"자, 자, 3층 사무실 문은 열어놨나요? 오늘부터 거기 가서 자도 되죠? 이젠 날도 따뜻하고 훨씬 살기 좋겠네. 시키실 일은요? 설마 사건 해결을 포기하신 건 아니겠죠? 플레상스 경, 그런 사람 아니잖아요?"

티치엘이 물었다.

"그런데 무슨 사건이에요?"

"말할 수 없어요. 수사중인 건이니까."

막시민은 세번째로 대꾸하지 못한 채 시선을 내려 애꿎은 테이블 모서리를 노려봤다. 포기하지는 않았다. 애초에 그가 해결할 만한 사건이 아니었을 뿐이다. 무능한 인간한테 무슨 기대를 이렇게나 하는 거야. 앞으로 하려는 일은 있지만 그것도 쓸모가 있을지 없을지 모를 시도에 불과하다. 그래서 아무한테도 설명하고 싶지 않았다. 그냥 조용히 떠나려 했었다.

하지만 이젠 할 수밖에 없다. 애초에 엉뚱하게 마주친 군식구에 불과했던 데보라였지만 한 달 남짓 넷이서 궁상을 떨며 시간을 보내고 나니 그 정도는 들을 자격이 생겨나고 말았다. 사람의 자격이 뭐 별거겠는가.

"데보라. 그런 말은 그만해라. 난 네가 기대하는 것 같은 사람이 아니야."

"네?"

데보라가 놀란 눈빛으로 바라보는 가운데 막시민은 눈을 잠깐 감았다 뜨며 테이블을 내려다봤다. 황혼빛이 섞인 햇빛이 테이블 위의 먼지를 달구고 있었다. 그걸 보자니 언젠가의 황혼이 떠오르려 했다. 그날 한 결심 때문에 여기까지 오게 됐을까.

"난 플레상스 경이 아니고 플레상스 경의 손자도 아니야. 그냥 막시민 리프크네라는 시골뜨기 놈팡이일 뿐이야. 사기꾼이라고 부르든가, 그런 건 마음대로 해라. 다만 넌 이제 안전해. 이유는 말할 수 없지만 어쨌든…… 그러니까 어디든 가고 싶은 곳으로 가. 내가 더이상 너한테 해줄 일은 없는 것 같으니까. 그동안 사기치고 헛소리하고 기다리게 해서 미안했다. 잘 가라."

막시민이 벌떡 일어나 망토를 집어드는데 데보라도 자리에서 일어섰다. 오랜만에 처음 만난 날처럼 사나운 눈빛이었다.

"그래서, 탐정 노릇은 그만두시겠다? 애초에 탐정도 뭣도 아니었기 때문에? 그런 웃기지도 않는 얘기를 들으려고 내가 지금까지 당신을 찾은 줄 알아요?"

데보라를 보던 막시민의 눈이 초점 없이 가늘어졌다.

"네가 무슨 대답을 원하는 건지 모르겠다."

"이보세요, 플레상스 경. 아니, 리프크네 씨. 내가 소식도 없이 사라져버린 당신을 지금껏 찾아다닌 건 당신이 유명한 탐정의 손자여서가 아니에요. 그냥 당신이란 사람 때문이었다고요. 나한테 능력을 보여줬잖아요. 마술 같은 추리력을, 감춰진 것들을 파헤치는 재주를, 그리고…… 세상에 널리고 널린 시시한 사연들도 해결할 가치가 있다는 것을."

그건 베네트가 선금을 떠맡기는 바람에 그랬을 뿐이라고 대꾸하려 하는데 데보라의 목소리가 울컥하며 떨렸다.

"그, 그래요. 솔직히 우리는 아무 사이도 아니죠. 이래라저래라 할 자격 같은 게 있을 리 없죠. 애초에 좋게 만난 것도 아니었죠. 나도 청어절임도 애초에 쫓아내든가 무시하고 잠적할 수도 있었을 텐데 당신은 그러지 않았다고요. 왜 그랬어요? 우리 같은 사람들이 다 뭐라고? 나라님도 치안대도 신경 쓰지 않는 뒷골목 인생들이 뭐가 귀해서? 그렇다고 대수롭게 쓸모가 있길 하나, 잔심부름이나 좀 시켰지 중요한 건 당신하고 콜롱브 양이 다 했으면서, 왜 챙기고 거뒀던 거죠? 사무실에 등 붙이고 누울 자리가 남으니 귀찮아서 대충 놔뒀다고 하시려고요? 세상 사람들이 다 그러지는 않는답니다. 내가 일생 만나본 사람들 중 누구도 그래주지 않았어요."

열이 오르자 데보라의 얼굴도 눈가도 붉어졌다. 막시민은 여전히 똑같은 무표정으로 데보라를 보고 있었다. 데보라가 한 말을 다 알아들었으면서도 입에서는 딴소리가 나왔다.

"무슨 소릴 하는 거야. 내가 언제 너희를 챙기고 거뒀다고."

"아직도 못 알아들었어요? 리프크네 씨, 나한테 사기친 거 없다고요. 소식 없었던 것만 잘못했고 그거 말고는 내가 일방적으로 신세졌다고요. 처음부터 끝까지 전부 다! 이름이 뭐였든 그런 건 상관없고, 할아버지가 누구든 상관없고, 제발…… 계속하란 말이에요. 예전처럼. 다시 우리 넷이서. 이름쯤이야 바꾸면 어때요? 로크리 구의 누구도 신경쓰지 않을 거라고요."

점점 눈가가 그렁해지는 데보라를 보다못한 막시민의 입에서 한숨이 새어나왔다.

"그럴 수가 없게 됐다."

"왜요? 당신은……."

"탐정이지. 네 말이 맞아. 이름이 뭐였든. 그래, 도망치려는 게 아니야. 너희를 버리려 했던 것도 아니고. 다른 사정이 생겨서야. 가야만 하는 데가 있거든. 실은 너희한테도 그 시절이 좋았다는 걸 이해를 못했는데…… 아니지, 그래. 너희도 그럴 수 있지. 다들 사람이니까. 그렇게 말해줘서 고맙다."

데보라가 두 손으로 제 뺨을 감싸고 있다가 물었다.

"혹시 우리 무적 비서 아가씨한테 무슨 일이 생긴 건 아니죠? 그분도 와야만 하는데. 그래야 완성인데."

"그런 건…… 아니고."

이스핀 이야기를 조금이라도 해줄까 하다가 결국 도로 삼켰다. 딱히 비밀이기 때문은 아니었다. 얘기하다가 괜히 자신조차 감정이 올라올 것 같았기 때문이다.

"그럼 다시 돌아오나요?"

"그래. 돌아온다면 여기로, 꼭 소식 보낼 테니까."

그때까지 둘 사이에서 눈알만 굴리다가 수상한 낌새를 느낀 루시안이 끼어들었다.

"잠깐만. 왜 갑자기 떠나는 분위기야? 그런 얘기 없었잖아? 어딜 가는데?"

막시민이 루시안을 돌아보고는 이마를 문질렀다.

"그게…… 갑자기 갈 데가 좀 생겼어. 그거 뭐냐, 그래. 휴업이라고. 그렇게 생각해줘라. 열자마자 휴업이라니 웃기지만 내가 원래 그렇지 않냐."

"하지만 사건은…….'

"그건 걱정 안 해도 돼. 카페를 노린 배후가 누구인지는 대략 알겠고 그쪽에서 행동을 개시하지 못하도록 몇 마디 해두고 왔으니까 한동안은 괜찮을 거야. 혹시 그사이 문제가 생긴다면 모나 시드 학교에 가서 콜론나라는 학생을 찾아. 그 녀석이 너한테 해줄 얘기가 있을 거다."

루시안은 어리둥절해졌다. 지금까지 베버 왕립 학교가 문제의 근원인 줄 알았는데 갑자기 모나 시드라고?

막시민이 막 자리를 뜨려 하는데 보리스가 물었다.

"가려는 곳 말인데…… 혹시 킵인가?"

막시민이 돌아서자 둘의 눈이 마주쳤다. 보리스가 담담하게 말을 이었다.

"나도 가게 되어서."

필멸의 땅 변경에 사는 사람들은 지평선을 맴도는 검은 구름을 일상처럼 보아왔다. 소문은 늘 들려왔다. 먼지 폭풍이 어딘가에 있는 마을을 덮치더니 산 것은 아무것도 남기지 않았다고, 수십 년을 버텨온 황무지 사냥꾼들의 여관을 찾아갔는데 모래가 반쯤 집어삼킨 모습으로 텅 비어 있었다든가, 그런 이야기들이다. 많은 사람이 두려워하며 떠나갔지만 또다른 사람들은 남아 있었다. 어떤 곳에서든 어떤 사람은 남기 마련이다.

레코르다블은 과거 자국 영토였던 땅을 조금씩 이런 식으로 잃어왔다. 사람들이 떠날수록 사막화는 더욱 빨라지기에 변경에 정착하는 사람들에게는 여러 혜택이 있었다. 토지는 사실상 공짜였고 가축도 지원해주었으며 우물도 파주었다. 사람들이 버리고 간 집을 그냥 차지하는 것도 허락되었다. 변경에 사는 사람들은 다른 땅에서 실패를 겪었거나 범죄와 재해 등으로 모든 것을 잃었던 사람들이 많았다. 대부분 강인한 사람들이었다.

"오늘은 구름이 좀 크지 않나."

저녁 무렵 서너 명이 손차양을 한 채 지평선을 바라보고 있었다. 오늘 내내 지평선을 타고 넓게 퍼져가던 검은 구름이 황혼녘 탓인지 한층 짙어 보였다.

"그러네."

루그란에서 있었던 사건은 그들에게도 전해졌다. 그러나 자신들의 수도가 파괴된 사건을 주변국에 알려봤자 얕보일 게 뻔했으므로 피해는 축소되어 알려졌다. 지금은 루그두넨스라는 이름의 연방으로 묶여 있지만 한때는 전쟁을 벌이기도 했던 나라들이다. 따라서 소문이 레코르다블의 변경까지 닿았을 때쯤 진실은 흔적 정도만 남아 있었다. 사람이 수십 명쯤 죽었고 건물 몇 채가 파괴되었지만 뛰어난 루그란 마법사들이 나서서 문제를 해결했다고 하던데.

이렇다보니 변경 사람들이 가장 궁금하게 여긴 건 필멸의 땅에서만 돌아다니는 수상한 모래 구름이 어쩌다 레코르다블을 지나쳐 루그란까지 갔을까 하는 정도였다. 루그란 사람들이 뭔가 못된 짓이라도 저질렀나보지?

게다가 마법사만 있으면 해결 가능한 문제라지 않던가. 마을에는 며칠 전부터 마법사 몇 명이 와 있었다. 역시 두르가나 장군님은 변경의 주민들까지 버리지 않고 돌보는 분이고 말고.

"낮에는 저거 절반밖에 안 됐는데."
"마법사님들도 보셨지?"
"아까부터 회의중이신 것 같더라고."
"그럼 뭐 별일 없겠지."

마침내 해가 넘어가자 검은 그림자는 순식간에 번져갔다. 밤의 어둠인 것처럼, 그러나 더 빠르게, 마치 그물을 던지듯 뻗어왔지만 그들은 알지 못했다. 평소처럼 가축들을 몰아넣고 문단속을 했으며 늦게까지 뛰어놀던 아이들에게 저녁을 먹으러 오라고 불렀다. 이상하게 바람이 세차졌다. 미처 못 걷은 홑이불이 후루룩 소리를 내며 검은 하늘로 날아갔다. 어디선가 새끼 양 우는 소리와 아이 우는 소리가 겹쳐졌다. 언덕에서 하늘을 올려다보던 마법사들은 이윽고 하나둘 사라졌다. 어디로 갔는지 몰랐다.

어둠이 평소보다 빠르다고 누군가는 느꼈으리라. 하지만 이웃에게 전할 틈은 없었으리라.

수천억의 모래알이 맞부딪는 소리가 둔중하게 땅을 울린다.

바람이 땅을 후벼파고 바위를 바스러뜨린다.

한 번도 들어보지 못한 굉음이 다가와 기도도 비명도 집어삼킨다.

사람들이 삶을 지켜주길 기원하며 만든 보잘것없는 덮개들이 가루가 되어 산산이 흩어진다.

외교 특사

 5월이 깊어갈수록 켈티카의 날씨는 아름다워졌다. 이 무렵이면 잉크 지구의 학교들은 대부분 시험이 끝났다. 노발리스 거리는 화창한 봄 날씨를 즐기는 학생들로 가득찼고 상점가도 활기를 띠었다. 하지만 어쩔 수 없는 사정으로 4월 말에 개학했던 네냐플레트만은 사정이 달랐다.
 거리에 봄꽃이 흩날려 지든 말든, 이웃 학교 놈들이 하필 네냐플 기숙사 앞에서 술 마시고 낄낄대며 난동을 피우든 말든, 밤낮으로 머리를 싸매고 시험공부에 매달려야 했던 네냐플 학생들의 마음속에는 분노가 쌓여갔다. 너희가 네냐플 시험의 잔혹함을 알아? 우리 학교의 개똥 같은 낙제와 유급과 퇴학 제도를 알아? 진짜 이놈의 시험만 끝나면 거리로 뛰어나가 아침부터 밤까지, 북쪽부터 남쪽까지, 모조리 점령하고 과자점의 진열장을 모조리 비운 다음 술집의 술도 동내고, 술병과 술잔도 열 개쯤 깨부수고, 길바닥에 마법진으로 낙서도 해주고 지붕에 올라가서 불꽃놀이도 엉망진창으로 한 다음 저놈들의 뒤통수 대신 학교 표지석을 걷어차주면서 '네냐플 애들은 다 미쳤나봐' 하고 수군거릴 때까지 신나게 놀고 말겠다!

어쩌다보니 그런 광기의 현장에 끼지 못하고 관조하는 입장이 된 학생들도 있었다. 막시민과 보리스는 가느다란 봄비가 내리던 날 교무관 3층으로 부름을 받았다.

막시민은 미리 싸둔 짐 가방만 들고 바로 학숙을 빠져나왔다. 많은 것을 가져갈 필요는 없다 해서 갈아입을 옷가지나 좀 챙겨넣은 참이었다. 바이올린을 새 천으로 곱게 싸서 넣은 것만이 전과 달라진 점이다. 이제부터라도 정중하게 모시려 하는 이유가 반짝반짝 환골탈태를 해서라고 생각하면 좀 속물 같으니까 다람쥐통에 든 다람쥐들을 보호하기 위해서라고…… 또 그 다람쥐님들이 크나큰 도움을 주실 것 같기도 하고…… 라고 생각하니 이것도 속물 같네.

네냐플레트의 지붕 밑으로 들어선 막시민은 덮어쓰고 온 두건을 젖혀 털다가 교무관 로비에 선 보리스를 보았다. 눈짓만으로 인사를 나누고 나란히 올라가며 물었다.

"루시안이 같이 가겠다고 우기지는 않았냐?"

"그랬지."

"그런데?"

"위험하잖아."

킵이라는 곳이 반드시 가야 할 이유가 없는데 친구 따라 갈 만한 곳이 아니란 건 막시민도 잘 알고 있다. 거긴 좀 고생스러운 산속 캠핑 같은 게 아니다. 적당한 어려움은 사람을 성장시키겠지만 성장하겠다고 목숨을 거는 사람은 없다. 그럼에도 불구하고 감상적인 기분에 빠져 합리적인 판단을 못 내린다면 누군가가 단호하게 끊어줄 필요도 있다. 아마 그 역할은 루시안의 부모가 했을 것이고, 그런 부자 부모는 천금을 준다 한들 아들을 그런 위험천만한 곳에 보낼 리가 없으며, 현실적으로 생각해봐도 막 벌여놓은 카페의 운영 문제도 있고 물론 학업도…….

단순한 대답 속에 들어 있을 온갖 사연을 순식간에 떠올린 막시민은 한쪽 뺨만 실룩하고 말았다. 그보다는 보리스가 이렇게 덤덤한 것이 더 신기했다. 이 녀석한테 말 못할 사연이 많다는 건 알지만 그렇더라도 '이런 위험한 일을 왜 하필 내가?'라는 최소한의 반응조차 보이지 않는 건 묘했다. 어려움을 많이 겪는다고 그런 책임감까지 저절로 생기는 건 아닐 텐데.

"위험한데, 넌 괜찮고?"

계단참에 이른 보리스가 걸음을 멈추며 막시민을 돌아보았다.

"그러는 넌?"

"난……."

막시민이 말끝을 끌며 따라 올라서자 보리스가 말했다.

"난 뭘 하러 가는 건 아니야. 킨 교수님도 내가 꼭 직접 갈 필요는 없다고 하셨어. 말했다시피 위험하니까 말이야."

"그런데 왜 가냐?"

"보호자 역할 같은 거지."

"누굴 보호하는데?"

보리스는 대답 대신 평소처럼 천으로 둘둘 만 채 등에 짊어진 물건을 툭툭 쳐 보였다.

저 안에 든 것이 검이라는 건 막시민도 알지만 학교에는 아직도 모르는 사람이 많다. 그 정도로 쉽게 꺼내놓지 않는 검이다. 평범한 검이 아니란 것도 알고 보리스가 얼마나 소중히 여기는지도 안다. 하지만 아는 건 거기까지고 저걸로 킵에서 뭘 할 수 있는지는 상상이 안 갔다. 어쨌든 검은 무기 아닌가? 로랑이 했던 것처럼 쇳조각들을 베어서 없앨 수는 있겠지만 그건 딱히 근본적인 해결책이 아니었는데. 듣기로는 쥬스피앙이 보리스를 불렀다 하니까 틀림없이 시시한 일은 아닐 테지만.

안내받은 방에 들어가보니 연구생 세 명이 마찬가지로 가방을 들고 기다리고 있었다. 그들은 무척 놀란 기색이었다. 두 사람이 건넨 인사도 받는 둥 마는 둥 하며 자기들끼리 의아한 눈빛을 주고받더니 결국 물었다.

"너희는 어디 가냐?"

막시민이 대꾸했다.

"킵이요."

"너희는 3학년…… 아니 2학년인가…… 하여튼 그렇잖아?"

그들 셋은 연구 과정만 십 년차가 멀지 않은 이른바 '장수 연구생'들이었으므로 일반 학생들이 낙제를 하든 말든 신경 쓸 겨를이 없었다. 그래서 전설적인 낙제생 막시민의 명성도 잘 알지 못했다. 그래서 막시민이 친절하게 그들의 오류를 정정해주었다.

"1학년요."

체력을 아끼기 위해 늘 절반쯤만 뜨고 다니는 장수 연구생들의 눈이 간만에 커다랗게 떠졌으므로 막시민은 얼른 정정했다.

"아 참, 쟤는 3학년이에요."

"……"

그다음부터는 죽음과도 같은 침묵이 흘렀다. 잠시 후 레오멘티스 교수의 조교 잉그릿이 문을 열고 들어와 외쳤다.

"다 모였네? 자, 너희가 마지막이야. 알다시피 전이문을 연속해서 세 개 타야 하니까 먼저 도착하면 나머지가 다 올 때까지 기다리고, 십 분쯤 있다가 같이 출발하는 거 알지? 멋대로 먼저 가버리는 일은 없길 바란다. 자, 서로 인사들은 했고? 안 했으면 가면서 하든가 하고, 곧 출발할 테니까 마음의 준비들 해. 손수건 갖고 왔으면 꺼내고."

보리스는 무슨 소린가 하는 표정이었지만 막시민은 가방 속에서 주섬주섬 머플러를 꺼내 입가에 두르더니 보리스를 향해 뭔가로 코를 가리라는 시늉을 해 보였다.

방 한쪽에는 텅 빈 벽이 있었는데 거기에 흰 분필로 대충 그려놓은 문짝이 있었다. 입체나 명암은 고사하고 죽죽 그은 선 네 개로만 이뤄진 문짝은 완전한 네모조차 아니었다. 문고리는 획 그린 동그라미로만 표시되어 있었다. 설마 저것일까 했는데 잉그릿이 정말로 그 앞으로 다가가 연구생들에게 손짓했다.

"너희가 먼저 가. 쟤들은 어리고 경험이 없잖니."

"잉그릿, 저게 문이야? 아무리 학교 꼴이 말이 아니라지만 전이문까지 이 지경이면 좀 그렇지 않아?"

"뭐가 좀 그런데? 우리 교수님이 벽에 점 하나만 찍어놓으셨어도 기능은 똑같다는 걸 모르지 않을 텐데?"

"그래그래, 어련하시겠냐."

한 명이 다가가더니 문고리, 그러니까 휙 그린 동그라미로 손을 뻗었다. 그런 다음 무슨 일이 일어났는지 모르지만 그의 모습은 지워졌다. 다음 연구생 둘도 마찬가지였다. 막시민이 보리스에게 속삭였다.

"저래 보여도 뭔가 만져지긴 할 거야. 그냥 들어가면 돼."

"……."

보리스는 아무 대꾸가 없었다. 이윽고 막시민은 다가가 동그라미를 잡았다. 예상대로 그곳에는 정말로 문고리가 있었다. 잡아당기자 강한 빛과 바람이 밀려들고 한 발짝 나아가자 주변이 지워졌다. 잠깐 동안 허공에 붕 뜬 느낌이 들며 어지러워지더니 금세 단단한 바닥이었다. 주위를 둘러보니 대리석 파빌리온처럼 생긴 둥근 방이 보였다. 여기가 오를란느인들이 말하던 엘윙인가?

이번엔 제법 조용한 여행이었다. 프시키들이 떠들던 기억을 떠올린 막시민은 쓴웃음을 지었다. 바이올린 속에 얌전히 숨어 잠이라도 자고 있는 모양이지. 그렇게 생각하니 진짜 다람쥐들을 담고 가는 기분이네.

잠시 후, 보리스가 굳어진 표정으로 나타났다. 얘는 장거리 전이문을 처음 타본 거겠지, 하고 생각한 막시민은 격려라도 해줄 생각으로 다가가다가 멈칫했다. 엄청난 냄새가 풍겼기 때문이다. 이것도 사람마다 다른 건가?

"와, 이게 뭐냐."

연구생들이 코를 쥐고 있는 가운데 막시민이 한쪽에 마련된 매트를 가리켜 보이자 보리스가 엄숙하게 걸어와 거기에 발을 문질렀다. 하지만 오렌지색 반죽은 신발뿐 아니라 등에 짊어진 짐에도 만만치 않게 묻어 있었다. 그런데 보리스는 마치 이런 상황을 예상이라도 한 것처럼 천을 한 겹 벗겨내더니 둘둘 말아 매트 옆에 두었다. 준비성이 있는 줄은 알았지만 두 겹일 줄은 또 몰랐는데.

그렇게 현명하게 상황을 해결했는데도 굳은 표정이 풀리지 않았으므로 막시민이 물었다.

"넌 뭔 생각을 하는데 표정이 그러냐."

보리스는 보는 사람이 움찔할 만큼 무서운 표정으로 대꾸했다.

"내년에 유급하면 어떤 기분일지 생각하고 있었어."

작년에 쥬스피앙은 '필멸의 땅에 기숙사를 지어서 네놈을 보내버리겠다'와 비슷한 말을 한 적이 있었다. 그때는 망할 농담처럼 들렸지만 이제는 무슨 뜻인지 안다. 그런데 그사이 상황은 또 바뀌어서 이번에는 대안 과정 같은 것이 아니라 팔자에도 없고 학칙에도 없으며 세상 어디에도 존재한 적이 없는 괴상한 직책으로 머무르게 되었다.

그 사실을 알게 된 건 킵에 도착해서 소속을 확인받는 자리에서였다. 네냐플 조교들이 대기하고 있다가 킵의 아노마라드측 보안 책임자에게 이렇게 설명했기 때문이다.

"저 친구는 대마법사님께서 요청한 실험의 참관인으로 왔고, 이쪽은 대對 오를란느 외교 특사입니다."

"학생이 외교 특사라고?"

보안 책임자는 의심쩍은 눈빛으로 막시민을 봤다. 물론 막시민도 당황해서 조교를 쳐다봤다.

"잠깐만요. 그게 뭔데요?"

"내가 정한 거 아니니까 교수님들한테 물어봐."

그렇게 영문도 모른 채 거창한 직책이 적힌 체류 허가서와 출입패를 받아들고 숙소를 찾아가는 기분은 아리송하면서도 복잡했다. 대체 교수들은 나한테 뭘 기대하는 건가, 그런 황송한 이름을 붙이고 싶었으면 미리 뭐라도 설명을 해주면 좋았잖아, 이보다 상식적이고 소박한 이름은 정말로 없었던 건가, 이러다 공식 회담장 같은 데로 끌려나가는 건 아니겠지.

심지어 어지간한 보리스조차 방에서 나오자 막시민을 힐끔 봤다. 막시민이 재빨리 먼저 말했다.

"너 지금 웃겨서 쳐다보지?"

"아니. 괜찮나 싶어서."

"뭐가?"

"외교인가, 그런 거 할 줄 알아?"

막시민은 오히려 의아한 눈빛을 보냈다. 얘는 뭘 또 이렇게 진지하게 받아들인 거야.

"야, 이름만 그런 거지. 내가 진짜로 특사겠냐?"

"아닌데 왜 그런 이름을 붙이지?"

"아니, 이건 그냥 교수들이……."

막시민은 말을 잇다 말고 문득 의혹에 사로잡혔다. 보리스의 지적이 타당하다는 생각이 들어서였다. 외교할 일이 없는데 왜 외교 특사라고 부르는가. 이처럼 무게감 넘치는 이름을 적당한 명칭이 떠오르지 않는다고 아무렇게나 붙일까? 최근 들어 네냐플 교수들한테서 뜻밖의 모습을 자주 보다보니 당연한 듯 헛소리라고 생각했지만 작년 이맘때의 막시민이라면 보리스와 똑같이 생각하지 않았을까. 그럼 설마 교수들이…… 아니면 쥬스피앙이 진짜로…….

불길한 예감으로 등을 움츠린 채 둘은 밖으로 나왔다. 요즘 들어 막시민의 인생에 놀라운 일이 끝이 없긴 한데 킵이라는 곳의 풍경마저 그랬다. 작년에 막시민이 먼발치에서 본 황혼녘의 킵은 시커먼 그림자였는데 낮의 빛 아래에서 보니 기괴한 분홍색이었던 것이다. 이런 식재료 같은 색으로 건물을 만들 필요가 있었나?

"천 년 전 사람들의 취향에 이제 와서 불평해봤자란다."

안내를 맡은 조교 메릭이 막 도착한 사람들이 무슨 생각을 할지 안다는 것처럼 한마디 던졌다. 둘은 메릭을 따라 먼저 주거용 별채인 '우물관'에 들러 일용품을 지급받았다. 그런 뒤 다시 킵 안에 있는 숙소로 가야 했다.

거대한 단일 성곽인 킵은 크게 보면 도넛 같은 형태였다. 도넛 내부에도 주거할 수 있는 방들이 있지만 대부분 창문조차 없다보니 살기에 쾌적한 곳은 아니었다. 그래서 마법사들은 도넛 고리 안쪽에 임시방편으로 주거용 건물들을 세웠고, 그게 우물관 같은 곳이었다.

임시방편인 이유는 이곳조차 킵의 일부인지라 바닥을 조금도 파낼 수 없었기 때문이다. 기초를 닦지 않은 채로 정상적인 건물을 세울 수는 없다. 따라서 벽체며 기둥 따위를 마법으로 지탱한, 마치 장난감 블록을 쌓은 듯한 구조물들이 만들어졌다. 누가 깜빡 졸면 무너지는 게 아닌가 싶지만 마법사들은 의외로 신경쓰지 않았다. 군인들은 사정을 잘 몰랐으므로 태평했다. 가장 신경쓰는 건 네냐플 연구생들이었다.

"야, 아까 기둥 흔들리는 거 봤어? 벽도 가끔 움직이는 것 같던데."

"좀 흔들린다고 무너지는 건 아니잖아."

"너 진짜 태평하다. 돌기둥이 흔들리는데 무섭지도 않냐?"

"기둥 하나하나에 마법 걸어놨을걸. 가끔 흔들리는 것도 그래서고. 혹시 뭐 하나 넘어지더라도 나머지는 그대로 허공에 떠 있게 되겠지. 그러니까 걱정할 필요는 없긴 한데…… 나도 방은 킵 안으로 옮기려고."

그런 이유로 네냐플 연구생들의 방은 상대적으로 살기에 나은 우물관이 아니라 킵 내부로 결정되었다. 맨 마지막에 도착한 막시민과 보리스는 의견을 낼 기회도 없이 각자의 침대와 탁자 하나뿐인, 창문도 없는 방을 숙소로 배정받았다. 물론 둘만의 방은 아니었고 연구생 두 명도 함께였다.

소지품도 거의 없는 짐이지만 그나마 꺼내놓을 옷장이나 선반조차 없어서 모든 물건은 그냥 가방 속에 놔두게 되었다. 사실 가구 같은 건 아무래도 좋았다. 킵은 어디나 건조하고 목이 말랐다. 방이나 복도에도 모래 먼지가 굴러다녀서 얼굴이며 입안이 깔깔했다.

짐만 놓고 바로 네냐플 본부로 오라고 했기에 나가려다보니 보리스는 얇고 커다란 천으로 머리와 입가를 감싸고 눈만 내놓고 있었다. 먼지가 많은 이곳에서는 적당한 옷차림인 것 같아 머플러로 비슷하게 따라 해보던 막시민이 말했다.

"넌 항상 준비성이 있더란 말이야."

"경험이 있는 거지."

"언제 이런 데서 지내봤다는 거냐?"

"킵은 아니고."

하긴, 그러고 보면 보리스는 필멸의 땅에 가본 적이 있다고 했다. 갑자기 질문하고 싶은 것이 잔뜩 생겼지만 메릭이 앞장서서 걷고 있었기에 뭔가를 더 묻기는 곤란했다. 네냐플 본부는 킵의 남쪽 구역에 있었다. 바위로 된 문 앞에 이르러 메릭이 손에 쥔 출입패를 갖다대자 바위가 옆으로 밀려나며 내부가 드러났다. 메릭이 말했다.

"너희도 하나씩 받았지? 앞으로는 그걸로 열면 돼. 잃어버리면 크게 곤란해지니까 조심해라. 외부인 출입이 금지여서 관리가 엄격하거든."

검고 반들거리는 돌로 만든 출입패를 새삼 만지작거리며 막시민이 물었다.

"우리도 다른 나라의 영역에 함부로 가면 안 된다는 뜻입니까?"

"잘 이해했네. 타국만이 아니야. 아노마라드군도 네냐플과는 소속이 다른 걸로 이해해둬. 킵에는 사람이 살 수 있는 곳이 한정적이고 넓힐 자리도 없는데 거주자가 계속 늘어났거든. 여러 나라에서 온 군인들이 몇 년이나 물리적으로 어깨를 부딪쳐가며 살아왔다보니 영역 문제에 다들 민감해. 충돌도 몇 번이나 있었고. 최근에는 전략 문제로도 대립이 있어서 더더욱 감정이 좋지 않으니까 오해 살 일은 애초에 하지 않는 편이 좋아."

문 안쪽에서 다른 목소리가 말을 받았다.

"그래. 그게 바로 너한테 특사라는 이름이 붙은 이유지."

누군가 했더니 브로콜리…… 아니 콜러 교수였다. 이번 학기에 눈에 안 띈다 싶더니 킵에 와 있었던 모양이었다. 커다란 테이블 안쪽에 혼자 앉아 수십 장의 서류를 검토하고 있다가 고개를 들며 둘에게 들어오라고 손짓했다. 건조하고 정전기가 많이 일어나는 킵에서 특유의 머리 모양은 한층 크게 부풀어올라 있었다.

막시민이 어물어물 목례를 하며 물었다.

"아, 교수님. 오랜만입니다. 안녕하시죠. 그런데 제가 왜 외교 특사가 됐다고요?"

"오해를 살까봐."

"외교할 일도 없으니 외교를 한다고 오해 살 일도 없을 텐데 대체 무슨 오해를……."

"네가 외교를 할 일이야 물론 없지. 난 외교가 뭔지도 모른다만 어쨌든 나도 모르는 걸 네가 하겠니? 하지만 문제는 남들의 눈이야."

막시민은 여전히 맥락을 이해하지 못한 채 말을 받았다.

"남들이 보기에는 제가 외교를 하는 것처럼 보인다는 건가요?"

"오, 바로 그렇단다. 그러니 특사라는 거창한 직책으로 소개하지 않으면 안 된다는 거야. 그러지 않으면 오해를 사잖니."

"아니, 하지만 제가 애초에 외교인지 뭔지 하는 걸 할 이유가……."

콜러 교수는 설명이 충분하다고 생각한 듯 고개를 돌려 보리스를 보았다.

"안됐지만 너도 좀 기다려야 하게 됐다. 쥬스피앙 님한테 바로 오시지 못할 사정이 생겼어."

보리스가 물었다.

"그분이 안 오시면 진행이 어렵습니까?"

"그렇지. 그분이 뭘 하려 하시는지는 그분만 아시니까."

"얼마나 기다려야 할까요?"

"그것도 모르겠어. 꽤 길어질 수도 있을 것 같아."

이 먼 곳까지 불러놓고 오자마자 일정 변경이고 기약도 없이 기다려야 한다니, 대마법사라 하지만 지나치게 제멋대로다. 보리스가 정중하게 말했다.

"그 점을 미리 알려주셨으면 학교에서 대기할 수 있었을 것 같습니다. 시험도 앞두고 있었고요."

"우리도 유감이구나. 너도 황당하겠지. 충분히 이해한다. 하지만 어쩔 수가 없었다. 최근 근방에서 위험한 사건이 벌어져서 긴장한 아노마라드군이 켈티카로 이어지는 전이문을 폐쇄하라고 요구해왔거든. 물론 우리가 전이문을 만드는 데 그쪽의 도움 같은 건 필요 없지만 문제는 지금 네냐플이 켈티카에 와 있다는 거야. 아노마라드군은 어떤 전이문이든 켈티카로 연결하는 건 불가라는 입장이고. 그래서 킵에 와야 하는 사람들은 오늘까지 다 건너오는 수밖에 없었어. 좀 시간이 지나고 긴장이 풀리면 켈티카 근교로 연결하는 문을 다시 열든가 하겠지. 저들도 불편할 테니까."

"그럼 쥬스피앙 님도 그것 때문에 늦어지는 건가요?"

"아니, 그럴 리가 있겠니? 그분한테 남이 만든 전이문 같은 건 필요가 없어. 그냥 다른 사정이 생기신 것뿐이야."

어떻게 봐도 뻔뻔하게 들리는 사정 설명이었다. 학생의 사정 따위는 안중에도 없다는 것처럼. 막시민은 보리스의 무표정을 건너다보며 이 친구가 전이문을 건너오자마자 했던 말을 떠올렸다. 지금껏 유급한 적이 없다가 여기 와서 하릴없이 기다리다가 시험을 놓친다면 억울할 만도 하겠지. 보리스는 막시민이 아니니까 말이야.

친구를 거들어야겠다 싶어진 막시민이 물었다.

"대마법사님한테 뭔 사정이 생겼는지, 그 정도는 설명해주시면 좋지 않겠습니까? 아무것도 모르고 기다리는 것보다는 낫죠. 얘는 도와드리려고 시험도 포기하고 온 건데요."

콜러 교수의 머리가 생각에 잠긴 듯 갸우뚱해졌다. 조교인

메릭은 나가고 없었다. 교수가 둘에게 가까이 오라고 손짓하더니 한 톤 낮아진 목소리로 속삭였다.

"이제부터 하는 이야기는 대외비일 뿐 아니라 조교나 연구생들한테도 말해선 안 된다. 틀림없이 다들 크게 놀랄 테고, 지금 킵의 상황은 그런 혼란을 견딜 힘이 없어. 하지만 외교특사인 너는 알아둬야 할 부분이겠지. 보리스 너도 곧 쥬스피앙 님을 만나면 어차피 알게 될 테고."

"아니, 그 외교인지 뭔지를 왜 제가……."

막시민이 하려던 항변은 이어 나온 충격적인 소식에 삼켜져버렸다.

"쥬스피앙 님이 네냐플 본교 전체를 이공간에 넣었어."

막시민은 즉시 쥬스피앙이 루그란에서 프시키들을 이공간에 가뒀던 일을 떠올렸다. 그것만으로도 이만저만 부담을 짊어진 게 아닌데 이젠 네냐플이라고?

"대체 어쩌다가 그런 일을 하시게 된 겁니까?"

"얼마 전 변종 프시키들이 레코르다블 변경 지역을 삼켰어. 아노마라드군이 긴장하게 된 바로 그 사건이지. 여기저기 흩어진 마을들을 합치면 대략 수백 가구나 된다는데 지금은 모래뿐이고 아무것도 안 남았단 말이야. 그런데 그놈들이 서쪽으로 움직일 기미가 보인다는 거야."

"하지만…… 그래도 네냐플은 한참 멀잖아요?"

"루그란 사태 못 봤어? 변종들이 하늘을 건너와서 멀리 있는 루그란을 덮쳤지 않니. 이젠 어디든 안전하지 않아. 그놈들이 어디를 목표로 할지 예측할 수도 없고. 만약 네냐플을 덮친다면 최악의 사태가 되는 거지. 사람은 없지만 온갖 중요한 기록과 마법 재료와 유물이 그득하고, 또 포도원이 있단 말이다."

네냐플이 위험하다. 몇 년 전까지만 해도 온 대륙에서 가장 안전하다고 믿었던 장소가. 이런 상황을 꿈에라도 상상해보았을까? 막시민은 머릿속을 마구 뒤져 뭐라도 끄집어냈다.

"안고니나의 커튼은요?"

"물론 훌륭한 보호 마법이지만 오래됐지. 이젠 조금씩 균열이 있어서 완벽하지 않아. 그것만 믿고 있을 수 없다는 건 우리도 동의했어. 그런데 쥬스피앙 님은 안고니나의 커튼을 해제하지도 않고 그대로 이공간에 넣었다는 거야. 그게 얼마나 위험천만하고 끔찍한 짓인지…… 너희는 말해도 모르겠지."

콜러 교수가 깊은 한숨을 내쉬며 손수건을 꺼내 이마를 닦았다.

"그뿐이 아니지. 가장 큰 문제는 따로 있어. 바로 포도원인데, 너희도 알겠지만 포도원은 그 자체가 이공간으로 연결되는 통로란 말이야. 강력한 인력이 양방향으로 작용하는 뻥 뚫린 문이라고. 그런 걸 이공간에 집어넣어? 아, 상상만 해도 무섭구나. 회오리바람을 포대자루에 가둬놓고 구멍이 뚫리지 않길 바라는 거나 다름없는데 대체 이걸 어떻게 받아들여야 할지……."

콜러 교수는 학생들이 이해할 수 없는 공포로 호흡곤란이라도 온 것처럼 가슴을 두드려대며 얼굴을 찌푸렸다. 마법 문외한으로서 교수가 느끼는 두려움을 정확히 이해할 순 없었기에 막시민은 그저 이렇게 뇌까리는 수밖에 없었다.

"그런 위험한 걸…… 달리 할 사람이 없었겠죠."

"나야 물론 못 한다만 레오멘티스 교수님이 계시잖니. 소식을 듣고는 보기 드물게 격분하셨어. 저 혼자 모조리 짊어지고 어쩔 참이냐면서. 사실 나도 이해는 안 간다. 이공간 두 개가 저마다 터지려고 요동칠 텐데 그걸 어떻게 한 사람이 가눌 수가 있는지. 하여튼 그래서 쥬스피앙 님이 당장 오실 수가 없는 거야. 지금은 한 발짝 내딛기도 위험해서 사실상 아기나 다름없으니까. 티치엘이 급하게 아버지 곁으로 갔는데 적응이 될 때까지 돌봐드리다가 좀 안정이 된 후에 모시고 오지 않을까 싶어. 그게 언제가 될지는 모르겠지만."

이야기를 다 듣는 내내 보리스는 아무 말도 하지 않았다. 막시민은 문득 보리스가 이 이야기를 다 이해한 걸까 싶었다. 킵에 오기로 결정한 걸 보면 무슨 이야기를 듣긴 했을 텐데 누가 얼마나 해준 걸까?

보리스는 아무것도 묻지 않고 짧게 말했다.

"알겠습니다."

콜러 교수가 덧붙였다.

"그리고 시험은 걱정 마라. 너희 둘 다 킵에 왔으니까 대안과정으로 처리되어서 이번 학기 성적은 시험 없이 받을 수 있을 거야."

그건 막시민도 역사상 처음으로 낙제 없이 학기를 마치게 될 거라는 소식이었지만 이제 와서는 중요한 일이라는 느낌조차 들지 않았다. 그러기에는 학교가 통째로 사라졌다지 않은가.

콜러 교수가 읽어보라며 건네준 서류 몇 가지를 가지고 본부를 나오자 막시민이 보리스를 봤다.

"방금 콜러 교수님이 한 얘기들 말인데, 너도 오기 전에 어디서 들었던 거냐? 루그란 얘기라든가, 쥬스피앙 님이 뭘 하고 있는지 같은 거."

예상대로 보리스는 고개를 끄덕였다. 막시민이 다시 물었다.

"누구한테?"

"티치엘."

너무 당연한 얘긴가? 하지만 막시민은 얼떨떨하게 되물었다.

"티치엘이? 언제?"

"좀 됐어. 떠나기 전에도 들렀고."

학교로 돌아온 뒤로 티치엘을 자주 보지는 못했지만 몇 번 마주쳤을 때도 평소와 다르지 않은 모습이어서 오히려 예상하지 못했다. 늘 그렇듯 상냥하게 동기들의 하소연을 들어주고 루시안의 카페까지 신경써주고 있었기에 혹시 쥬스피앙이 딸에게는 걱정을 끼치고 싶지 않아 아무 얘기도 안 해준 건가 생각하기까지 했다.

하지만 다시 생각해보면 티치엘은 마법사였다. 웬만한 연구생이나 조교보다도 뛰어날 것이다. 쥬스피앙이 딸을 사랑하는 방식 또한 안전하게 보호만 하는 것과는 거리가 멀었다. 그러고 싶었다면 애초에 네냐플에 보내지도 않았을 거고. 예전에도 몇 번이나 먼 곳까지 중요한 심부름을 보내곤 했는데 이번이라고 갑자기 어린애 취급을 했을 리가 없다.

하지만 마법사로서 아버지가 뭘 하는지, 그게 얼마나 위험한 일인지 다 알고도 어떻게 평정을 유지할 수가 있을까?

"걔는…… 괜찮아?"

보리스도 괜찮지 않은 상황에서 적절한 질문인가 헷갈렸지만 그냥 튀어나왔다. 보리스는 잠깐 생각하는 듯하더니 말했다.

"사실 괜찮지는 않을 거야."

"억지로 괜찮은 체하고 있다 그거냐?"

"글쎄. 우리보다는 마법에 대한 이해가 훨씬 깊으니 우리가 다 예상할 순 없겠지. 내가 보기엔 책임감 같은 게 있는 것 같아."

"책임감이라니, 걔가 뭘 책임져야 하는데?"

"마법 윤리 시간에 배운 적이 있잖아. 마법사들은 세상이 시작되도록 한 그 힘을 이용하는 존재다. 평범한 사람의 수십 배에서 수천 배까지 힘을 이용하는 마법사들은 그만큼 더 큰 책임을 진다."

막시민은 물론 그런 걸 배운 적이 없었지만 무슨 말인지는 어렴풋이 이해할 듯했다. 쥬스피앙은 자신을 '윤리적인' 대마법사라고 불렀으며 그 점에 자부심도 갖고 있었다. 윤리적이어야 대마법사가 되는지, 대마법사이기 때문에 윤리적이 된 건지, 전후 관계는 몰랐지만 어쨌든 둘은 관계가 있다. 어쩌면 윤리적이지 않은 사람은 상위 마법을 배우다가 뭔가에 걸려 넘어지는지도 모른다. 그 결과 하나하나 사라져가고 나머지만 남아 대마법사가 된 건지도 모르지. 그리고 티치엘이라면 틀림없이 강력한 대마법사 후보일 테니까…….

거기까지 생각하다가 티치엘이 자기 또래라는 사실을 떠올린 막시민은 다시 고개를 젓고 말았다. 마법사들의 투철한 책임감은 잘 알겠지만 백 살, 아니 적어도 오십 살쯤은 먹은 뒤에나 하나뿐인 가족인 아버지가 온 세상 사람들 대신 언제 터질지 모르는 폭탄을 두 개나 짊어진 상황을 침착하게 받아들여야 하는 게 아닐까?

"그래…… 아니, 난 모르겠다. 걔도 그냥 화를 내거나 하소연이라도 하는 게 좋을 텐데. 하긴 너도 마찬가지지. 넌 왜 그렇게 침착한 거냐? 학생 주제에 이런 위험한 곳에 끌려왔으면서."

그때쯤 둘은 숙소 앞까지 돌아와 있었다. 보리스가 문을 열면서 말했다.

"침착하진 않아. 다만 여기 와서 보니 이 많은 사람이 그동안 온 대륙 사람들이 평화롭게 살도록 애쓰고 있었다는 걸 알았어. 그러니까 나도 약하게 굴 일은 아니지."

막시민은 미심쩍은 눈빛으로 보리스를 쳐다봤다. 이 녀석도 윤리적인 대마법사가 될 재목인가?

물론 덕택에 안전했으니 고맙다고 느낄 순 있겠지만 보통은 가족들이라도 떠올리며 그런 생각을 할 텐데 보리스는 남은 가족도 없이 혼자라고 들었다. 하지만 잘 생각해보니 가끔 편지 쓰는 걸 봤는데 루시안이 연애편지라고 헛말을 했다가 정정한 기억이…….

그런 생각을 하며 방으로 들어서던 막시민은 아까는 없던 연구생 두 명이 돌아와 있는 걸 보고 멈칫했다. 만난 게 문제가 아니라, 둘 다 거의 똑같은 황갈색 가죽 코트를 껴입고, 수상하게 챙이 넓은 모자까지 쓰고 있지 않은가?

"저기 뭐냐, 안 더우세요?"

"아하, 이 코트 말이냐?"

연구생 마브니가 싱글대며 모자챙을 툭툭 쳐 보이더니 갑자기 양어깨와 심장을 잇는 수인을 맺으며 엄숙하게 말했다.

"이 미친 유령들을 무덤에 처박아 봉인하고 숙면의 축복을 내리노라."

그러자 나머지 한 명도 따라 했다. 막시민은 술도 안 마시고 이런 짓을 하다니 과연 연구생들은 부분적으로 미쳤구나 하는 표정으로 물었다.

"……뭐하세요?"

"너, 아라스키스 베일이라고 들어봤어? 전설적인 악마 사냥꾼인데 그 사람이 시체 천 구를 무덤으로 돌려보낼 때마다 이 수인을 그었거든. 어때, 멋지지?"

"그건 아는데……."

마브니가 말을 이었다.

"그 사람이 이런 멋진 코트와 모자를 걸치고 다녔다기에 이번에 단체로 마련했지! 어떠냐? 나가서 유령 사냥 좀 할 것 같냐?"

이런 인간들을 만날 때마다 상대적 상식인이 되고 마는 막시민이 지적했다.

"나가면 안 된다던데요."

"그건 알아! 젊은 애들이 생각보다 답답하니 재미가 없네. 야, 우리가 언제 또 필멸의 땅에 와보겠어? 이런 먼지 날리는 데서 한 달이나 처박혀 지내야 하는데 뭐 하나 재밌는 거라도 있어야지. 그런 표정으로 보지 말고 부러우면 너희도 따라 해."

나머지 하나가 킬킬 웃더니 코트 옷깃을 세워 보이며 말했다.

"너희도 연구생이 되어보면 우리 심정을 이해할 거다. 우린 말이야, 어디서든지 재밌게 지내는 법을 찾아야 해. 안 그러면 숨이 막혀서 죽고 말거든. 다시 말해 생존책이란 말이야."

막시민은 문득 같이 오던 연구생들의 가방이 불룩했던 것을 떠올렸다. 그 커다란 짐 가방 속에 중요한 마법 물품이라도 넣어 온 건가 했는데 이런 것을 싸 오느라 그랬단 말이냐.

어쨌든 그 말이 조금 이해가 가기도 했으므로 대충 고개를 끄덕여주려는데 보리스가 말했다.

"재밌겠네요."

마브니가 반색했다.

"그렇지? 너도 가끔 빌려줄게. 이거 은근히 여기 풍경이랑 잘 어울린다? 누가 크로키 마법을 쓸 줄 알 텐데, 그림 몇 장 멋지게 남겨가지고 가자. 햐, 한 달, 길다 길어."

막시민은 보리스를 힐끔 보며 진심으로 하는 소리인가 가늠해보려 했지만 늘 그렇듯 무표정이었으므로 실패했다. 대신 저 황갈색 코트와 모자를 보리스가 걸치면 좀더 근사해 보이긴 하겠다고 생각했다.

이틀 뒤.
최근 킵에 들이닥친 연구생들이 '도넛 광장'이라고 부르기 시작한 킵의 중앙부에는 그날도 강렬한 햇볕이 내리쬐고 있었다. 막시민은 그런 곳에서 황갈색 반망토의 옷깃을 세우고 지옥으로 들어가는 영웅처럼 뚜벅뚜벅 걷고 있었다. 챙 넓은 모자도 쓰고서.

물론 막시민이 연구생들의 유령 사냥꾼 놀이에 동참하기로 한 것은 아니었다. 그게 꼭 유치해서만은 아니고 인간의 근본 중추가 낙제생인 막시민이 연구생들의 심정을 진심으로 이해할 일은 좀처럼 없었기 때문이랄까.

그럼에도 불구하고 이런 모습이 된 데는 나름 사연이 있었다. 킵은 낮에는 더워도 해만 저물면 매우 쌀쌀하다고 했기에 옛친구가 준 반망토를 혹시나 하고 가방에 넣었는데 그게 하필이면 킵의 최신 유행색이었다. 역시나 유행을 선도하는 친구는 다르다. 모자는 연구생 한 명이 자기 모자가 머리에 껴서 아프다며 막시민에게 떠맡겼는데 햇빛을 피하기에 좋았다. 그야 악마 사냥꾼인지 유령 사냥꾼인지도 괜히 모자를 썼겠냐고. 눈이 부시면 유령이란 놈들도 잘 안 보이든가 그랬겠지.

작은 문제가 있다면 그 복장이 누구보다도 막시민에게 잘 어울렸다는 것뿐이었다. 그래서 딱히 가려는 곳도 없이 도넛 광장을 어슬렁대고 있을 뿐인데도 비장한 결단을 내리고 홀로 킵 밖으로 걸어나갈 것 같은 인상을 주었다. 그야 이유 없이 심각해 보이는 건 막시민의 특기였으니까.

따라서 그를 불러 세우고 싶은 사람도 많았다.

"거기 잠시만요!"

"그쪽으로 가시면 안 됩니다!"

오늘부터는 막시민도 나름 대책을 세우고 나왔다. 누가 자기를 부르려는 것 같으면 슥 돌아서서 반대쪽으로 걷기 시작한다. 그런 식으로 몇 개 안 되는 건물들 사이를 한 시간째 빙빙 돌다가 가끔씩 망토로 감춰서 옆구리에 낀 바이올린을 곁눈질하며 은밀히 중얼대기도 했다.

"야, 고향의 맛은 어떠냐. 반겨주는 고향 사람들은 좀 있냐? 숨겨놓은 보물은? 옥상 가자고? 그건 좀 기다려봐. 일단 여기부터 잘 살펴보자고."

대답은 들려오지 않았다. 하지만 막시민도 상관하지 않았다. 어차피 저놈들도 대답은 하고 싶을 때만 하니까 이쪽도 말하고 싶을 때 말하면 그만이라는 논리를 체득했기 때문이다.

그사이 막시민도 자신에게 '외교 특사'라는 거창한 이름이 붙은 의미를 알게 되었다. 킵에 모인 여러 나라의 군대와 마법사들은 사 년째 부대끼며 생각 이상으로 감정이 악화되어 있었다. 그렇다고 대놓고 싸울 수도 없고, 반면 철수할 수도 없다보니 문제의 소지를 줄이자면 최대한 접촉을 막을 수밖에 없었다. 각 세력은 의견을 나누거나 협력할 필요가 있을 때 나설 소통관의 숫자를 정해놓았다. 나머지는 간단한 대화를 나누는 것조차 금지였다.

그간 악의 없이 시작된 가벼운 대화가 우호와 선린으로 이어지기보다 갈등, 다툼, 심지어 패싸움으로 이어진 경우가 많았기 때문에 정해진 정책이었지만 당연히 이는 부작용을 낳았다. 대화를 나눌 수 없는 상대란 괴물로 보이기 쉽다. 타국 군인들이 협력 가능한 인간이 아니라 뭘 모르는 놈, 억지만 부리는 놈, 거만한 놈, 정신 나간 놈으로 보이게 되는 것이다.

이런 문제를 꽤 많은 사람이 느꼈지만 한 사람이나 한 세력이 하루아침에 고칠 수 있는 문제가 아니었으므로 해결은 자꾸만 뒤로 미뤄졌다. 그보다는 당면한 문제가 큰일이었고 그건 갈수록 커지기만 했다. 어쨌든 이런 상황인지라 막시민이 오를란느 사람과 한 마디라도 나누자면 뚜렷한 직책이 필요했다. 기존에 일하던 소통관들을 밀어낼 수는 없으니 새로운,

그것도 매우 중요해 보이는 직책명이 급조되었는데 듣자니 로렐딘 교수의 아이디어라나.

그리고 그건 정말로 중요하게 받아들여졌다.

"네냐플의 외교 특사시라고요? 아, 실례했습니다."

몇 번인가 길을 잘못 들어 타 세력 구역으로 들어갔을 때, 실수했다는 사정을 구구절절 설명하는 것보다 훨씬 빠른 해결책이 이 수상쩍은 감투였다. 직책명이 새겨진 출입패를 보여준 다음, 중요한 용건이 있는 듯한 표정으로 뚜벅뚜벅 걸어가기만 하면 된다.

이렇다보니 지낼수록 고맙긴 했는데 내심은 조금 켕겼다. 이런 특혜에 어울리는 활약을 해줘야 할 느낌이 들었기 때문이다. 그게 무엇인지는 아무도 모르고 막시민도 모른다. 아니, 저쪽에서 뭘 원하는지는 알지만 그게 정답이란 느낌이 안 들고 다른 답이 있을 것만 같은데 그게 무엇인지를 모른다. 그런 채로 기다리고 있지만 여전히 오를란느에서 누가 도착한다는 소식은 없었다. 꽤 시간이 걸릴 거라고는 했지만…….

실은 이상할 정도로 긴장이 되었다. 기다리기만 하면 이스핀이 온다. 물론 이제는 탐정 사무소에 날마다 들르는 어느 남작의 비서가 아니라 오를란느의 공녀 샤를로트겠지만, 그게 대수인가? 이름이 달라진다고 다른 사람으로 바뀌는 것도 아니고 이스핀이 어떤 애인지는 웬만큼 알고 있다. 심지어 오를란느로 직접 찾아가려고까지 생각했던 적도 있지 않던가. 헤어진 지 그리 오래된 것도 아니다. 넉 달은 되었나? 신하들을 거느리고 있겠지만 한둘은 아는 사람일 거고 네냐플이 준 수상한 감투를 내세우면 대화하는 것도 그리 어려운 일은 아닐 테지.

그런데도 어느 날 오를란느 구역에 불려가보니 저만치 신하들로 둘러싸인 이스핀이 앉아 있을 상상을 할 때마다 식은땀이 나는 것 같고, 저도 모르게 입술을 깨물며 얼굴을 찌푸리게 된다. 차라리 킵에 무슨 일이라도 닥쳐서 어지러운 와중에 마주쳤으면 좋겠다는 헛생각까지 들 지경이다. 도착 예정일이라도 있으면 좋을 텐데 그것도 모르겠고, 가서 물어보고 싶어도 주둔중인 오를란느군 중에 아는 사람이 있을 리 없고…….

"와, 마법사님!"

생각에 잠겨 걷다가 무심코 너무 멀리 왔음을 깨달았을 때, 오를란느군의 숙소인 빌라 어쩌고에서 걸어나오던 군인이 막시민을 발견하고 반색을 했다. 막시민은 눈을 둥그렇게 뜬 채 멈춰 섰다. 이런 데서?

손을 흔들며 다가오는 군인은 입가에 웃음기 하나 없었지만 그게 더 안심할 만한 상대, 비비엔이었다. 조금 전까지 오를란느군에 아는 사람이 없어서 불만이었던 사람이 맞나 싶을 정도로 막시민은 갑자기 도망치고 싶어졌다. '마법사님'이라는 호칭만으로도 비비엔이 어떤 사람이었는지 샅샅이 떠올랐기 때문이다.

다가온 비비엔이 악수를 청하자 막시민은 자신의 특권을 대충 접어놓기로 하고는 주변을 힐끔대며 물었다.

"저와 대화해도 됩니까? 제가 듣기론……."

"괜찮아요. 아는 사이잖아요. 네, 아는 사람입니다."

제지하러 다가오는 사람에게 그렇게 대꾸하자 과연 쉽사리 고개를 끄덕이며 물러났다. 도망치기를 포기한 막시민이 손을 맞잡고 흔들고 나자 비비엔이 물었다.

"이런 곳에는 어쩐 일이시죠? 켈티카로 가신 줄 알았습니다만."

"갔는데…… 어쩌다보니 다시 오게 됐네요."

"하긴 최근 네냐플에서 추가 인력이 많이 도착했다고 들었어요. 역시 마법사님 같은 뛰어난 분은 당연히 오셔야 했겠죠. 그런데 못 뵌 새 스타일이 새로워지셨네요. 켈티카 마법사분들의 최신 유행인가요?"

막시민은 비비엔과 다투는 것을 애초에 포기했으므로 아무 반박도 하지 않았다. 어쨌거나 한때 죽을 고비를 같이 넘긴 사이인지라 반가운 마음도 없지 않았다.

"그런데 마담은 어째서 여기 계십니까?"

"그때 카스티유 경과 비서관님은 본국으로 가셨지만 전 여기로 왔어요. 보고를 할 사람이 필요했으니까요. 그동안 무사하셨다니 기쁘네요. 세상이 워낙 흉흉하니까 말이죠. 어쨌든 그때 함께 잘 살아남은 사이잖아요."

"그랬죠. 이렇게 다시 뵈어서 저도 반갑습니다."

"그럼 우리 다시 뭉쳐도 되나요? 곧 그렇게 될 것 같던데."

역시 비비엔은 빈말 같은 건 모른다. 반갑다 하면 진짜로 반가운 것이다. 다만 '곧 그렇게 된다'는 말에서 수상한 예감을 느낀 막시민이 막 되물으려 했을 때였다. 비비엔의 등뒤에서 갑자기 소란이 일어나며 십수 명이 우르르 달려가는 모습이 보였다. 비비엔도 뒤를 돌아보더니 흠칫 놀라며 말했다.

"아, 어찌된 일이지. 잠시만요."

비비엔도 급히 달려가버린 후 혼자 선 막시민은 예고 없이 다가온 직감을 떨쳐야 할지 받아들여야 할지 혼란스러웠다. 기다려야 할까? 아니면 다른 기회에?

물론 예상과 다른 상황일 수도 있다. 또 기다리지 않고 갔다고 비비엔이 화를 낼 만한 사이도 아니다. 하지만 이 모두가 실은 핑계란 걸 안다. 거의 틀리지 않는 그의 명석한 직감이 틀림없다고, 이 순간이라고 속삭여온다.

실은 갑작스러워서, 모든 게 너무 갑작스러워서 이러는 것뿐이다. 하지만 갑작스럽다고 도망치는 건 더 어처구니없는 일이다. 처음부터 이러려고 온 것이 아니던가? 몇 달 동안 이런 순간을 백 번은 떠올렸지 않나?

 순식간에 그런 생각이 흘러가고 곧 오를란느 진영 안쪽에서 둥그렇게 무리 지은 사람들이 천천히 움직이기 시작했다. 저 근처에 오를란느 전이문이 있는 것이겠지. 일단은 숙소로 갈 텐데, 오를란느군 숙소로 가려면 막시민이 서 있는 앞을 지나가게 된다. 이 자리를 뜨려면 지금뿐이다.

 다가오고 있었다. 둘러쌌던 사람들이 대열을 갖추자 안쪽도 보인다. 에투알로 예상되는 범상치 않은 군인 십여 명이 대오를 갖춰 호위하는 가운데 아는 얼굴도 눈에 띄었다. 비비엔, 로랑, 그리고…….

 사막의 햇빛 아래 하얗게 빛나는 예장 제복과 대공가의 상징을 수놓은 붉은 띠, 금실을 두른 모자가 먼저 눈에 들어왔다. 허리에 찬 처음 보는 칼은 검게 반짝였고 칼집 안쪽에서 희미하게 붉은빛이 흘러나왔다. 입술을 꼭 다문 얼굴은 침착한 무표정이었다. 막시민의 기억 속에서 켈티카 거리를 팔랑팔랑 걷다가 짓궂게 씩 웃곤 하던 소녀의 얼굴이 솟아올라 언뜻 겹쳐졌다가 지워진다. 이제 그런 사람은 없다. 이스핀 샤를은 사라졌다. 저 사람은 오를란느 대공국의 후계자, 샤를로트 공녀다.

 군인답게 절제된, 동시에 위엄 있게 느린 걸음으로 걸어온다. 빈틈없이 완벽한 군주의 모습이다. 낮 시간에 바람이 거의 없는 이곳에서 흔들리는 건 붉은 반망토와 귓가의 검은 머리뿐.

샤를로트 공녀는 이쪽을 보지 않았다. 신기한 듯 주위를 두리번대지도 않고 정면만을 보았다. 호기심 같은 건 애초에 없는 것처럼. 사람들로 붐비는 켈티카의 광장에서 과일 수레나 싸구려 장신구 좌판도 궁금해하며 기웃거리던 사람은 어디로 갔을까. 이젠 필요가 없으니 내버린 걸까.

아닐 거라고, 그럴 리 없다고 생각했다. 이런 순간이니까 저렇게 보이는 것뿐이리라. 자신이 본 모습은 허상이 아니리라. 언제든 또다시 그런 곳에서 마주친다면 그때처럼…….

저도 모르게 막시민은 행렬로 다가섰다. 군인들이 앞을 가로막자 입술을 짓씹으며 내뱉었다.

"네냐플의 외교 특사입니다."

샤를로트 공녀의 눈이 행렬 외부에서 일어난 소란을 향했다. 새로운 사람을 발견하고는 조금 커졌다. 손을 들어 행렬을 멈추게 했다.

로랑이 막시민을 보더니 인사 대신 고개를 살짝 끄덕여 보이고는 곁에 있는 지휘관에게 무어라 귀띔했다. 지휘관은 다른 에투알에게 지시를 내렸다. 그러나 막시민에게는 그 모든 것이 보이지 않았다. 샤를로트가 대오를 열게 하고는 막시민을 향해 다가오고 있었기 때문이다.

"오랜만이야. 반가워."

그러더니 손을 내밀었다. 막시민이 순간 무얼 해야 할지 깨닫지 못한 채 멍하게 있자 오를란느인들 사이로 불쾌한 기색이 퍼져나갔다. 보다못한 로랑이 다가와 막시민이 모자를 벗어 들고, 몸을 굽히고, 손을 내밀도록 도와주었다. 그제야 무얼 해야 하는지 실감한다. 고개를 숙이며 샤를로트의 손등에 가볍게 입을 맞추었다.

"……"

고개를 들자 미소 띤 샤를로트의 얼굴이 보였다. 그 얼굴에서 아주 조금, 과거의 편린이 엿보여 마음을 풀며 무언가 말하려던 찰나, 샤를로트가 말했다.

"그럼 다음에 또 봐."

그다음 벌어진 일은 꿈속처럼 어색했다. 손을 거두고 대열로 돌아간 샤를로트는 출발하라는 신호를 보냈다. 대열은 다시 천천히 숙소를 향해 나아갔다. 달리 어떤 것도 남기지 않고.

막시민은 멀어져가는 대열을 바라보며 우뚝 서 있었다. 이 순간만큼 자신이 무슨 기분인지 몰랐던 때가 없었다. 이게 뭘까. 자신에게 무슨 일이 벌어진 걸까. 무슨 일이 있을 줄 알았던 걸까.

높은 데를 바라보지 않으려고, 기대 없이 살아가려고, 일생 노력하며 살아왔는데 왜 이 순간에는 그러지 못했던 걸까.

상대는 손을 뻗으면 닿기는커녕 하늘을 날아도 닿을 수 없는 존재였는데. 아니, 이런 생각조차 이상하다. 자신은 잠시 동안 공녀를 도왔고, 그 덕택에 심의회에서 은전을 받았고, 이제부터 그분이 하실 일에 약간의 조언을 올리려 했을 뿐이다. 그럴 기회는 내일이든 언제든 있을 것이다. 신분도 뭣도 없는 아무것도 아닌 놈이 기웃대든 말든 지나쳐도 될 텐데 그분은 굳이 대열을 멈추고 인사를 건넬 정도로 성의 있게 대했다.

그런데 왜 입술을 깨물게 되는 것일까. 왜 발걸음을 떼기가 어려울까. 그건 자신이 어린애 같은 꿈을 꾸었기 때문이다. 다시 만나기만 하면 플로레종 3층의 폐가구 창고 시절로 돌아갈 것처럼.

돌이켜보니 그건 마치 길에서 주운 목걸이 같은 것이었다. 주인을 몰랐을 때 잠시 탁자에 놓고 감상했을지라도 내 것이 되지는 않는다. 주인한테 돌려줬으면 깨끗이 돌아서야지. 다시 볼 일은 없는 걸 알면서 예의상 인사도 건네고……. 거기까지 생각하던 막시민은 문득 미간을 찡그리며 의아해졌다. 이런 생각을 전에도 한 적이 있지 않았나?

그때, 풍차 언덕에서.

망각 속에 파묻혀 있던 꿈이 한꺼번에 되살아나며 막시민은 숨을 들이켰다. 그래, 대기실에서 있었던 일이다. 어떻게 잊고 있었을까. 또렷하다못해 실제로 있었던 일처럼 느껴질

정도인데.

 잃어버린 목걸이를 찾아서 돌려주었더니 그애가 무어라 했었지? 다음에 또 보자고…… 하지만 사실은 못 온다고. 용건은 끝이 났기에 우리에게 다음이란 어디선가, 언젠가, 우연히 마주치는 것뿐이라고.

 자신은 무어라 했던가.

 언제까지나 계속되는 진심은 있다고.

 세상 어딘가에는 존재하니까 찾아보라고. 찾을 수 있을 거라고.

 꿈속이라 솔직했던 것일까. 타인과 겹쳐져 변할까봐 도망치기만 했던 자신을 돌아보며 말했었다. 두려웠다고. 이번에도 자신은 두려워하고 있다. 두려워서 도망치려고 핑계를 찾아내고 있다. 하지만 자신이 정말로 모르던가? 샤를로트가 무슨 마음으로 여기까지 왔는지를?

 정신을 차리고 보니 샤를로트 일행은 이미 숙소로 들어간 뒤였다. 군인들이 숙소 주변을 삼엄하게 경계하며 떠나지 않는 막시민을 주시하고 있었다. 막시민은 몸을 돌리며 스스로에게 말했다. 자신이 얼마나 별것 아닌 인간이든, 그런 건 상관없다. 중요한 건 자신이 알고 있다는 것이다. 샤를로트의 본모습을. 무엇을 좋아하고 무엇에 기뻐하는지를. 무엇을 두려워하고 무엇을 각오했는지를.

그러니 물러나지 않는다.

이번에는, 나는 이 사건을 해결할 테니까.

(9권에 계속)

룬의 아이들 – 블러디드 8

초판 발행 2025년 5월 8일

지은이 전민희

책임편집 김유진 | **편집** 한나래 박을진 김혜정 | **일러스트** UK Nakagawa
표지디자인 이혜경디자인 | **본문디자인** 이원경
저작권 박지영 형소진 오서영 조경은
마케팅 정민호 서지화 한민아 이민경 왕지경 정유진 정경주 김수인 김혜원 김예진
　　　　 나현후 이서진
브랜딩 함유지 박민재 이송이 김희숙 박다솔 조다현 김하연 이준희
제작 강신은 김동욱 이순호 | **제작처** 한영문화사(인쇄) 경일제책(제본)

펴낸곳 (주)문학동네 | **펴낸이** 김소영
출판등록 1993년 10월 22일 제2003-000045호

주소 10881 경기도 파주시 회동길 210
대표전화 031-955-8888 | **팩스** 031-955-8855 | **전자우편** elixir@munhak.com
인스타그램 @elixir_mystery | **트위터** @elixir_mystery

ISBN 979-11-416-0008-2 04810
　　　978-89-546-5354-1 (세트)

엘릭시르는 출판그룹 문학동네의 장르문학 브랜드입니다.
이 책의 판권은 지은이와 엘릭시르에 있습니다.
이 책 내용의 전부 또는 일부를 재사용하시려면 반드시 양측의 서면 동의를 받아야 합니다.

잘못된 책은 구입하신 서점에서 교환해드립니다.
기타 교환 문의 031) 955-2661, 3580